HERBSTFRÜHLING

ANGELIKA GODAU

&

LUISE KLEIN

Angelika Godau
Fuchsstraße 30
66482 Zweibrücken

godau693@gmail.com
angelika-godau.de
godaukrimis.com

1. Auflage 2021
ISBN 978-3-00-070094-1
IMPRINT: MVB GmbH

Lektorat: Axel Aldenhoven
Coverdesign: Olivia Pro Design

DANKE

Für meine Tochter Sabine, die mit ihren Ideen viel zum Gelingen dieses Buches beigetragen hat und gar nicht weiß, wie gut sie ist.

ÜBER DIE AUTORINNEN

Angelika Godau hat eine spannende, wendungsreiche Vita. Geboren in Oberbayern, aufgewachsen im schönen Detmold, später nach Köln gezogen und ihr Herz für immer an diese Stadt verloren. Journalistin, später Studium der Psychologie und eigene Praxis in Mannheim. Ein fast 10-jähriger Aufenthalt in der Türkei sensibilisierte sie für das Elend von Hund und Katze. Seither gilt ihr Engagement dem Tierschutz. In „Ein Streuner mit Sommersprossen" schildert sie für ihren „halben Herdenschutzhundes, Ben" humorvoll den Sprung vom italienischen Straßenhund auf die Couch der Zivilisation. Danach erscheinen ihre drei „Granny-Bände" (Gmeiner-Verlag) und dann in jährlichem Abstand fünf Pfalzkrimis um den Dürkheimer Privatdetektiv Detlev Menke und seinen cleveren Dackel Alligator, genannt Alli.

Mit dem vorliegenden Buch hat sie sich an ein ganz neues Genre gewagt und schreibt begeistert bereits an einer Fortsetzung.

Godau lebt heute mit ihrem Mann, den beiden Hunden

Linda und Sam und Katze Maya in Europas Rosenstadt Zweibrücken.

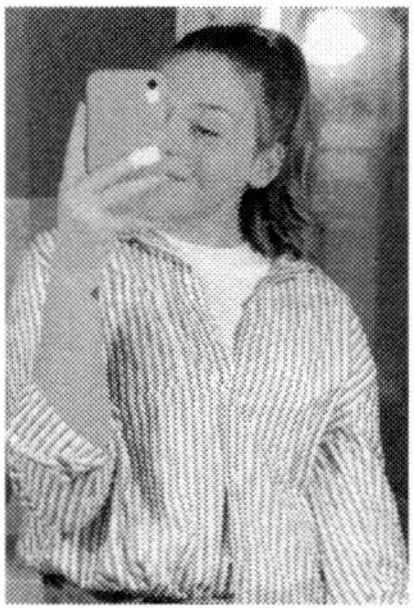

Luise Klein im Juli 2007 im schönen Heidelberg geboren, besucht die 9. Klasse eines Zweibrücker Gymnasiums, liebt ihren Hamster „Rüpel", zofft sich gern mit ihrem jüngeren Bruder Lutz und ist aktives Mitglied bei den „Pfadfindern". Auch wenn sie bisher noch keinen konkreten Berufswunsch hat, das Mitschreiben an diesem Buch hat ihr viel Spaß gemacht. Der Part der ebenfalls 14-jährigen Lara klingt daher sehr nach ihr.

-1-

Inge Berger ist müde. Dabei hat sie kaum etwas getan, nur dagesessen, gefrühstückt und sich gelangweilt. Früher ist sie morgens fröhlich und unternehmungslustig aufgestanden, neugierig auf das, was der neue Tag ihr bringen wird. Heute ist sie nur noch neugierig auf das Ende, das endgültige, wenn die Zeit, die ein jeder zum Leben bekommt, abgelaufen ist. Ihr Herz scheint bereits zu wissen, dass dieser Moment nicht mehr fern ist, denn die Pausen zwischen zwei Schlägen werden immer länger. Sie fühlt das unangenehme Stolpern, wenn es seinen Dienst wieder aufnimmt. Sie hat zu viel Zeit. Daher lauscht sie ständig in sich hinein und hofft, ihre Pumpe möge begreifen, dass es die Anstrengung nicht lohnt. Dann wird sie dieses letzte Abenteuer er - aber nicht überleben. Diesen einen Augenblick zwischen Leben und Tod, bevor es vorbei ist. Sie stellt ihn sich interessant, zumindest aber tröstlich vor, schließlich hat sie Glück gehabt. Sie ist alt geworden. 77 Jahre, und das allein ist ein Wunder. Schließlich ist sie 1944 in Dresden zur Welt gekommen und hätte diese gleich nach ihrer Geburt wieder verlassen, wäre da nicht die Oma gewesen. Die hatte nicht gezögert, war in den Keller des in Flammen stehenden Hauses gerannt, um sie zu retten. Dafür musste sie ihr ein Leben lang dankbar sein, das war klar, aber sie hatte diese Geschichte zu oft gehört. Gefühlte tausend Mal und mehr und irgendwann nur noch gähnende Langeweile empfunden. Warum sie heute ihre Enkel ebenfalls mit alten Geschichten nervt, versteht sie selbst nicht. Besonders die 14-jährige Lara, die sie mit ihren altklugen Fragen und respektlosen Bemerkungen immer wieder aus der Fassung bringt. Sie scheinen nicht dieselbe Sprache zu sprechen. Chill mal, voll krass, strange und in jedem zweiten Satz dieses schreckliche Wort. Hätte sie früher jemals »geil« gesagt, ah Gott, die Mutter hätte ihr den Mund mit Kernseife ausgewaschen. Als sie das einmal Lara erzählt hat, zuckte die nur mit den Schultern und verzog verächtlich den Mund. Und, obwohl sie verstand, dass sich ein junges Mädchen nicht für das Geschwätz einer alten Frau interessiert, erzählte sie ihr oft solche Geschichten von früher.

Sie lächelt wehmütig, als sie daran denkt. Lara ist schon lange nicht mehr hier gewesen. Sie darf nicht, weil eine Pandemie die Welt in Atem hält. Corona hier, Corona da, es scheint kein anderes Thema mehr zu geben. Natürlich versteht sie, dass alle Maßnahmen zu ihrer Sicherheit sind, aber die Einsamkeit ist trotzdem schwer zu ertragen. Seit sich zwei Bewohner infiziert haben, dürfen sie ihre Zimmer nicht mehr verlassen, keinen Besuch bekommen und das Personal trägt Handschuhe und Masken. Besuch kam auch vorher schon selten genug, alle haben viel zu tun und wohnen auch nicht um die Ecke. Alter macht nicht weise, nur einsam, hat sie mal irgendwo gelesen. Jetzt weiß sie, dass das stimmt, und fragt sich, ob ihre Großmutter das am Ende ihres Lebens auch so empfunden hat? Sie schüttelt den Kopf, verwundert darüber, was für komische Gedanken sie in letzter Zeit bewegen. Gedanken an die Flucht, die sie selbst nur aus Erzählungen kennt und doch hat sie auch damit Lara gelangweilt.

»In Kleiderschränken, unter alten Decken verborgen; in einer Scheune, den schreienden Mund von ängstlichen

Händen bedeckt, ständig vom Russen bedroht, der mit allen ›kurzen Prozess‹ machte. In der Erinnerung meiner Mutter waren auch die Jahre danach nicht viel besser. Zwangseinquartiert bei Pfälzer Bauern, die uns Fremde nicht wollten und schon gar nicht mochten. ›Wir waren die Pollacken, die von drieben, das Flüchtlingspack, keine richtigen Menschen.‹ Man hat sich nicht verstanden, mochte sich nicht, und das lag nur zum Teil an den unterschiedlichen Dialekten. Mein Vater war offiziell in Kriegsgefangenschaft, aber ob er überhaupt am Leben war, das wusste niemand zu sagen. Meine Mutter, gerade mal 21 Jahre alt, einsam und verzweifelt.« Lara hatte wissen wollen, was ›zwangseinquartiert‹ zu bedeuten hatte und ihrer Erklärung mit offenem Mund zugehört.

»Voll krass, kein Plan, aber ich wollte echt auch keine fremden Leute im Haus. Auf jeden Fall nicht in meinem Zimmer. Außerdem wären die locker mega uncool …«

Uncool. Ja, das waren sie wohl gewesen, in dieser schweren Zeit, unter der die Mutter lange gelitten hat, auch als die Zeiten besser wurden, das Wirtschaftswunder Schwung aufnahm. Auch über die Bedeutung des Wortes Wirtschaftswunder musste sie Lara erst einmal aufklären. Das Mädchen hatte keine Vorstellung davon, wie das Leben der Menschen nach Kriegsende aussah. Wie wenig zum Essen, zum Anziehen, zum Heizen es gab.

»Du meinst, ihr hattet nur Kartoffeln, ohne alles? Ohne Fleisch oder Gemüse oder so was? Ne, das würde ich nicht essen, hätte meine Mutter auf jeden Fall allein essen können, echt.«

»Ach Lara, wir hatten Hunger. Hast du schon einmal wirklich Hunger gehabt? Nicht nur eine Stunde bis zur nächsten Mahlzeit, sondern richtig lange. Weil es zum Abendessen nichts gegeben hat, nichts zum Frühstück, weil nichts da war?«

»Klar, als ich Magen/Darm hatte letztens. Da habe ich drei Tage nichts gegessen oder nur bissi Zwieback und Cola.«

»Hattest du denn da Hunger? So, dass dein Magen, deine Gedärme Krämpfe bekamen und du dich wie ein Igel im Bett zusammengerollt hast, um es zu ertragen?«

»Na ja, eigentlich ja nicht, aber …«

»Nun, ich glaube, dann weißt du nicht, wie das war, wie sich das anfühlt und ich wünsche mir für dich, dass du das auch nie erleben musst. 1950 wurde ich eingeschult, da kam der Vater unerwartet aus der Gefangenschaft zurück. Ich kannte ihn nicht, er war ein fremder Mann, der mir den Platz im Bett der Mutter wegnahm und mir mit seinen harten Händen über den Kopf strich.«

»Das hätte ich nicht mit mir machen lassen. Der hätte mich nicht antouchen dürfen. Und wieso durfte der dich aus dem Bett rausholen, hat das deine Mutter nicht gejuckt?«

»Was hätte sie sagen sollen? Er war doch ihr Mann, sie war glücklich, dass er lebend zu ihr zurückgekommen war. Na ja, und er war sicherlich auch glücklich, nicht mehr hungern und frieren zu müssen, endlich seine kleine Tochter kennenlernen zu dürfen.«

»Finde ich trotzdem Scheiße, von fremden Leuten muss man sich nicht betouchen lassen, wer weiß das nicht?«

Lara ist 14 und überzeugt, die Welt zu kennen und alles zu verstehen.

»Heute vielleicht. Damals war das noch ein bisschen anders und wie gesagt, er war kein Fremder, er war mein Vater. Ich musste dankbar sein, dass er heil zu uns zurückgekommen ist. Mein Lehrer hatte im Krieg einen Arm und ein Auge verloren. Er trug eine schwarze Klappe, der leere Ärmel war mit einer Sicherheitsnadel an der Seite der Jacke befestigt. Ich erinnere mich, dass ich lange darüber gegrübelt habe, wie man ein Auge und einen Arm verlieren konnte. Ich habe mir vorgenommen, immer gut auf meine Körperteile aufzupassen, damit ich nicht auch so eine Augenklappe tragen muss. Deppermann, ich erinnere mich bis heute an seinen Namen. Er war verbittert und ungerecht. Posttraumatische Belastungsstörung würde man heute diagnostizieren, damals war das ein unbekannter Begriff. Er ist streng, aber gerecht, hieß es. Dabei mochte er eigentlich keine Kinder und Flüchtlingskinder am allerwenigsten. Zum Glück gab es außer mir noch drei weitere, so dass wir uns die Prügel teilen konnten.«

»Prügel? Was für Prügel? Als ob der euch geschlagen hat.«

Selbst durch ihr kleines Telefon konnte sie Laras gerechte Empörung hören.

»Oh doch, er schlug mit dem verbliebenen Arm und dem Zeigestock zu. Wohin er traf, war ihm gleichgültig. Geriet er in Wut verrutschte die Augenklappe und man sah ein schwarzes, furchteinflößendes Loch.«

»Krass, gar kein Auge mehr? Auch kein Glasauge? Ist doch sonst sauekelig.«

»Vielleicht hat er später eins bekommen, das weiß ich nicht, aber in der damaligen Zeit gab es für die Menschen Wichtigeres als Glasaugen.«

»Warum haben dir deine Eltern nicht einfach geholfen?«

»Als mein Vater gesehen hat, dass ich blutige Striemen an den Händen hatte, fragte er, woher. Stotternd vor Angst habe ich ihm erzählt, wie ich von Lehrer Deppermann mit seinem Zeigestock geschlagen wurde. Er hat kein Wort gesagt, nur die Lippen zusammengepresst und mir wieder über die Haare gestreichelt.«

»Och nee, nicht schon wieder dieser Move, oder?«

Inge hat es längst aufgegeben jedes Mal nachzufragen, wenn sie etwas an Laras Antworten nicht versteht. Zu genervt klingen die Erklärungen der Enkelin und da sie das Gespräch noch nicht beenden wollte, hatte sie schnell weitererzählt.

»Was immer mein Vater ihm gesagt hat, dieser Lehrer hat mich nicht mehr geschlagen. Er strafte ab jetzt, ohne sichtbare Spuren zu hinterlassen. Stunden musste ich mit dem Gesicht zur Wand in einer Ecke oder allein vor der Klassentür stehen. Dadurch verpasste ich viel, lernte nicht richtig schreiben, mein Griffel brach oft ab, weil meine Finger vor Angst verkrampft waren. Deppermann forderte jedes Mal die Klasse auf, mich auszulachen. Natürlich bekam ich in Diktaten schlechte Noten. Die verkündete er immer vor den anderen Kindern. Er ließ meine Tafel in der Klasse rumgehen. Jeder sollte sehen, wie viele Fehler ich gemacht hatte. Es war schrecklich demütigend für mich.« Lara hatte in ihrer typisch knappen Art und Weise nur gesagt: »Was ein Vollidiot«, und Inge hatte gespürt, dass es sie eigentlich nicht interessierte. Das tat ihr weh, auch wenn sie das Mädchen verstand. Die Erinnerungen alter Leute sind zu allen Zeiten für die Jugend entsetzlich öde. Hatte der Vater jemals vom Krieg erzählt, von der Gefangenschaft? Wahrscheinlich nicht, oder hatte sie es vergessen? Vermutlich hatte er nicht lange genug gelebt, um viel zu erzählen. Knapp ein Jahr, nach seiner Heimkehr, warf er sich vor einen Güterzug und machte damit seinem Leben ein Ende. Eine Todsünde für die katholische Gemeinde, ein zusätzlicher Beweis, dass die Flüchtlinge gottlose Menschen waren. Ausgerechnet dem Priester war es zu verdanken, dass er überhaupt eine halbwegs ordentliche Beerdigung erhielt. Er hatte in seiner Predigt von christlicher Nächstenliebe gesprochen und dass keiner ›den ersten Stein‹ werfen dürfe. Außer ihrer Mutter und dem Geistlichen standen trotzdem nur drei alte Frauen am offenen Grab. Die gingen grundsätzlich zu jeder Beerdigung. Vielleicht hatten sie nichts anderes zu tun oder waren froh, noch nicht die Hauptpersonen zu sein. Ansonsten war es armselig. Ein billiger Fichtensarg, gespendet aus der Gemeindekasse. Keine Kränze, keine Blumen, später ein schlichtes Holzkreuz. Bruno Gräber, 12. 07. 1920 – 14. 12. 1950. Ob die Mutter getrauert hat, daran erinnert sie sich nicht. Nur daran, dass sie ihren Mann als Feingeist bezeichnete, als sensiblen Menschen. Ein Mozartliebhaber, den der Krieg und seine Gräuel auf dem Gewissen hatten. Die eigenen Eltern und zwei jüngere Geschwister hatte er bereits in einer Bombennacht in Berlin verloren. Das Haus war getroffen worden, das gut gehende Musikgeschäft mit den kostbaren Instrumenten nur noch Schutt und Asche.

Inge erschrickt. Das Klopfen an der Zimmertür hat sie aus ihren Erinnerungen aufgeschreckt. Für einen kurzen, freudigen Moment glaubt sie, es käme Besuch. Natürlich kommt niemand, es ist nur Tobias, ihr Lieblingspfleger. Sie hat mit niemandem hier ein Problem, auch wenn sie einige lieber mag als andere. Und Tobias hat sie eben am allerliebsten. Er erinnert sie ein bisschen an ihren Sohn Sven, der natürlich zwischenzeitlich viel älter ist, aber so mit Mitte 20 hatten sie Ähnlichkeit miteinander. Na ja, Sven ist nicht so der soziale Typ, er arbeitet in einer Bank. Was er da genau tut, weiß sie nicht. Er erzählt nie besonders viel und ihre Telefonate verlaufen immer irgendwie gleich.

»Wie geht es dir, Mutter?«

»Danke, gut und dir? Erzähl doch mal ein bisschen.«

»Da gibt's nicht viel zu erzählen, viel Arbeit, viel Stress, alles wie immer. Ja, die Kinder sind gesund, kommen in der Schule gut mit und Maren arbeitet in ihrer Praxis. Nichts Neues, wie du siehst. Also, dann mach es gut und melde dich, wenn du was brauchst.«

Das war es. Immerhin rief regelmäßig einmal in der Woche jemand bei ihr an, entweder ihre Schwiegertochter Maren, ihre Tochter Sarah, oder deren Mann Axel. Sie hatten das wohl untereinander so abgesprochen und niemand wich von diesem Turnus ab. Niemand, bis auf Lara.

-2-

Lara knallt die Tür hinter sich zu und stürmt die Treppe hoch in ihr Zimmer. Ebenso geräuschvoll schließt sich auch diese Tür hinter ihr. Sie wirft ihren Rucksack aufs Bett und registriert, dass es frisch bezogen und ordentlich gemacht ist. Digga, ihre Mutter ist echt ein Opfer. Sie kann gar nicht mehr zählen, wie oft sie der schon gesagt hat, dass sie sich aus ihrem Zimmer verpissen soll. Hört die etwa? Nee, natürlich nicht. Sie kommt mit immer neuem Müll an. *Ich muss doch deine Wäsche waschen; das Bett beziehen; die Fenster putzen* und son Zeug. Und immer fängt sie dann an mit: *Kannst du nicht mal dein schmutziges Geschirr in die Küche bringen, mach doch mal das Fenster auf, hier stinkt es geradezu bestialisch. Hast du geraucht? Du hast doch nicht etwa geraucht? Fang das bloß nicht an, ehe du dich versiehst, kommst du nicht mehr davon los.*

Sie antwortet gar nicht mehr, wartet ab, bis die fertig ist mit dem Scheiß, und schließt das Fenster wieder. Mütter sind alle die Pest; aber ihre ist bestimmt die schlimmste von allen. Seit Papa eine neue Frau hat, ist es noch übler geworden; sie klebt förmlich an einem. Ihr Bruder Lars ist auch genervt davon, tut aber immer so, als fände er das alles mega toll.

Dabei schleimt er sich nur ein, der Arsch. Sie hört Schritte auf der Treppe, gleich darauf klopft es an ihrer Zimmertür.

»Lara, Liebes, bist du da? Ich meinte, ich hätte dich gehört. Komm runter, das Essen steht auf dem Tisch.«

Als würde das nicht reichen, reißt ihre Mutter die Zimmertür auf und winkt ihr albern zu.

»Und, was gibt es?«

»Erbsensuppe mit Würstchen.«

»Kannste selber essen, fass ich nicht an.«

»Die mochtest du doch immer gerne, außerdem kannst du dich nicht nur von Nudeln ernähren, das ist nicht gesund. Komm runter und iss mit uns, ich kriege dich ja kaum noch zu sehen.«

»Ich schicke dir ein Foto.«

»Lara, bitte, was soll das? Du warst immer so ein nettes Mädchen, was ist in letzter Zeit nur mit dir los? Ich kann doch nichts dafür, dass dein Vater plötzlich unbedingt mit einer Frau zusammenleben will, die halb so alt ist wie er.«

»Geh doch weg und lass mich. Weißt du eigentlich, wie krass du nervst? Ich will nichts essen, schon gar nicht diese Dreckssuppe.«

»Ich muss aber mit dir über etwas reden, Lara.«

Ja, war klar, kaum ist die im Zimmer, muss sie sich auf MEIN Bett setzen. Manchmal könnte ich die echt erwürgen.

»Was denn?«, fragt sie, weil sie weiß, dass es kein Entkommen gibt.

»Der Oma geht's nicht so gut. Ich meine, sie liegt nicht im Sterben, aber die vom Heim haben angerufen und gesagt, sie wirke in letzter Zeit sehr traurig, fast depressiv.«

»Ja, und was juckt mich das?«

»Lara! Sie ist immerhin deine Großmutter und du warst immer ihr Liebling. Du könntest sie doch mal anrufen, dich mit ihr unterhalten. Sie ein bisschen aufmuntern. Erzähl ihr, was du so machst, wie es in der Schule läuft oder im Sport.«

»Hackt´s bei dir? Das interessiert die gar nicht, die labert doch nur von früher. Vom Krieg und wie schrecklich alles war. So´n Zeug eben. Darauf habe ich echt keinen Bock. Kannst du ja machen, ist schließlich deine Mutter, nicht meine.«

»Ach komm, Lara, du hast doch früher immer gern was mit der Oma unternommen.«

»Ja, früher, da war ich sechs oder so. Heute hab ich keine Ahnung, was ich mit der reden soll.«

»Du sollst sie mal anrufen, ein – zweimal in der Woche, mehr nicht. Wenn ich anrufe, fragt sie immer nach Papa und ich will ihr nicht erzählen, dass er ausgezogen ist. Das regt sie nur auf und das ist nicht gut für sie.«

»Krass und wenn ich ihr das sage, regt es sie nicht auf, oder wie?«

»Darüber musst du doch gar nicht reden. Hör ihr einfach zu. Wenn sie dich nach der Schule fragt, erzählst du ihr ein bisschen was. Du bist doch nicht auf den Mund gefallen, dir fällt schon was ein. Du weißt doch, wie viel ich im Moment um die Ohren habe. Ich gehe arbeiten, auch wenn ich zurzeit Homeoffice mache. Dazu kommt dieses blöde Homeschooling mit Lars, das kostet viel Zeit. Das Haus putzt sich auch nicht von allein, und die viele Wäsche …allein was du am Tag alles an und wieder ausziehst, nur um es danach irgendwo hinzuknallen.«

»Schon gut, hör auf zu jammern, ich mach's ja. Was springt für mich dabei raus?«

»Lara! Muss ich dich etwa dafür bezahlen, dass du mit deiner Großmutter redest? Aber gut, wenn du vier Wochen durchhältst und zweimal in der Woche mit ihr telefonierst, bekommst du die neuen Schuhe, die du dir gewünscht hast. Halt, halt, das gilt nur, wenn du nicht nach zwei Minuten das Gespräch wieder beendest.«

»Von mir aus! Ich kriege die Nike Air Force und du kochst mir gleich noch Nudeln. Den anderen Fraß esse ich bestimmt nicht.«

-3-

Lara ruft außerhalb der Reihe an. Tobias hat gerade das Tablett mit einem Stück Nusskuchen und einer Tasse Kaffee auf dem kleinen, runden Tisch am Fenster abgestellt.

»Lara, mein Kind, das ist aber schön, dass du anrufst. Wie geht es dir, was macht die Schule?«

»Die steht noch, hat aber zu. Wir machen Homeschooling und diese Onlinemeetings nerven des Todes.«

»Ach so? Ich glaube, darüber habe ich was im Fernsehen gesehen. Kommt ihr damit zurecht? Ich meine, es ist ja im Moment nicht so einfach. Dieses Virus schränkt doch alle sehr ein. Seid ihr auch vorsichtig? Nicht, dass sich einer von euch ansteckt und krank wird.«

»Nee, wir passen schon auf und sonst ist alles chillig. Bei dir so?«

»Bei mir? Na ja, es ist natürlich nicht schön, dass niemand kommen darf, aber das geht bestimmt bald vorüber. Ich habe schon ganz andere Zeiten überstanden.«

»Echt? Was denn für welche?« Lara verdreht die Augen und hält das Smartphone weit weg von ihrem Ohr. Sie ist sicher, dass die jetzt eine halbe Stunde labern wird, und dann hat sie es für heute hinter sich.

»Lara? Bist du noch dran? Warum sagst du denn gar nichts? Hallo, kannst du mich hören?«

»Klar, ich bin hier, schrei doch nicht so. Ich hör dich gut, mir ist nur das Handy runtergefallen.« Scheiße, sie muss vorsichtiger sein, sonst wird das nichts mit den Nikes.

»Was hattest du gefragt? Welche anderen Zeiten ich gemeint habe? Na ja, die Nachkriegszeit war auch nicht rosig, musst du wissen. Ich war ja noch ein Kind, aber für meine Mutter war es schwer, uns durchzubringen. Der Vater war tot, seine Eltern ebenfalls und ihre lebten weit weg in Dresden. Weißt du, was sie alles getan hat, um ein bisschen Geld zu verdienen? Sie hat Waschpulver verkauft, ist damit von Tür zu Tür gegangen, hat zu Hause Zopfspangen bemalt und am Ende Staubsauger verkauft. Das war bestimmt alles nicht leicht für sie.«

»Warum hat sie sich keinen Job gesucht, der mehr Kohle eingebracht hat?«

»Es gab keine und die wenigen, die es gab, waren für die Männer. Die mussten ja auch ihre Familien durchbringen.«

»Deine Mutter doch auch.«

»Ja, aber damals war es so, dass eher Männer eingestellt wurden als Frauen. Es wurde sogar an die Frauen appelliert, zu Hause zu bleiben und die Arbeit den Männern zu überlassen. Nur während des Krieges, als die Männer alle an der Front waren, da wurden die Frauen aufgerufen, arbeiten zu gehen. Immer, wie man´s gerade brauchte. Ich glaube, das ist auch heute noch sehr oft der Fall, was meinst du?«

»Ich? Keinen Plan, weiß ich nicht.«

»Nun ja, sie verkaufte Waschmittel, ich glaube, es war Sunil und Staubsauger, verdiente aber nur sehr wenig und es reichte oft nicht mal für das Nötigste. Immerhin hatten wir mittlerweile eine Wohnung gefunden. Eine Art Wohnküche mit Abstellkammer. Die Einrichtung bestand aus einem Spülstein, einem altersschwachen Herd, einem wackligen Tisch, zwei Stühlen und einem Sofa. Das war so durchgelegen, dass man jede Sprungfeder fühlen konnte. Darauf schlief meine Mutter, während ich in dem Verschlag eine Matratze hatte. Luxus war das nicht, aber wir waren froh, nicht mehr bei den Bauern wohnen zu müssen. Allerdings kostete selbst diese Behausung Miete. 27,- Mark, das weiß ich noch genau. Um die bezahlen zu können, mussten wir sehr sparsam sein. Einmal in der Woche, am Sonnabend, war Markt. Kurz bevor die Händler ihre Stände abbauten, musste ich darum immer sammeln gehen. Alles Obst und Gemüse, das nicht verkauft worden war, wurde auf einen großen Haufen geworfen, damit die Müllabfuhr es später abfahren konnte. Da war oft noch Brauchbares dabei. Ich erinnere mich besonders an die Apfelsinen. Die waren köstlich, süß und saftig und meist nur ein bisschen angefault, die Stellen konnte man gut rausschneiden. Ich musste nur aufpassen, dass ich rechtzeitig dort war, um noch etwas abzubekommen. Ich war ja nicht die einzige, die es auf diese Reste abgesehen hatte. Einmal, es war furchtbar kalt und meine Finger schon steifgefroren, hatte ich einen ganzen Weißkohl ergattert, drei oder vier Kartoffeln und zwei fast gute Apfelsinen. Plötzlich kam eine Frau und stieß mich um. Ich schlug mit dem Ellbogen auf das Kopfsteinpflaster und wurde vor Schmerz fast ohnmächtig. Als ich mich wieder aufrappeln konnte, war mein Korb samt Inhalt verschwunden. Viel habe ich daher nicht mit nach Hause gebracht, und meine Mutter hat sehr mit mir geschimpft.«

»Hallo? Geht's noch? Du konntest doch nichts dafür. Warum musstest du überhaupt so einen Scheiß machen? Gab es denn kein Hartz IV oder so was?«

»Ich glaube nicht, dass es so etwas wie Sozialhilfe gab. Nur die Frauen, deren Männer gefallen waren, werden sicher eine kleine Rente bekommen haben. Da sich mein Vater selbst umgebracht hatte, glaube ich nicht, dass meine Mutter Geld vom Staat bekommen hat. Nein, ganz bestimmt nicht. Sie hätte es auch nicht gekommen, dazu wäre sie zu stolz gewesen. Da hat sie lieber gehungert, und ich auch. Ich habe oft genug vor Hunger nicht schlafen können.«

»Das finde ich aber mal mega Scheiße.«

»Ja, ich auch. Weißt du, was besonders schlimm war? In der Schule, wenn die Kinder ihre mitgebrachten Pausenbrote auspackten und aßen. Mir ist das Wasser im Mund zusammengelaufen und ich hatte oft Magenkrämpfe. Aber, wenn mich jemand gefragt hat, warum ich denn nichts esse, habe ich immer gesagt, ich hätte keinen Hunger. Es sollte keiner wissen, dass wir zu arm waren.«

»Oha, voll krass, dass du nie was dabei hattest, aber mir wäre das heute eigentlich ganz recht. Weil, mir ist das oberpeinlich, dass meine Mutter mir immer was macht. Sie könnte mir ja auch Geld für den Kiosk geben. Aber nein, ich muss wie ein kleines Kind eine Brotdose mitnehmen.«

»Sie meint es bestimmt gut, glaub mir. Sie will für dich sorgen und sichergehen, dass du etwas Vernünftiges isst, weil du doch so viel lernen musst.«

»Dann soll sie bei Lars dafür sorgen und mich nicht nerven. Ohne Scheiß, ich bin doch kein Kind mehr, ich bin vierzehn.«

»Wie geht es deinem Bruder, ich habe lange nichts mehr von ihm gehört.«

»Joa, dem geht es ganz gut, keine Ahnung, interessiert mich auch nicht weiter. So, ich leg jetzt auf, Oma, muss noch wichtige Sachen für die Schule machen. Ich ruf dann nächste Woche oder so wieder an, je nachdem wie ich Zeit habe.«

Lara wartet die Antwort nicht ab, wirft das Handy aufs Bett und sich gleich hinterher. Was für ein ödes Gespräch. Warum kann die nicht über was Interessantes reden, nicht immer von früher? Sie verschränkt die Hände hinter dem Kopf und überlegt, welche der Nikes sie sich aussuchen soll. Wieder einmal ärgert sie sich über den blöden Lockdown.

Keine Chance zu sehen, wie Clarissa und Anna vor Neid abkotzen. Die beiden aus ihrer Klasse sind einfach nur die Pest, ständig brüllen sie einen an und prahlen mit ihren neuen Klamotten.

-4-

Inge redet noch ein Weilchen weiter, bevor sie bemerkt, dass Lara nicht mehr da ist. Sie schüttelt verwundert den Kopf. Drückt mit spitzem Zeigefinger den Knopf mit dem roten Hörer und legt danach das Handy vorsichtig zurück auf den Tisch. Sie versteht das Mädchen nicht mehr; es kommt ihr so fremd, fast feindselig vor. Es ist nicht nur diese seltsame Sprache, diese knappen Zweiwortsätze, da ist noch mehr. So als wäre eine unüberwindliche Mauer zwischen ihnen, fast als kämen sie von verschiedenen Planeten.

Es klopft erneut, Tobias kommt das Geschirr abholen.

»Nanu, Frau Berger, keinen Kaffee, keinen Kuchen heute? Was ist los mit Ihnen, Sie sind doch nicht krank?«

Der junge Mann klingt aufrichtig besorgt. Inge weiß, dass er wirklich an ihrem Wohlergehen interessiert ist. Er kümmert sich um alle Bewohner des Seniorenstifts, als wäre jeder einzelne mit ihm verwandt.

»Nein, nein, mir geht es gut, meine Enkelin hat gerade angerufen.«

»Die Lara? Na, das ist doch nett von ihr. Das hat Sie bestimmt gefreut oder hatte sie schlechte Nachrichten?«

Tobias hat sich auf die Sessellehne gesetzt und schaut sie fragend an.

»Nein, dass nicht, aber irgendwie…ich weiß nicht, wie ich es erklären soll. Es kommt mir vor, als würde ich mit einer Fremden telefonieren. Nicht mit meinem kleinen Mädchen; das ich doch sein ganzes Leben lang kenne. Und wir waren uns immer sehr nah, ehrlich, aber jetzt…«

Inge seufzt und zuckt ratlos die Schultern.

»Wie alt ist Lara, 13, 14? Dann ist sie halt kein kleines Mädchen mehr. Sie ist schon eine junge Frau und auf alle Fälle mitten in der Pubertät. Du liebe Zeit, wenn ich daran denke, wie ich da drauf war. Wollen Sie nicht wissen! Also nehmen Sie es nicht persönlich, freuen Sie sich doch darüber, dass sie überhaupt anruft.«

»Natürlich, ich freue mich ja auch, aber…«

»Ach was, kein Aber, Frau Berger, trübe Gedanken machen nur Falten und die wollen Sie doch nicht, oder?«

Inge muss lachen. Tobias schafft es immer, sie aufzumuntern, denn mit 77 Jahren sind Falten wirklich das kleinste ihrer Probleme.

»Na sehen Sie, essen Sie jetzt noch Ihren Kuchen, dann sieht die Welt gleich wieder freundlicher aus. Ich hole das Geschirr später.«

Sie nickt, greift schweigend nach dem Teller. Kaum hat er den Raum verlassen und die Tür hinter sich ins Schloss gezogen, zieht sie die Hand zurück und bricht in Tränen aus. Warum, das weiß sie selbst nicht recht. Vielleicht ist es das lange Eingesperrtsein, die ganze Situation rund um diese Pandemie. Vielleicht doch das Gespräch mit Lara? Sie hat ja gespürt, wie wenig sich das Mädchen für ihre Geschichten interessiert. Selbst von Tobias ist sie heute enttäuscht, weil er versucht hat, ihre Gefühle als Unsinn abzutun. So wie man einem Kind Schokolade gibt, um es von einem Kummer abzulenken. Sie kennt das bisher nur von den anderen Betreuungspersonen. Alle sind ausgesucht höflich zu ihr, aber man behandelt sie, als sei sie nicht nur alt, sondern auch nicht mehr ganz bei sich. Jeden Abend erinnert man sie zum Beispiel daran, sich vor dem Zubettgehen die Zähne zu putzen. Sie empfindet das zunehmend als entwürdigend. Bei Tobias ist ihr das bisher nie aufgefallen, vielleicht ist er genau aus diesem Grund ihr Lieblingspfleger. Sie richtet sich im Sessel auf, zieht ein Taschentuch aus der Jackentasche, wischt die Tränen weg und putzt sich energisch die Nase.

»Hör auf zu heulen, das lohnt sich nur, wenn ein Mann in der Nähe ist«, sagt sie laut und imitiert dabei die Stimme ihrer Mutter. Gerlinde Gräber war eine pragmatische Frau gewesen, vielleicht erst durch die Umstände dazu geworden. Mit 21 Jahren von einem Mann schwanger, in den sie zwar heftig verliebt ist, den sie aber kaum kennt. Eine schnelle Kriegsheirat und schnell wieder allein, der neue Ehemann muss zurück an die Front. Ihr Kind bekommt sie in einem Keller, während Bomben auf die umstehenden Häuser fallen. Ihre Mutter und eine Nachbarin stehen ihr zur Seite, Ärzte gibt es nicht. Die haben alle Hände voll zu tun mit den vielen Toten und Verletzten der Bombenangriffe. Nicht einmal die Hebamme kommt, obwohl sie es versprochen hat. Vielleicht liegt auch sie längst tot unter Trümmern. Glück im Unglück ist immerhin, dass die Geburt ohne Komplikationen verläuft. Das kleine Mädchen schreit kräftig und zaubert für einen Moment ein Lächeln auf all die ängstlichen, ausgemergelten Gesichter. Das war vor 77 Jahren, einer kleinen Ewigkeit. Die Mutter ist lange tot, und sie wird ihr in nicht allzu ferner Zukunft folgen. Der Lauf der Dinge, überhaupt kein Grund für Tränen.

Sie steht entschlossen auf, durchquert das Zimmer, öffnet einen Schrank und holt eine Flasche Eierlikör heraus. Leider nur Gekauften, nicht wie früher selbstgemacht.

»Kind, du musst darauf achten, dass die Eier ganz frisch sind«, hat die Mutter ihr beigebracht, während sie 10 Dotter vom Eiklar trennte. »Nimm 150 Gramm Kristallzucker, keinen

Puderzucker, schlag den mit den Eiern schaumig. Bring dann einen halben Liter Milch zum Kochen und gieß sie zu der Eiermasse Erst jetzt kommt der reine Alkohol dazu, den holst du in der Apotheke. 96 % muss der haben, davon brauchst du einen viertel Liter. Fertig, schmeckt köstlich, und darum hält die Flasche leider nie lange.« Sie hat das Lachen der Mutter im Ohr, während sie sich ein Glas einschenkt.

»Wer braucht Kuchen, wenn er Eierlikör hat?«

Tobias ist unbemerkt reingekommen, sie muss sein Klopfen überhört haben. Sie fühlt sich ertappt und weiß selbst nicht, warum.

»Ach, so ein kleines Gläschen wird mich schon nicht umbringen. Alkohol desinfiziert und das ist doch das Gebot der Stunde, überall wird ständig alles desinfiziert. Trinken Sie ein Glas mit mir.«

Sie hält die Flasche hoch, aber Tobias schüttelt den Kopf. »Das geht leider nicht, im bin im Dienst. Was glauben Sie, was meine Chefin mit mir macht, wenn ich am helllichten Tag mit Ihnen Eierlikör trinke?«

»Ich kann's mir denken. Die sieht nicht so aus, als würde sie jemals etwas anderes trinken als Wasser und grünen Tee. Geraucht hat sie vermutlich auch nie und zwischenzeitlich macht sie Yoga und ist überzeugte Veganerin.«

Tobias lacht laut auf. »Frau Berger, seit wann sind Sie derart sarkastisch?«

»Anders ist das Leben kaum zu ertragen«, antwortet Inge und trinkt ihr Glas leer. »Auf einem Bein kann man nicht stehen, heißt es doch, oder? Und da sonst keiner mit mir trinken will oder darf, muss ich eben mit mir selbst anstoßen.« Sie schüttelt die Flasche und gießt ihr Glas noch einmal voll bis an den Rand. Balanciert es dann vorsichtig zu ihrem Sessel und setzt sich wieder hin.

»Na, dann Prost, Frau Berger. Ich habe gleich Feierabend, wir sehen uns daher erst morgen wieder. Ich hoffe, Sie kriegen keinen allzu heftigen Kater.« In Tobias Stimme meint sie, einen leisen Tadel zu vernehmen, aber vielleicht irrt sie sich auch. Er sammelt das Kaffeegeschirr ein und verlässt den Raum.

Inge schaut aus dem Fenster, es ist ein trüber Tag. Die Sonne hat sich nicht sehen lassen, es ist nicht einmal richtig hell geworden. Nicht nur aus diesem Grund hat sie bisher keinen Fuß vor die Tür gesetzt. Ihr Arzt wird mit ihr schimpfen, aber sie hatte keine Lust. Immer die gleichen langweiligen Wege, sie kennt jeden Baum und jeden Strauch, es ödet sie an. Natürlich könnte sie mit einem der anderen Bewohner zusammen gehen. Aber es sind alle angehalten, mindestens eineinhalb Meter Abstand zu wahren, und das wird im Alter schwierig. Die meisten hören auch nicht mehr besonders gut, daher wird aus jedem Gespräch ein gegenseitiges Anbrüllen. Das reizt sie nicht, zumal die meisten ohnehin nur über ihre Krankheiten reden. Als gäbe es kein anderes Thema. Im Augenblick ist es noch schlimmer als sonst, weil dieses Virus alles durcheinanderbringt. Die täglichen Bilder im Fernsehen, die Zahlen von Infizierten und Gestorbenen, die endlosen Diskussionen auf allen Kanälen und natürlich die Masken, die das Personal jetzt tragen muss, beunruhigen die Bewohner. Inge findet die Einschränkungen nicht wirklich gravierend, da hat sie Schlimmeres hinter sich. Leid tun ihr allerdings die jungen Menschen, die ihre Freunde nicht treffen dürfen, keine Partys feiern, vielleicht die erste Liebe daran zerbrechen sehen. Ob Lara schon einmal verliebt war, vielleicht gerade ist? Sie weiß es nicht und kann sich auch nicht vorstellen, das Mädchen danach zu fragen, so verschlossen, wie es die letzte Zeit ist. Ihre Mutter war da weniger zurückhaltend gewesen. Die hat sie ständig ausgefragt und endlos gebohrt. Sie hat ihre Geheimnisse trotzdem für sich behalten, es gab eben Dinge, die Mütter nichts angingen. Damals wie heute.

Wer war ihre erste Liebe gewesen? Peter, der Junge mit den warmen, braunen Augen? Nein, das war wohl nur eine Schwärmerei. Sie waren einmal zusammen im Kino und hatten Händchen gehalten, mehr nicht. Na ja, sie war erst 13, noch ein Kind, lange nicht so aufgeklärt wie die heutige Jugend. Außerdem schwer katholisch, auch wenn sie sich das heute nicht mehr vorstellen kann. Sie ist schon vor Jahrzehnten aus der Kirche ausgetreten. Damals hat sie aber noch geglaubt, dass jeder voreheliche Verkehr sündig ist, allein der Gedanke daran auf dem geraden Weg in die Hölle führt. Es hat sie trotzdem vor nichts bewahrt. Stärker als alle Ängste war zu allen Zeiten die Liebe oder zumindest die Hormone. Vor ihrem geistigen Auge taucht ein Gesicht auf, und ihr Mund verzieht sich zu einem Lächeln. Michael, sie lernten sich auf einer Gruppenfahrt der katholischen Jugend kennen, und für sie war es Liebe auf den ersten Blick gewesen. Er spielte Gitarre und seine Stimme löste ungeahnte, unbekannte Gefühle in ihr aus. Leider war sie nicht die Einzige, die ihn anhimmelte. Viele Mädchen, älter als sie und deutlich entwickelter, umringten ihn den ganzen Abend und wichen nicht von seiner Seite. Umso verblüffter war sie, als er sie später ansprach und fragte, wo sie herkam und ob sie einen Freund hätte. Vor lauter Unsicherheit und Aufregung hatte sie kaum einen Ton rausgebracht und nur den Kopf geschüttelt. Trotzdem war er nicht gegangen, hatte ihre Hand genommen und gesagt: »Wenn nicht, dann möchte ich das ab jetzt sein.« Von da an galten sie als Paar. Sie unternahmen alles zusammen und abends, wenn die Gruppen zusammenkamen, saß sie neben ihm und konnte ihr Glück kaum fassen. Am dritten Abend küsste er sie das erste Mal und sie hatte Angst, er könnte ihr aufgeregt klopfendes Herz schlagen hören. Sie hatte keine Ahnung, wie man küsst, und hielt ihre Lippen fest zusammengepresst. Als sich dann auch noch seine Hand ihrem kaum entwickelten Busen näherte, geriet sie in Panik, riss sich los und rannte davon. Sie weinte die halbe Nacht, überzeugt davon, Michael für alle Zeiten verloren und jede Chance auf Glück vertan zu haben. Zwei endlose Tage und Abende ignorierte er sie tatsächlich, schäkerte mit den anderen Mädchen und sie fühlte sich schrecklich. Dann stand er plötzlich wieder vor ihr, lächelte und strich ihr über die Wange. »Du bist halt noch ein kleines Mädchen. Entschuldige, das konnte ich nicht wissen. Ich werde das nicht wieder tun«, flüsterte er ihr ins Ohr, während seine Lippen langsam an ihrem Hals herunterwanderten.

Inge lacht in sich hinein, erinnert sich, welche Gedanken und Gefühle das in ihr ausgelöst hat, und wie unendlich dumm sie damals gewesen ist. Sie war 13 und hatte nicht die geringste Ahnung von Männern. Von ihrer Mutter hatte sie gehört, dass die immer ›nur das eine‹ wollen und dass sie vorsichtig sein musste. Das war´s. Zum Glück hatte sie Freundinnen, die sich angeblich auskannten und ihr Wissen gern mit ihr teilten. Dr. Sommer, der in der ›Bravo‹ alle Fragen beantwortete, die junge Menschen beschäftigten und auf die ihnen sonst niemand Antwort gab, kam leider erst ein Jahrzehnt später. Wie und warum es mit Michael zu Ende gegangen ist, weiß sie nicht mehr, vermutlich hatte es an der räumlichen Entfernung gelegen. Außerdem hatte sie später vermutet, dass er seine Bedürfnisse woanders gestillt hatte. Schließlich hatte er nie wieder versucht, von ihr mehr, als einen Kuss zu bekommen.

Sie schaut in ihr mittlerweile schon wieder leeres Glas und überlegt, ob sie aufstehen und sich erneut nachschenken soll. Mutter hatte recht, denkt sie, Eierlikör ist ein gefährliches Tröpfchen. Wenn man damit mal angefangen hat, hört man so schnell nicht wieder auf. »Was soll's, wer weiß, ob ich morgen noch lebe.« Sie erhebt sich und holt die Flasche.

-5-

»Du hast es versprochen Lara, so geht das nicht.« Sarah steht mitten im Zimmer ihrer Tochter und stemmt die Hände in die Seiten. Sie hat sich vorgenommen, Lara ruhig, aber bestimmt aufzufordern, heute ihre Großmutter anzurufen. Jetzt liegt das Mädchen auf dem Bett, hat Kopfhörer auf und sie weiß nicht einmal, ob sie sie überhaupt hört. Sie könnte vermutlich genauso gut mit der Zimmerpflanze reden, die in einer Ecke vor sich hin vertrocknet. Während sie auf ihre Tochter runterschaut, spürt sie Wut in sich aufsteigen. Nicht nur auf Lara, auf die ganze, beschissene Situation. Diese Pandemie raubt ihr den letzten Nerv, und so geht es nicht nur ihr. Homeschooling, Homeoffice, das hört sich alles gut an, ist aber in Wirklichkeit die reine Folter. Alle zwei Minuten kommt Lars an und braucht Hilfe, und ob Lara überhaupt irgendwas anderes tut, als mit ihren Freundinnen zu chatten und Musik zu hören, davon hat sie gar keine Ahnung. Sie kommt an das Mädchen nicht mehr ran. Sie scheint mittlerweile von ›meine allerliebste Mama‹ zur ›meistgehassten Feindin‹ mutiert zu sein. Theoretisch hat sie gewusst, dass diese Phase kommen würde, kommen musste, aber, dass es sich so schlimm anfühlen würde, war ihr nicht klar gewesen. »Lara, verdammt noch mal, hör mir gefälligst zu, wenn ich mit dir rede!«

Das Mädchen seufzt und verdreht genervt die Augen, immerhin nimmt es die Kopfhörer ab.

»Man, chill jetzt, ich ruf später an.«

»Das sagst du immer und dann vergisst du es doch wieder. Komm schon, du hast jetzt Zeit, also mach. Oma freut sich bestimmt und vielleicht habt ihr ja ein nettes Gespräch.«

»Und vielleicht sind Bananen doch nicht krumm und du hörst mal auf zu nerven«, mault Lara, nimmt aber immerhin ihr Handy zur Hand.

Sarah wartet noch einen Augenblick, bis sie hört, dass das Gespräch zustande gekommen ist, und verlässt erleichtert das Zimmer. Lieber Himmel, pubertierende Mädchen sind wirklich der Hölle entsprungen, denkt sie und muss lachen, weil sie sich erinnert, wie oft sie ähnliche Sätze von ihrer Mutter zu hören gekriegt hat.

Lara kommt nicht dazu, sich lange über die Penetranz ihrer Mutter aufzuregen, am anderen Ende meldet sich Oma Inge und überschlägt sich wieder vor Begeisterung.

»Kind, bist du krank? Seit wann rufst du gleich zweimal in einer Woche an, ich hoffe, es ist nichts passiert?«

»Nö, nur Mama nervt mal wieder krass, die kann gar nicht anders.«

»So schlimm? Sie meint das bestimmt nicht so.«

»Doch die meint das so, die ist nur noch ätzend, frustriert, irgendwas. Vermutlich die Midlifecrisis. War die immer so, wie hast du die dann nur ertragen?«

»Deine Mama war auch nicht immer nur brav, ganz bestimmt nicht, aber so richtige Probleme hatte ich mit ihr nicht. Sie war immer vernünftig, hat viel für die Schule gelernt, weil sie doch unbedingt studieren wollte. Willst du das nicht auch? Weißt du schon, was du mal werden willst?«

Lara verdreht genervt die Augen und antwortet: »Natürlich noch nicht, Mann.«

»Ach nein? Na ja, du hast ja noch Zeit, und zum Glück stehen heutzutage auch Mädchen alle Berufe offen. Das war zu meiner Zeit leider nicht der Fall. Ich verrate dir was, aber du darfst nicht lachen: Mein Traum war es, Pilotin zu werden. An meinem 14. Geburtstag habe ich das ganz stolz verkündet, und alle haben getan, als hätte ich einen guten Witz erzählt. Niemand hat es ernst genommen. Eine Frau, die ein Flugzeug fliegt, weder meine Mitschülerinnen noch meine Mutter hielten das überhaupt für möglich. Ab diesem Tag wurden mir immer neue Berufe vorgeschlagen, in denen ich Zubringerdienste geleistet hätte. Weißt du, was ich meine? Stewardess, Sekretärin für männliche Chefs, Arzthelferin für männliche Ärzte, Krankenschwester für ganz viele männliche Ärzte. Dass ich selbst Chefin oder Ärztin werden könnte, kam nicht vor. Klar, die gab es auch zu meiner Zeit, sogar Frauen in den Chefetagen, aber für mich kam das eben nicht infrage. *Schuster, bleib bei deinen Leisten,* war ein Lieblingsspruch meiner Mutter und hieß so viel wie: *Bleib schön immer in der zweiten Reihe und versuch nicht, etwas zu erreichen, was für dich nicht gedacht ist.* Ich weiß nicht, warum ich dagegen nicht rebelliert habe, denn zumindest damals hatte ich durchaus das Gefühl, alles erreichen zu können. Vielleicht lag auch das an meiner Mutter, die mir immer und immer wieder erzählt hat, dass Männer keine Karrierefrauen mögen. Als ich so jung war wie du, drehte sich das Leben eben hauptsächlich um das Wohlergehen der Männer. Ein Mädchen heiratet sowieso, hieß es, wozu soll es also studieren? Seit wann braucht man zum Kinder großziehen ein Studium? Lara, hallo, Lara, bist du noch da, Kind?«

»Ja, bin ich und nein, kein Plan, was ich werden will, echt nicht, Pilotin jedenfalls nicht.«

»Na ja, das macht ja nichts, du kannst alles werden, was du gern … hallo? Lara, warum piept das Telefon?«

Am anderen Ende lacht Lara laut auf, sie hat einfach aufgelegt. So ein beschissen langweiliges Thema. *Was willst du denn mal werden, Kind?,* imitiert sie die Stimme der Großmutter und verzieht höhnisch den Mund. Sie wird in Zukunft schlechtes W-Lan als Ausrede benutzen, um so ein Gespräch zu beenden. Vermutlich hat Oma keinen Plan, was das bedeutet, aber egal. Pilotin, nee, ist klar. Sie stellt sich ihre Großmutter in der adretten blauen Uniform der Lufthansa vor und muss lachen. *Mit der wäre ich auf keinen Fall geflogen,* denkt sie, bevor sie erneut zum Handy greift, um ihre Freundin Lisa anzurufen.

-6-

Inge starrt irritiert auf das Telefon, schüttelt es ein, zweimal, doch es piept unbeirrt weiter. Sie überlegt, ob sie Lara zurückrufen soll, verwirft den Gedanken wieder, weil das für sie zu teuer wird. Das Kind hat so eine Flatrate, darum kann sie von ihrem Telefon aus immer anrufen.

Sie haben ihr erstes Telefon bekommen, als sie 18 war. Einen riesigen schwarzen Kasten mit sehr kurzer Schnur, die jede Privatsphäre unmöglich machte. Jeder Anruf kostete 20 Pfennig, sofern es sich um ein Ortsgespräch handelte, sonst mehr. Daher durfte es nur für wichtige Gespräche genutzt werden und was wichtig war, bestimmten nach wie vor ihre Mutter oder Onkel Herrmann. Die Jugend heute hat es da besser, denkt sie und legt das Handy weg. Auf der anderen Seite aber auch wieder nicht. Alles ist so hektisch und schnell geworden, die hohen Anforderungen in der Schule. Lieber Himmel, wo blieb den jungen Leuten noch Zeit für Freizeit und Vergnügen? Sie hat mehrmals versucht, mit Sarah darüber zu reden, aber die ist ihr schnell über den Mund gefahren. Sie hätte keine Ahnung von der heutigen Jugend und den Gefahren, die überall auf sie lauerte. Damit hatte sie nicht Unrecht. Sie verstand nicht viel von der modernen Technik, aber dass die Welt rauer und gefährlicher geworden ist, das sah sie tagtäglich im Fernsehen. So viel Gewalt hatte es zu ihrer Zeit nicht gegeben, davon hatten die Menschen nach zwei Weltkriegen innerhalb kurzer Zeit, wohl genug gehabt. Trotzdem hatte es Gefahren gegeben und sie wundert sich über sich selbst, als sie daran denkt, wie leichtsinnig sie oft gewesen ist. Ihr Blick fällt auf das Handy und sie ist versucht, Lara doch zurückzurufen. Die Geschichten, die ihr da gerade eingefallen sind, würden ihr bestimmt gefallen. Wenn es nur nicht so teuer wäre, würde sie sofort anrufen, aber nein, dazu ist sie zu sparsam erzogen worden. Plötzlich kommt ihr eine Idee. Ein Brief. Sie wird Lara einen Brief schreiben, ganz und gar altmodisch. Vermutlich weiß das Mädchen gar nicht, was das ist und wird sicher sehr erstaunt sein. Sie wird sie bitten, ihr auf dem gleichen Weg zu antworten, das wird auch für sie etwas sein, worauf sie sich freuen kann. Sie holt einen Schreibblock und einen Kugelschreiber aus einer Schublade und setzt sich damit an den kleinen Tisch.

Meine liebe Lara, beginnt sie, und die Worte fließen schneller, als sie schreiben kann. *Jetzt bist du sicherlich sehr erstaunt darüber, dass ich dir einen Brief schreibe, aber weißt du, das Telefonieren mit diesen modernen Telefonen ist so teuer. Daher habe ich mir überlegt, dass wir uns doch zur Abwechslung mal Briefe schreiben könnten. Wer weiß, vielleicht macht dir das sogar Spaß, auch wenn es dir zuerst vielleicht ungewohnt vorkommen wird. Ich würde dir gern so viele Dinge erzählen, Dinge, die du später dann deinen Kindern oder Enkeln erzählen kannst. Ja, lach nur, schneller als du denkst, wirst auch du Großmutter sein, so wie ich jetzt, oder doch zumindest alt. Hätte ich mir in deinem Alter auch nicht vorstellen können, denn wenn man jung ist, vergeht die Zeit noch sehr langsam. Aber je älter man wird, umso schneller rennt sie. Weißt du, ich wollte dir vorhin noch etwas erzählen, als du so plötzlich nicht mehr da warst, daher schreibe ich es jetzt einfach auf. Papier ist, wie du sicher weißt, sehr geduldig. Deine Mama hat mir erzählt, dass ihr so wenig nach draußen geht, weil das Leben für euch Kinder gefährlich geworden ist, überall Gewalt, Mord und Totschlag. Das ist furchtbar und tut mir leid, aber ich wollte dir erzählen, dass es auch zu meiner Zeit durchaus Gefahren gegeben hat, große Gefahren sogar. Stell dir vor, ich war ungefähr acht oder neun Jahre alt, noch in der Volksschule, wie es damals hieß, als ich mich fast ums Leben gebracht hätte. Einige Mädchen in meiner Klasse waren das, was man heute wohl ›angesagt‹ nennt. Ich hätte alles* dafür gegeben, *dazu zugehören, aber die wollten von mir nichts wissen. Sie waren ›was Besseres‹, Töchter der Dorfhonoratioren, des Apothekers, Doktors, Sparkassendirektors und Pfarrers. Als eines Tages diese Mädchen nach Schulschluss auf mich warteten, war ich auf das Schlimmste gefasst, aber wider Erwarten waren alle nett und freundlich. Ich war außer mir vor Begeisterung, als sie mich fragten, ob ich mitkommen wollte, sie hätten ein Geheimnis, niemand dürfe davon wissen. Ich musste sogar feierlich schwören, zu schweigen. Tat ich natürlich, ich hätte meine Seele verkauft, wäre das die Bedingung gewesen. Die Zeit bis zum Nachmittag verging quälend langsam, und als ich endlich zum vereinbarten Treffpunkt rennen konnte, wurde ich von den Fünfen bereits erwartet. Geschlossen liefen wir zu der Ruine einer ehemaligen Fabrik, von der bereits wieder die gierige Natur Besitz ergriffen hatte. Zwischen den geschwärzten Mauern blühten allerlei Blumen, Brombeerbüsche und Farnkräuter. Es roch nach Staub und Sommer. Wir kletterten über Geröll, durchquerten einen verwilderten Garten und kamen ganz am Ende an zwei hohe Mauern, die sich gegenüberstanden. Vermutlich hatte sie früher ein Tor verbunden, das war nicht mehr zu erkennen. Ich erinnere mich genau an den Ort, viel Schutt und Steine und diese beiden hohen, schmalen Mauern, gerade breit genug, um darauf zu stehen. Ich höre heute noch das Kichern der Mädchen, als die Anführerin, sie hieß Renate, mir nun mitteilte, sie hätten einen Club. Allerdings müsse ich eine Mutprobe bestehen, erst danach könne ich in diesen aufgenommen werden. Ich habe genickt, obwohl ich mir vor lauter Angst fast in die Hose gemacht hätte. Renate erklärte mir, ich solle hoch auf die eine Mauer klettern, ganz bis zum Rand vorgehen und dann zur anderen hinüberspring-*

gen. Das sei die Bedingung, um eine der ihren zu werden. Ich spürte, dass sie log, dass keine eine solche Mutprobe gemacht hatte, aber es gab kein Zurück mehr. Ich klemmte mir mein Kleid zwischen die Beine und kletterte an der Seite zu der einen Mauer hoch. Dann balancierte ich vorsichtig zum Rand vor. Ängstlich vermied ich jeden Blick in die Tiefe, die mir schrecklich vorkam. Auch der Abstand der beiden Pfeiler erschien mir unüberwindlich. Mir war klar, dass ich es niemals schaffen würde, die andere Seite zu erreichen. Unten riefen sie im Chor: Spring, spring, spring und ich ging in die Knie, um mich abstoßen zu können. Kannst du dir das vorstellen? Ich wäre in den sicheren Tod gestürzt, nur um gemocht zu werden, eine von ihnen zu sein. In diesem Moment erklang eine laute Stimme. Meine eben noch kichernden falschen Freundinnen stoben in alle Richtungen davon. Unten war ein mir unbekannter Mann aufgetaucht und forderte mich streng auf, sofort runterzukommen. Ich erinnere mich gut, dass ich davor genauso viel Angst hatte, wie vor diesem Sprung. Trotzdem bin ich vorsichtig, Schritt für Schritt, zurückgeklettert. Noch bevor ich den Boden erreicht hatte, packte er mich am Arm und schlug mir zweimal hart ins Gesicht. »Bist du von allen guten Geistern verlassen, Kind? Du hättest dir bei dem Sprung den Hals gebrochen. Wie kann man nur so dumm sein? Wer bist du, wie heißt du?« Schluchzend habe ich ihm die ganze Geschichte erzählt, meine Wangen brannten wie Feuer und der Griff um meinen Oberarm war schmerzhaft. Er ließ mich nicht los, bis wir an unserer Haustür angekommen waren und er geklingelt hatte. Meine Mutter wurde blass, als er seine Geschichte erzählte, und natürlich bekam ich auch von ihr erst einmal zwei Ohrfeigen. Weißt du überhaupt, was Ohrfeigen sind? Ich glaube nicht, oder? Na ja, früher gab es die öfter, ein Widerwort, eine schlechte Note, irgendwas kaputt gemacht oder vergessen, schon bekam man Ohrfeigen. Ich habe das schon als Kind unglaublich demütigend gefunden und mir geschworen, meinen Kindern niemals ins Gesicht zu schlagen, überhaupt nicht zu schlagen, genauer gesagt. Frag deine Mama oder Onkel Sven, ich habe meinen Schwur gehalten. Wo war ich? Ach ja, diesmal gab´s zu den

Ohrfeigen noch Stubenarrest obendrauf. Vier lange Wochen durfte ich nicht ins Schwimmbad, nach den Schularbeiten eine halbe Stunde an die frische Luft. Einmal die Straße rauf und runter, an der Hand meiner Mutter, das war´s. Mein Gott, war mir das peinlich, ich war zum Gespött aller Kinder geworden und die Hoffnung, in den Club der beliebten Mädchen aufgenommen zu werden, hatte sich damit ein für alle Mal zerschlagen. Das war aber noch nicht das Ende der Geschichte. Sie hatte Folgen. Der Mann, der mich von meinem gefährlichen Vorhaben abgebracht hatte, kam wieder, immer öfter und ich hörte meine Mutter mit ihm lachen, wenn ich abends in meinem Bett lag. Ich musste Onkel Hermann zu ihm sagen, denn nach einer Weile haben sie geheiratet, er wurde mein Stiefvater. Das hört sich schlimmer an, als es ist, er war eigentlich ganz nett.

-7-

»Lara, hier ist ein Brief für dich.« Lara öffnet einen Spaltbreit ihre Zimmertür und späht hinaus. Auf der Treppe steht ihre Mutter und wedelt mit einem Umschlag.

»Hä? Von wem?«

»Von Oma Inge.«

»Kotz, gib her, was will die denn schon wieder?«

»Hör auf so zu reden, lies den Brief, dann wirst du es wissen, ist doch nett von ihr, dir zu schreiben.«

»Ja, ja, hör auf zu nerven und gibt her.« Sie reißt der Mutter den Brief aus der Hand, knallt heftig die Tür zu, schmeißt sich aufs Bett und öffnet den Umschlag. Vier Seiten, eng beschrieben, dazwischen ein Zehneuroschein. *Cool,* denkt sie, *nicht viel, aber besser als gar nichts.* Sie quält sich durch den langen Text, kann manche Worte nicht entziffern und hat auch keinen Bock, sich damit lange aufzuhalten. Als sie am Ende angekommen ist, ruft sie ihre beste Freundin Lisa an.

»Hey, Lisa, oh mein Gott, ich muss dir unbedingt was erzählen, und zwar hab ich gerade einen Brief gekriegt.«

»Einen was??«

»Na, einen Brief halt, so wie früher, von meiner Oma eben. Eigentlich hatte ich sowieso kein Bock den zu lesen, und dann, weißt du, was da drin stand???? Einfach irgendeine dämliche Geschichte von einer Mutprobe … keine Ahnung, auf alle Fälle irgendwas Dummes.«

»Eine Mutprobe? Von deiner Oma? Was soll denn der Scheiß?«

»Ja schon, von früher, irgendwas mit zwei Mauern und einem Sprung. Wie dumm meine Oma früher war, kannste dir nicht ausdenken. Und weißte was noch Müll ist, die will, dass ich jetzt was zurück schreibe, aber was bitte???? Ich hab sowas noch nie gemacht.«

»Mach doch einfach so, keine Ahnung, wie so eine Instagram Story, nur eben mit Worten. Also, was du heute gemacht hast und so. Oder antworte gar nicht, wenn du keinen Bock hast.«

»Nee, das geht nicht, dann nervt meine Mutter mich wieder des Todes. Lass mal, Lisa, ich weiß jetzt, was ich mache, danke. Ich versuch so einen dämlichen Brief zu schreiben, okay? Vielleicht legt sie ja jedes Mal Zehn Euro rein. Bye Lisa.« Lara legt das Handy weg und setzt sich an ihren Schreibtisch. Sie hat keinen blassen Schimmer, was sie schreiben soll, außerdem null Bock auf so einen Müll. Ihr Blick fällt auf die eng beschriebenen Blätter und den Geldschein. »Okay«, sagt sie laut, »schreibe ich eben einen Scheißbrief, aber dafür rufe ich diese Woche nicht mehr an, damit das schon mal klar ist.«

»Hast du was gesagt, Lara?«

War klar, dass ihre Mutter vor der Tür lauert und darauf wartet, dass sie ihr erzählt, was Oma Inge geschrieben hat.

»Ja, dass du mich nicht nerven sollst.«

»Was wollte Oma denn? Ist sie krank? Nun erzähl doch mal.« Die Tür geht auf und ihre Mutter kommt rein.

»Schon mal was von Anklopfen gehört oder von Briefgeheimnis? Vermutlich nicht, da stand mein Name drauf, nicht deiner. Geht dich also nix an, was sie schreibt.«

»Meine Güte, Lara, du benimmst dich wirklich unmöglich.

Ich werde wohl noch fragen dürfen, was meine Mutter dir geschrieben hat.«

»Klaro, fragen darfst du, aber antworten werde ich nicht. Könntest du jetzt mein Zimmer wieder verlassen, ich habe zu tun.«

Lara hält die Luft an. Wird die Mutter tun, was sie gesagt hat oder kriegt sie jetzt Stress, weil sie den Bogen überspannt hat? Sie weiß manchmal selber nicht genau, warum sie so unfreundlich zu ihr ist, sie nervt eben. Als keine Antwort kommt, dreht sie sich halb auf ihrem Stuhl um, sieht sie an und zieht fragend die Augenbrauen in die Höhe. »Was jetzt? Willst du hier einziehen, oder wie?«

Sarah seufzt tief, sagt aber nichts, dreht sich um, verlässt das Zimmer der Tochter und läuft die Treppe runter zum Telefon. *Wenn Lara mir nichts erzählt, muss ich eben meine Mutter fragen,* denkt sie und wartet darauf, dass die sich meldet.

-8-

Inge schiebt das Geschirr zur Seite, sie hat schlecht geschlafen und keine Lust auf Frühstück. Außerdem ist der Toast kalt und der Kaffee eine Zumutung. Zum wiederholten Mal nimmt sie sich vor, eine eigene Kaffeemaschine anzuschaffen, um diesem Gebräu zu entkommen. *Wenn dieser Lockdown nicht wäre, könnte ich in die Stadt gehen und das gleich heute erledigen,* denkt sie. Leider geht das nicht und auch ohne Pandemie, das Laufen fällt ihr immer schwerer, die Hüftarthrose macht ihr zu schaffen. Sie überlegt, ob sie Sarah anrufen und sie bitten soll, ihr eine aus dem geöffneten großen Supermarkt zu besorgen, da klingelt das Telefon.

»Sarah, das war jetzt wirklich Gedankenübertragung, ich habe gerade überlegt, ob ich dich anrufen soll. Du weißt doch, der Kaffee hier schmeckt wie Spülwasser, den kriege ich keinen Tag länger runter. Ich brauche eine Kaffeemaschine, aber …«

»Ja Mutter, ich weiß, das hast du mir erst drei Dutzend Mal erzählt, warum hast du dir nicht längst eine gekauft?«

»Na, weil doch die Läden in der Innenstadt zu haben, hast du das vergessen?«

»Natürlich nicht. aber du hast schon lange vor dem Lockdown über den schlechten Kaffee gemeckert, außerdem könntest du dir auch jetzt online eine besorgen. Wenn du das nicht kannst, mache ich es für dich.«

»Ach, ich weiß nicht, das dauert wieder so lange, ich dachte, du könntest vielleicht eine für mich besorgen und sie unten beim Pförtner lassen. Sehen dürfen wir uns ja leider nicht. Du hast nicht zufällig Zeit heute?«

»Nein leider, Mama, ich würde es machen, aber es geht nicht. Gleich beginnt das Homeschooling für Lars, da muss ich zu Hause sein und ihm helfen. Außerdem habe ich Homeoffice und muss erreichbar sein. Tut mir leid, aber ich kann nicht weg, aber vielleicht am Samstag, was hältst du davon?«

»Na gut, dann am Samstag, so lange muss ich das Abwaschwasser eben noch ertragen.«

»Du wirst es überleben, Mama. Was ich dich eigentlich fragen wollte, du hast Lara einen Brief geschrieben. Gab es dafür einen besonderen Grund oder war das nur so?«

»Ach, dann hat sie ihn schon bekommen? Sie war bestimmt sehr überrascht, oder?«

»Kann ich dir nicht sagen, sie redet kaum mit mir. Jeder Gorilla im Zoo ist gesprächiger als sie. Pubertierende sind wirklich nicht leicht zu ertragen, das kannst du mir glauben.«

»Das waren sie zu keiner Zeit, aber noch schwerer ist es für die jungen Leute selber. Die sind nicht Fisch und nicht Fleisch, willenlose Opfer ihrer Hormone. Hast du vergessen, wie du dich in der Zeit gefühlt hast? Also, ich erinnere mich gut, wie schrecklich ich die Welt in dem Alter fand. Ich war fest davon überzeugt, nicht das leibliche Kind meiner Mutter zu sein, also, adoptiert oder so. Ich habe mich, glaube ich jedenfalls, in meinem ganzen Leben nie wieder derart unverstanden und ungeliebt gefühlt. Alles, was mir Spaß gemacht hätte, haben sie mir verboten, nichts konnte ich ihnen rechtmachen, es war absolut furchtbar. Na ja, es war auch die Zeit, in der sie geheiratet haben, und das fand ich schrecklich peinlich. Ich habe mich vor meinen Freundinnen fürchterlich geschämt. Aber lassen wir das, du willst wissen, was ich Lara geschrieben habe, stimmt´s? Nichts, was dich beunruhigen müsste, ich habe ihr ein bisschen von früher erzählt, von Dummheiten, die ich gemacht habe, als ich ein Kind war. Weißt du, sie ruft mich ja manchmal an, und darüber freue ich mich, aber sie ist immer sehr kurz angebunden und obendrein brechen die Gespräche meist plötzlich ab. Darum habe ich gedacht, wenn ich ihr schreibe, komme ich dazu, eine Geschichte zu Ende zu erzählen. Dann kann sie es lesen, wenn sie Zeit dafür hat. Das ist doch viel besser, oder was meinst du?«

»Keine Ahnung. Ehrlich Mama, ich glaube, Lara interessiert sich momentan nur sehr rudimentär für die Familie und was du als Kind getrieben hast, gehört sicher nicht dazu. Vermutlich war das für sie in der Steinzeit oder noch weiter zurück. Sie kann sich ja nicht einmal vorstellen, dass ich nicht schon erwachsen zur Welt gekommen bin, nur um ihr das Leben schwer zu machen. Erwarte also besser nicht, dass sie zurückschreibt, die hat den Kopf mit 1000 anderen Dingen voll.«

»Hat sie einen Freund, vielleicht ist sie unglücklich verliebt?«

»Was fragst du mich? Glaubst du, sie würde ausgerechnet mir sowas erzählen? Ich bin doch Staatsfeind Nr.1 für sie. Die Spaßbremse, die sie an ihre Pflichten erinnert, sie morgens aus dem Bett schmeißt, verlangt, dass sie ihre schmutzige Wäsche in den Wäschekorb wirft und zumindest ab und zu mal ihr Zimmer lüftet. Also die, die ihr Leben ruiniert. Der wird sie wohl kaum erzählen, ob sie verliebt ist oder nicht.«

»Übertreibst du nicht ein bisschen? Ganz so schlimm ist es sicherlich nicht, du bist doch trotzdem ihre Mama und … «

»Ja Mama, ich übertreibe, natürlich, was denn sonst? Lara ist ein Schatz, Lars ein Sonnenschein und Axel trägt mich auf Händen. Ich habe überhaupt keine Probleme, mein Leben ist ein einziges Märchen. So stellst du es dir vor, oder Mama?

Und wenn es nicht so ist, dann nur, weil ich ständig übertreibe, Probleme sehe wo keine sind und überhaupt immer schon schwierig war.«

Sarah schlägt die Hand vor den Mund, ärgert sich über sich selbst. Sie hat nicht vorgehabt, derart auszurasten, aber irgendetwas im Ton ihrer Mutter … schon sind alle guten Vorsätze vergessen. Auch diesmal hat ihr süffisantes ›übertreibst du nicht ein bisschen?‹ sie derart getriggert, dass sie nicht mehr klar denken kann.

»Geht es Axel gut, ich habe lange nichts mehr von ihm gehört, er ist doch nicht etwa krank?«

War klar, Sarkasmus ist an ihre Mutter verschwendet; aber sie hat etwas gewittert und wird jetzt so lange bohren, bis ihre Neugierde befriedigt ist. ›Nein, Mutter, er ist nicht krank, ganz im Gegenteil, er ist sogar sehr gesund und fickt wahrscheinlich gerade seine neue Sekretärin‹ denkt sie bitter, bevor sie sich zusammenreißt.

»Nein, nein, er ist nicht krank, hat nur zu viel zu tun. Ich sage ihm heute Abend, dass er dich mal wieder anrufen soll. Du, ich muss jetzt hier mal weitermachen, mein Haushalt erledigt sich nicht von allein.«

»Ach Sarah, komm schon, wie lange willst du diese Scharade noch aufrechterhalten? Vergiss nicht, ich bin deine Mutter. Ich spüre, wenn mit dir etwas nicht stimmt, und mit dir stimmt schon seit geraumer Zeit eine ganze Menge nicht. Also, raus damit, was ist los bei dir?«

Sarah beißt sich so fest auf die Unterlippe, dass sie Blut schmeckt und ihr Tränen in die Augen schießen. Als sie antwortet, ist ihre Stimme lange nicht so fest, wie sie es gehofft hat.

»Axel hat …, also, genauer gesagt, seit einiger Zeit, … ach Scheiße, was soll's, warum soll ich ihn auch noch decken? Der Scheißkerl vögelt seine neue Sekretärin, während ich seine Wäsche wasche, seine Hemden bügele und nebenbei seine Kinder großziehe. Natürlich habe ich blöde Kuh ihm seine angeblichen Überstunden und Meetings abgenommen, bin überhaupt nicht auf die Idee gekommen, er könnte eine andere haben. Das wäre vermutlich immer noch so, hätte nicht eines seiner Meetings bei mir angerufen. Ja, stell dir vor, die hat die Frechheit besessen, mich anzurufen. Sie hat mir zu verstehen gegeben, dass es sie stört; dass ihr neuer Freund noch mit mir verheiratet ist. Ich habe zuerst gedacht, da erlaubt sich jemand einen schlechten Scherz mit mir. Erst als ich begriffen habe, dass die das ernst meint, habe ich zum Glück meine Sprache wiedergefunden.« Sarah lacht bitter in der Erinnerung an den weiteren Verlauf dieses merkwürdigen Telefonats. »Die hat sich als Melanie irgendwas vorgestellt und ihr Verslein aufgesagt. Daraufhin habe ich geantwortet: › *Hören Sie, Judith, ich weiß schon lange, dass mein Mann Affären hat. Mich interessiert das nicht weiter. Ich lebe mein Leben und er seins. Sollte er Ihnen also irgendwas von der kränkelnden, depressiven Ehefrau erzählt haben, die man gerade nicht mit Scheidungswünschen behelligen darf, vergessen Sie das.* › Ich habe wohl ins Schwarze getroffen, es hat ihr jedenfalls für eine Weile die Sprache verschlagen. Dann hat sie ganz pikiert gesagt, ihr Name sei Melanie, nicht Judith. Ich habe mich entschuldigt und gesagt, dann hätte ich sie wohl mit einer ihrer Vorgängerinnen verwechselt, ich hätte den Überblick verloren. Daraufhin hat sie wortlos aufgelegt. Am Abend kam dann Axel mit Blumen nach Hause. Stell dir vor, einfach so, ich hatte weder Geburtstag noch war unser Hochzeitstag. Vermutlich hatte ihm Melanie den Laufpass gegeben, er hat sich aber bald getröstet und die neue heißt nun tatsächlich Judith. Fände ich bestimmt zum Schreien komisch, wenn es nicht so traurig wäre. Wie du siehst, Mama, bei mir zu Hause ist gar nichts mehr in Ordnung, aber ich bin sicher, du wirst mir gleich sagen, was ich alles falsch gemacht habe, weil mein Mann fremd geht.«

»Da kannst du mal sehen, wie wenig du mich kennst. Nein, mein Kind, das liegt nicht an dir, sondern daran, dass manche Männer nie richtig erwachsen werden. Sie sind ihr ganzes Leben lang auf der Suche nach einer Frau, die ihnen bestätigt, wie großartig und besonders sie sind. Große Jungs, und so ein Seitensprung ist für sie das Räuber - und Gendarm - Spiel ihrer Kindheit. Ein Abenteuer, das Nachlaufen und schließlich die Eroberung, das ist Adrenalin pur. So bleiben sie jung und die ewigen Helden ihrer eigenen Geschichte. Ein neues Spielzeug ist eben reizvoller, als das alte jeden Tag aufs Neue zu reparieren. Und darum geht es in einer Ehe, jeden Tag daran zu arbeiten, Schäden zu erkennen, zu beseitigen und ihr ab und zu einen neuen Anstrich zu verleihen. Wie lange seid ihr verheiratet? 14 Jahre? Eine kleine Ewigkeit, ihr kennt euch in und auswendig, und vom Sturm der ersten Liebe ist bestenfalls ein laues Lüftchen übrig geblieben. Dein Mann langweilt sich. Dich muss er nicht mehr erobern und du kennst ihn besser als dich selbst. All seine Fehler und Schwächen, weißt wie wehleidig er ist, wie ungern er sich Problemen stellt. Er weiß, dass du weißt, dass er kein Held ist, und das ist sein Problem. Ja, er ist charmant, ein brillanter Unterhalter mit Witz und Humor, aber für die Ehe taugt er nicht.«

»Mit anderen Worten, ich hätte wissen müssen, dass er jede Frau vögeln würde, die zufällig seinen Weg kreuzt?«

»Ganz so krass hätte ich es vielleicht nicht formuliert. Aber ja, du hättest es wissen können, dass er nicht der Typ Mann ist, der sich ein Leben lang mit einer Frau zufrieden gibt. Und dieses Thema habt ihr ja auch nicht zum ersten Mal. Ich erinnere mich gut, wie ihr euch vor ein paar Jahren sehr heftig darüber gestritten habt. Und nein, das liegt ganz sicher nicht an dir.«

»Wenn du das alles so genau wusstest, warum hast du mich nicht gewarnt?«

»Habe ich doch, mehrfach sogar, hast du das vergessen? Erinnere dich! Du warst totunglücklich, weil du rausgefunden hattest, dass er sich heimlich mit deiner Freundin

Sabine getroffen hat. Wütend warst du allerdings nur auf sie, und da habe ich dir geraten, das mal zu überdenken, und seine Erklärungen nicht als lautere Wahrheit hinzunehmen. Du bist mir fast an die Gurgel gegangen, hast geschrien, ich solle mich da raushalten, ich hätte ja keine Ahnung und überhaupt, Axel noch nie leiden können. Na, kommt dir das bekannt vor?«

»Ja, ich erinnere mich, aber Sabine war auch genau die Sorte Freundin, die …«

»Nein, Sarah, genau das war sie eben nicht. Du benutzt die typischen Entschuldigungen aller betrogenen Frauen. Die andere ist ein Luder, treibt es mit jedem, hat es nur darauf angelegt usw. Das ist Unsinn. Frauen sind weder Monster noch Opfer, außerdem entmündigt ein solches Denken die Männer.«

»Entschuldigst du ihn etwa nicht? Er hat mich belogen und betrogen, während ich ihm immer treu gewesen bin. Du klingst, als wäre ich selber schuld, dass es so gekommen ist.«

»Wenn das bei dir so ankommt, dann tut es mir leid, ich versuche nur, dir zu helfen. Und es hilft dir nicht, wenn du die Schuld nur bei den anderen Frauen suchst oder, noch schlimmer, bei dir selbst. Axel ist 42 Jahre alt und damit alt genug, Verantwortung für das zu übernehmen, was er tut. Was hast du denn jetzt vor? Willst du deine Ehe retten oder lässt du dich scheiden?«

»Meine Ehe ist nicht mehr zu retten. Er ist schon vor drei Monaten zu dieser Judith gezogen und macht mit der auf heile Welt. Ich weiß nicht, wie das weitergehen soll, ich kann das Haus allein nicht halten, wenn er auf Scheidung besteht …«

»Ich wollte wissen, was du willst, nicht was Axel will, das weiß ich ohnehin.«

»Ach ja? Woher? Hat er mit dir gesprochen, wusstest du die ganze Zeit …«

»Beruhig dich wieder. Nein, er hat nicht mit mir gesprochen, und ich kann auch nicht hellsehen, aber es ist nicht schwer zu erraten. Wenn du ihn nicht unter Druck setzt, wird er früher oder später wieder vor der Tür stehen. Eher früher, wenn du mich fragst. Keine Melanie und keine Judith wird sich auf Dauer damit zufrieden geben, nur die zweite Geige zu spielen. Sie wird das tun, was sie unbedingt lassen sollte. Sie wird ihm Druck machen, auf die eine oder andere Weise. Drohen, weinen, für einen Mann zu viel reden. Er fühlt sich plötzlich nicht mehr als Eroberer, sie gibt ihm nicht mehr das Gefühl ein strahlender Held zu sein. Sie ist enttäuscht von ihm und das nimmt er ihr übel. Du hingegen erscheinst ihm plötzlich wieder interessant und er fragt sich, wie er dich jemals verlassen konnte. Immer vorausgesetzt, du benimmst dich anders, als er es erwartet. Kein Jammern, kein Klagen, keinerlei Vorwürfe. Sei freundlich, aber distanziert und verhalte dich so, als wäre es dir nicht besonders wichtig, was er tut oder lässt.«

»Soll ich jetzt anfangen, Spielchen zu spielen? So tun, als wäre ich nicht verletzt und wütend? Das kann nicht dein Ernst sein, Mama.«

»Von Spielchen habe ich kein Wort gesagt, oder? Wenn du ihn loswerden willst, tu was du willst. Beschimpf ihn, mach ihm Vorwürfe, brich in Tränen aus oder schmeiß das Geschirr an die Wand. Solltest du an dieser Ehe festhalten wollen, wäre das allerdings der falsche Weg. Deine Entscheidung, mein Kind, aber ich muss jetzt unter die Dusche. Wir telefonieren seit einer Ewigkeit und du hast ja auch zu tun.«

»Ach so, ja, ist gut«, sagt Sarah verblüfft. Dass ihre Mutter ein Gespräch beendet, kennt sie bisher nicht. »Ich kümmere mich um eine Kaffeemaschine, wenn du willst, und melde mich dann wieder.«

»Gut, mein Kind, mach das, ich wünsche dir einen schönen Tag.«

-9-

Mit dem Handy in der Hand bleibt Inge mitten im Raum stehen und denkt über das Gespräch nach. Es tut weh, dass ihre Tochter so leidet, aber das Leben hat sie gelehrt, Jammern und Klagen ändert selten etwas. Wenn man etwas will, muss man bereit sein, dafür zu kämpfen. Als Sarah ihr damals den gut aussehenden, charmanten Axel vorstellte, hat sie geahnt, dass es so kommen würde. Er war das, was man zu ihrer Zeit einen ›Bruder Leichtfuß‹ nannte. Nicht für eine Ehe, eine Familie, geeignet, nur etwas, um ein bisschen Spaß zu haben. Nur war Sarah bis über beide Ohren in ihn verliebt gewesen und überzeugt, ihr Glück würde ewig währen. Einwände akzeptierte sie von niemandem und von der eigenen Mutter schon mal gar nicht. Ihre diesbezüglichen Versuche hatten ihr umgehend den geballten Zorn der Tochter eingebracht. Vielleicht, wenn sie es anders, klüger angefangen hätte, ihr die Geschichte der eigenen Ehe erzählt hätte … Sie unterbricht ihren gedanklichen Ausflug in die Vergangenheit und kehrt in die Gegenwart zurück. Ihr Blick fällt auf das Tablett, das immer noch auf dem Tisch steht. Seltsam, denkt sie, wieso holt das heute keiner ab? Fünf Minuten später kommt Tobias herein und bleibt kopfschüttelnd vor dem unberührten Frühstück stehen.

»Frau Berger? Was ist das jetzt wieder? Keinen Bissen gegessen, Ihren Kaffee nicht getrunken? Sie sind doch nicht krank, oder war es nur etwas zu viel Eierlikör gestern?«

»Guten Morgen, Tobias, wo haben Sie so lange gesteckt? Nehmen Sie das Zeug mit, der Toast ist kalt und labberig und dieses Gesöff, dass hier Kaffee genannt wird…nee, wirklich, das ist schlimmer als im Knast. Vermute ich jedenfalls, habe noch keinen von innen gesehen. Am Samstag bringt mir meine Tochter eine eigene Maschine und zur Not kaufe ich mir auch noch einen Toaster, dann muss ich mich damit nicht mehr rumärgern.« Sie zeigt auf das Tablett.

»Nicht ärgern, Frau Berger. Wenn Sie wüssten, mit was wir uns momentan alles rumschlagen müssen, wären Sie weniger aufgebracht, ganz bestimmt.«

»Ja, ich weiß, Corona macht allen das Leben schwer, aber den miserablen Kaffee kann man keinem Virus in die Schuhe schieben, den haben Menschen verbrochen.«

»Das stimmt, aber auch das Küchenpersonal ist durch Erkrankungen stark dezimiert und in der Pflege fehlt über die Hälfte des Personals. Glauben Sie mir, wir arbeiten alle am Rande der Erschöpfung.«

»Dann brauchen Sie erst recht anständigen Kaffee. Tobias, jammern Sie nicht rum, seien Sie ein Mann, ziehen Sie los und kämpfen Sie um etwas, das diesen Namen auch verdient.«

»Sie sind vielleicht eine Marke, aber okay, ich gehe in die Küche, nehme den Kampf gegen den dort herrschenden Drachen auf, und falls ich siege, und ich betone ausdrücklich, falls, dann komme ich mit Kaffee wieder.«

»Jawohl, solche Männer braucht dieses Land«, lacht Inge und weiß wieder, warum Tobias ihr Lieblingspfleger ist.

-10-

Hallo Oma, kein Plan, was ich schreiben soll, Briefe sind echt nicht so mein Ding. Ätzend, dass du kein Smartphone hast, dann könnten wir WhatsApp schreiben oder so, wäre bestimmt besser, aber na ja. Das mit deiner Mutprobe war echt krass, aber auch irgendwie dumm und so. Ich hätte das nicht gemacht, wegen ein paar dummen Tussen. Was ich überhaupt nicht checke, warum der Typ dich geschlagen hat. Würde mich einer schlagen, meine Mutter würde den anzeigen, dann kriegte ich Schmerzensgeld oder wie das heißt. Das war ja echt voll blöd früher. Also, mach's gut und danke für die 10 Euro.

Tschau

Lara

Sie seufzt erleichtert, faltet ihr Werk zusammen und steckt es in den Umschlag, krakelt Name und Anschrift drauf und macht sich dann lustlos an die Hausaufgaben. Ein Zwitschern zeigt ihr eine ankommende WhatsApp und ihr Herz schlägt schneller, als sie sieht, von wem. Arne, der große Bruder ihrer besten Freundin Lisa, schickt ihr in letzter Zeit auffallend oft Nachrichten und zu ihrer eigenen Verwunderung ist sie davon nicht einmal abgenervt. Eher im Gegenteil, sie schreibt umgehend zurück und wartet dann gespannt auf seine Reaktion. Sie haben sich bisher noch nicht oft gesehen. Dieser Coronascheiß verhindert ja so ziemlich jedes Treffen, aber irgendwie findet sie ihn süß. Nicht so ätzend wie die Typen in ihrer Klasse. Lisa findet ihn aber überhaupt nicht cool, klar, ist schließlich ihr Bruder und die sind immer fürn Arsch. *Ich fänd's ja auch echt krass, wenn plötzlich eine auf Lars stehen würde, aber da muss ich mir eher keine Sorgen machen, ist ja noch ein Baby,* denkt sie und greift nach dem Handy.

»Hi, Lara, was geht? Hast du Bock auf Quatschen?«

»Äh, hi Arne«, tippt sie zurück, »du, ich habe gerade keine Zeit, texte dir nachher noch mal, ok? Ich mache gerade Hausaufgaben und kann darum nicht, bis dann.« Als das Geräusch der gesendeten Nachricht ertönt, legt sie das Handy zufrieden zur Seite. *Meine Reaktion war cool,* denkt sie. *Jetzt wirke ich schlau, weil ich mich auf die Schule konzentriere, das gefällt ihm bestimmt.* Sie wendet sich wieder ihren Hausaufgaben zu, ertappt sich aber dabei, dass sie ständig auf das Handy schielt. Warum versucht er es nicht noch mal? War sie doch zu abweisend oder hat das Falsche geschrieben. Vielleicht findet er sie ja total uncool, weil sie Hausaufgaben macht, oder er hält sie für einen Freak, schließlich ist er schon 15. »Shit«, sagt sie laut und ruft Lisa an. »Hey du, was machst du gerade? Ja, ich komme auf Mathe nicht klar, du etwa?«

»Nee, ich auch nicht, weißt du doch, Mathe ist mein Haßfach, und wenn ich den nächsten Test verhaue, kriege ich ne fünf im Zeugnis, und was glaubst du, wie meine Eltern dann wieder rumnerven.«

»Kann ich mir denken, wäre hier genauso, aber sag mal, dein Bruder ist doch so gut in Mathe, warum fragst du den nicht?«

»Arne??? Geht's noch? Nee, dann lieber ne Fünf im Zeugnis. Der würde mich behandeln, als wäre ich geistig behindert, weil ich so was Simples wie Mathe nicht kapiere.«

»Krass, hätte ich nicht gedacht, dass der so drauf ist. Ich meine, ich kenne ihn ja nicht gut, aber …«

»Große Brüder sind die Pest, kannst du mir glauben, nee, vergiss es, den frage ich im Leben nicht.«

»Schon klar.« Lara macht eine Pause, sie hat eine Idee, weiß aber nicht recht, wie sie die Lisa rüberbringen soll, ohne dass die was merkt.

»Ich hab da vielleicht eine Idee«, beginnt sie und wartet ab, bis Lisa nachfragt, welche. »Na ja, vielleicht ist Arne bei dir nur so blöd, weil du seine Schwester bist. Was hältst du davon, wenn ich ihn frage, ob er mit mir Mathe macht und ich es dir dann später erkläre?«

»Echt? Das würdest du machen? Fände ich echt mega, aber ich glaube, du hast keine Ahnung, auf was du dich da einlässt. Der ist absolut Scheiße drauf.«

»Kenn ich doch von meinem kleinen Bruder, der ist auch nicht anders, darauf komme ich schon klar. Ich frag ihn halt, wenn er nicht will, auch gut. Ich melde mich wieder, wenn ich weiß, was er gesagt hat. Bis dann.«

Um es sich nicht doch noch anders zu überlegen, schreibt sie sofort. *Hi Arne, ich habe etwas Probleme mit Mathe und Lisa sagt, du bist gut in Mathe.* Sie liest den Satz und löscht ihn wieder. Geht gar nicht, dann weiß er, dass sie über ihn geredet haben. *Hi Arne, ich kapier grad die Matheaufgaben nicht, kannst du dir bestimmt nicht vorstellen, aber ist so, haha. Hast du Bock mir das zu erklären. Also, nur wenn du willst. Lara*

Das gefällt ihr besser, ist neutral und klingt, als hätte sie nur mit einer bestimmten Aufgabe ein Problem und nicht grundsätzlich. Sie holt tief Luft und drückt auf senden. Hoffentlich denkt er jetzt nicht, dass sie dumm ist oder so und erzählt das vielleicht auch noch rum. Scheiße, warum hat sie das gemacht, sie muss die WhatsApp zurückholen, bevor er sie liest. Scheiße, Scheiße, Scheiße, zu spät, er hat sie gelesen und jetzt schreibt er. Lara knabbert an ihrem Daumennagel die Haut ab und dreht mit der freien Hand ihre langen Haare zu einem Strang. Da, seine Antwort ist gekommen. Mit angehaltenem Atem öffnet sie die Nachricht.

Hi Lara, klar, kein Ding, wann hast du Zeit und wie sollen wir es machen? Online oder treffen? Bei dir oder bei mir?

Lara schmeißt das Handy aufs Bett, springt auf und tanzt durchs Zimmer, die aufgestaute Energie muss raus. Sie stößt eine Faust in die Luft, lacht übermütig und laut.

»Lara? Hast du Besuch, ich habe gar nicht gehört, dass jemand gekommen ist. Wer ist denn bei dir?«

Was klar, ihre Mutter hat sie gehört und reimt sich mal wieder alles Mögliche zusammen.

»Niemand ist hier«, schreit sie, »ich habe nur einen Satz laut gelesen, wusste nicht, dass ich dafür deine Erlaubnis brauche.«

»Sei nicht so frech, sonst kannst du sehen, wer dir am Wochenende dein Taschengeld gibt«, kommt von unten die Antwort und Lara streckt der Tür die Zunge raus und zieht eine Grimasse. Dann fällt ihr aber ein, dass sie ihre Mutter jetzt nicht allzu sehr verärgern sollte, weil sie sie demnächst vielleicht brauchen wird.

»Ja, schon gut«, ruft sie die Treppe runter, »war nicht so gemeint, sorry.«

»Hi, Arne«, tippt sie, »cool, dass du mir hilfst, muss aber Lisa nicht unbedingt wissen, weil, die denkt sonst, ich bin blöd. Du könntest zu mir kommen, was meinst du?«

Keine Minute später ist seine Antwort da.

Drei Lachsmilies und »Wann? Jetzt gleich?«

Ihr Herz klopft heftig und sie spürt, dass sie rot wird. Gut, dass er das nicht sehen kann, der würde sich sonst totlachen.

»Jetzt? Na ja, ok, wenn du grad Zeit hast.«

Es kommt ein erhobener Daumen zurück und »bin in etwa 20 Minuten da.«

Lara springt auf und rennt an ihren Kleiderschrank. Was soll sie anziehen? Es darf natürlich nicht so aussehen, als hätte sie sich für ihn aufgerüscht. Wenn er überhaupt was zu ihrem

Outfit sagt, wird sie erstaunt tun und abfällig antworten: »Ach, das olle Teil, das habe ich schon lange.«

Als genau 18 Minuten später die Klingel ertönt, reißt sie ihre Tür auf und sprintet in Jeans und Shirt die Treppe runter, um ihrer Mutter zuvorzukommen, aber die ist natürlich schon da.

»Das ist für mich«, ruft sie, aber da hat sie die Tür schon geöffnet.

»Das ist Arne, Lisas Bruder, er erklärt mir Mathe«, sagt sie lahm, drängelt sich an ihrer Mutter vorbei, greift seinen Arm und zieht den Jungen ins Haus.

»Tag, Frau Hellwig, ich bin Arne, der Bruder von Lisa und Lara hat mich gefragt, ob ich ihr bei einer Matheaufgaben helfen kann.«

»Hallo Arne, das ist aber nett von dir, sie hat es wirklich nötig. Geh nur schon mit ihr hoch, ich bringe euch gleich etwas zu trinken und ein paar Kekse.«

Wie peinlich können Mütter eigentlich noch sein, fragt sich Lara und würde am liebsten in einem Mauseloch verschwinden. Jetzt weiß er, dass es nicht nur um eine Aufgabe geht, sondern dass sie überhaupt keinen Plan hat. Und dann Kekse, echt jetzt, sind wir im Kindergarten, oder was?

»Könntest du uns jetzt bitte durchlassen, bevor der Tag vorbei ist?«, mault sie, winkt Arne, ihr zu folgen, und rennt die Treppe hoch zu ihrem Zimmer.

»Komm rein, bevor meine Mutter dich auch noch durchleuchten will, haha«, lacht sie etwas unsicher und schließt mit Schwung die Tür hinter ihm.

»Macht mir nichts aus«, antwortet er mit einem Schulterzucken, »meine Mam will auch immer alles genau wissen. Wo warst du, woher kommst du, wo gehst du hin, mit wem und warum«, lacht er und Lara bewundert ihn dafür, dass er das so chillig erzählt.

»Mütter«, sagt sie verächtlich, »sind vermutlich alle gleich, kapieren nicht, dass wir keine kleinen Kinder mehr sind.« Arne lächelt und schweigt.

»Okay, also, cool, dass du gekommen bist, was machen wir?« Lara ist nervös, kann ihn nicht mal richtig angucken.

»Mathe?«, antwortet er lachend und wirft seine Tasche auf ihren Schreibtisch.

»Was? Ach so, ja klar Mathe, ich wollte nur wissen, mit welcher Aufgabe wir anfangen.« Lara würde am liebsten aus dem Zimmer rennen und laut schreien, so sehr ärgert sie sich über ihre blöde Reaktion. Zu allem Überfluss klopft es jetzt auch noch. Gleich darauf wird die Tür von ihrer Mutter geöffnet. Die trägt ein Tablett mit Gläsern, einem großen Krug Eistee und einem Teller Kekse.

»So, meine Lieben, wer arbeitet braucht Nervennahrung. Der Tee ist selbstgekocht und die Kekse sind selbst gebacken. Wenn ihr noch etwas braucht, müsst ihr es nur sagen, ich bin unten. Viel Spaß wünsche ich euch.«

Lara hat einen Klumpen im Magen und wünscht sich nichts sehnlicher als eine Schaufel und eine Stelle für ein tiefes Loch. Ihre Mutter ist so peinlich und jetzt zwinkert sie auch noch neckisch, bevor sie albern winkend endlich verschwindet. Der Keks ist gegessen, denkt sie, nach dem Auftritt wird er mich endgültig für gestört halten. Danke Mama, danke für nichts.

»Sie ist nett!«, hört sie Arne sagen und starrt ihn ungläubig an.

»Nett? Meine Mutter? Äh, na ja, sie ist so weit ganz in Ordnung, nervt halt manchmal extrem.«

»Egal, wenn sie dafür Kekse bringt, kann sie ruhig mal nerven, Ich mag selbst gebackenen am liebsten, finde ich echt cool«, grinst er und klingt etwas undeutlich, weil er bereits mit vollen Backen kaut.

-11-

Tobias hat Wort gehalten und taucht nach einer Weile mit einem kleinen, weißen Porzellankännchen wieder auf. »Jetzt müssen Sie aber auch frühstücken, Frau Berger, zumal ich nicht nur Kaffee, sondern unter Einsatz meiner körperlichen Unversehrtheit, auch noch ein Brötchen organisiert habe.« Mit großer Geste und Verschwörermiene zaubert er es hinter seinem Rücken hervor.

Begeistert hätte sie ihn beinahe auf die Wange geküsst, aber gerade noch rechtzeitig fällt ihr ein, dass das gegen die Coronaregeln verstößt. Außerdem wird er vermutlich nicht gern von alten Leuten geküsst. So beschränkt sie sich darauf, ihren Daumen zu heben und zu sagen: »Tobias, die Frau, die Sie mal kriegt, hat das ganz große Los gezogen, das können Sie ihr von mir ausrichten.«

»Werde ich, Frau Berger, aber nun wünsche ich Ihnen erst einmal guten Appetit.«

Der Kaffee ist nicht übel, aber kein Vergleich zu dem, den Klaus gekocht hat. Bei der Erinnerung steigt ihr umgehend der Duft seines frisch gebrühten Filterkaffees in die Nase und gleich darauf treten ihr Tränen in die Augen. Klaus, ihr Ehemann, mit dem sie 44 Jahre, acht Monate und drei Tage verheiratet war, als er eines Sonntagmorgens tot neben ihr im Bett gelegen hat. Er ist tot, aber nicht vergessen, denn es vergeht kein Tag, ach was, kaum eine Stunde, ohne dass sie an ihn gedacht hätte. Noch immer sucht sie morgens beim Aufwachen als erstes seine Hand, glaubt, seinen Geruch auf dem Kopfkissen wahrzunehmen. Sie haben eine gute Ehe geführt, und sie hat nie bereut, seinen Antrag angenommen zu haben, obwohl es von beiden Seiten eine Vernunftentscheidung gewesen ist. Keine Liebesschwüre, keine glühende Leidenschaft, dafür Sicherheit und Freundschaft. Er hat gewusst, dass sie litt, dem Abgrund nahe war und hat ihr seine Hand gereicht. Seine große, warme, verlässliche Hand, mit der er sie Stück für Stück zurück ins Leben gezogen hat. Soll sie Sarah davon erzählen? Wird sie verstehen, dass Gefühle zu allen Zeiten gleich bleiben, Verletzungen zu allen Zeiten gleich schmerzhaft sind? Nein, besser nicht, ihr Verhältnis ist zu distanziert, Sarah so ungeheuer empfindlich. Sie scheint immer auf der Suche nach dem einen falschen Wort, an dem sie festmachen kann, von der Mutter nicht im gleichen Maße geliebt zu werden, wie der Bruder. Egal, wie vorsichtig sie sich ausdrückt, am Ende kommen die immer gleichen Vorwürfe. *Du verstehst mich nicht, du hast mich nie verstanden, du traust mir nichts zu, immer bin ich an allem schuld, nichts kann ich dir je recht machen und dergleichen mehr.* Sie hat es aufgegeben, dagegen zu protestieren, zu versichern, dass nichts davon stimmt. Hat eingesehen, dass es ihr nie gelingen wird, die Tochter vom Gegenteil zu überzeugen. Einmal hat sie sogar vorgeschlagen, zusammen einen Therapeuten aufzusuchen, aber auch das war natürlich ein Fehler. Sarah war empört und hatte ihr vorgeworfen, sie nun auch noch für verrückt zu halten. Nun ja, sie war immer schon ein Papakind gewesen, während Sven sich an sie gehalten hat. Darum wurde Sarah vom Tod des Vaters auch völlig aus der Bahn geworfen. Statt die Trauer und Verzweiflung ihrer Mutter zu lindern, hat sie ihr Vorwürfe gemacht: »Wieso hast du es denn nicht bemerkt? So fest kann man doch gar nicht schlafen, dass man nicht merkt, wenn neben einem jemand stirbt.« Aus rotgeweinten Augen hatte sie sie vorwurfsvoll angestarrt und war schluchzend in der Wohnung auf und ab gelaufen. Sie hatte ihr nicht antworten können, nicht eingestehen, wie schuldig sie sich ohnehin fühlte. Es waren die verdammten Schlaftabletten, die sie ausgerechnet an diesem Abend zum ersten Mal genommen hatte. Ihr Arzt hatte darauf bestanden, sie ihr zu verschreiben, damit sie besser schlief. Sie mochte aber keine Tabletten und so lag die Packung lange ungeöffnet im Badezimmerschrank. Da hätte sie auch weiterhin gelegen, wäre Klaus nicht ein bisschen erkältet gewesen. Sie hatten noch darüber gescherzt, dass er wohl wegen seiner verstopften Nase in der Nacht ganze Wälder abholzen würde. Und dann, beim Griff nach der Zahnseide, war ihr Blick auf diese Tabletten gefallen und sie hatte zwei Stück davon geschluckt. Dann, wie jeden Abend, noch ein paar Seiten gelesen, bevor sie das Licht ausgemacht hatte.

Bis heute erinnert sie sich nicht daran, eine Wirkung des Schlafmittels verspürt zu haben, aber sie musste tatsächlich ungewohnt fest geschlafen haben, nicht einmal ihre Blase hatte sie aufgeweckt. Das kam sonst nie vor, ein oder zweimal musste sie des Nachts immer raus, um auf die Toilette zu gehen. Trotzdem hatte sie sich vollkommen zerschlagen gefühlt, als kurz vor 07.00 Uhr das Radio anging und die raue Stimme von Johnny Cash das Schlafzimmer erfüllte. Sie erinnert sich auch nicht daran, wie viel später ihr die völlige Ruhe im Bett neben sich aufgefallen ist und wann sie sich zu Klaus umgedreht hat. Fünf Minuten, zehn Minuten, ihre Erinnerung ist in einem Nebel aus Fassungslosigkeit verschwunden. Trotzdem hat sie gehandelt, den Notarzt alarmiert, sich den Morgenrock über das Nachthemd gezogen, bevor sie sich neben Klaus auf die Bettkante gesetzt und gewartet hat. Ihre Kinder anzurufen ist ihr gar nicht in den Sinn gekommen, sie hätte auch keine Worte gehabt für das, was geschehen war.

Sie konnte ihren Blick nicht vom Gesicht des Toten lösen, obwohl es ihr fremd vorkam. Die Augen lagen seltsam tief in den Höhlen, die Nase war spitzer als gewohnt, und der weit offene Mund ließ ihn gänzlich anders aussehen. Das war nicht mehr der Mann, mit dem sie am Abend zuvor ins Bett gegangen war, das war ein Fremder. Klaus würde jeden Moment zur Tür reinkommen und sie fragen, was der Mann da in seinem Bett verloren hatte, aber als es klingelte und sie zu Tür rannte, um zu öffnen, waren es Männer vom Roten Kreuz. Beinahe hätte sie ihnen gesagt, sie wisse nicht, wer der Tote im Bett ihres Mannes sei, aber sie hatte geschwiegen, und damit begonnen, den Frühstückstisch zu decken. Erst als sie die Männer gefragt hatte, ob sie gern Kaffee hätten, war einer von ihnen gekommen, hatte sie zu einem Sessel geführt und ihr eine Blutdruckmanschette angelegt. Erst da hat sie realisiert, dass Klaus, ihr Ehemann, nicht mehr am Leben war. Die Erkenntnis hatte sie mit ungeahnter Wucht getroffen, trotzdem hatte sie noch Zeit gefunden, sich für die Unannehmlichkeiten zu entschuldigen, bevor sie das erste Mal in ihrem Leben in Ohnmacht gefallen war. Später hatte ein Sanitäter nach Telefonnummern ihrer Angehörigen gefragt, und ausgerechnet Sarah erreicht. Sie erinnert sich gut daran, dass sie ihm noch hatte sagen wollen, er dürfe ihr nichts vom Tod des Vaters erzählen. Aber es war nur ein heiseres Flüstern aus ihrem Mund gekommen. Die nächsten Tage verbrachte sie in einer Art Betäubung, erinnert sich nur schemenhaft, sie bei Sarah und ihrer Familie verbracht zu haben. Warum und wieso, weiß sie nicht mehr. Bestimmt hat sie das nicht gewollt, das bestimmt nicht, vermutlich ist sie gar nicht gefragt worden und in ihr ist keine Kraft gewesen, dagegen zu protestieren. Sarah und Axel haben alles geregelt, was es in einem solchen Fall zu regeln gibt. Klaus wurde beigesetzt, die Urne fand auf dem städtischen Friedhof ihren Platz. Vier Wochen später war ihre Wohnung leergeräumt und sie hatte dieses kleine Appartement in der Seniorenresidenz bezogen.

Seniorenresidenz, eine lächerlich großkotzige Bezeichnung für das, was es eigentlich war. Ein Altersheim, eine letzte Bleibe, bevor man sich endgültig von dieser Welt verabschiedet. Wer hier einzog, der blieb, bis man ihn mit den Füßen voran rausfuhr. Das war allen klar, aber wie nach einer festgeschriebenen Choreografie, spielte jeder seine Rolle und tat, als sei er gern und vor allen Dingen freiwillig hier. Auch das Pflegepersonal hielt sich daran und behandelte sie wie liebe Gäste, deren man keinen Wunsch abschlagen mochte. Natürlich wusste sie, dass sie trotzdem privilegiert war. Kein Sozialfall, auch ihre Kinder mussten nichts zu ihrem Unterhalt beisteuern, dafür hatten Klaus und sie vorgesorgt. Sollte sie nicht gerade 100 werden, würde ihr vorhandenes Vermögen ausreichen, um ihre Unterbringung in diesem Haus zu bezahlen, in das sie zusammen mit Klaus hatte einziehen wollen. Nicht sie allein, sie hatten geplant, hier ihre letzten Jahre gemeinsam zu verbringen. Vielleicht noch ein paar kurze Reisen zu unternehmen, einige Städte standen schon lange auf ihrer Wunschliste. Theater und Konzerte wollten sie besuchen, aber das Leben hatte über ihre Pläne gelacht, und sie mit einem Schlaganfall vernichtet. Nun sitzt sie hier vor ihrem Kaffee und dem geklauten Brötchen und hängt trüben Gedanken nach, die sie in letzter Zeit immer häufiger quälen. Energisch greift sie nach ihrer Tasse und trinkt den letzten Schluck des inzwischen fast kalten Getränks, erhebt sich und geht in das winzige Badezimmer, um zu duschen. Heißes Wasser tut ihr gut, vertreibt für eine Weile die Schmerzen aus den alten Knochen und die Trauer aus dem Herzen.

-12-

Sarah bleibt noch einen Moment vor der geschlossenen Tür stehen, bevor sie die Treppe runtergeht. Sie fühlt sich plötzlich alt. Dabei ist sie gerade 38. Na ja, fast 39, aber da dürfte kein großer Unterschied sein. Im Flur betrachtet sie nachdenklich die großen Bilderrahmen mit Fotos der Kinder in allen Altersstufen. Ganz am Ende hängt eins von ihr und Axel. Da steht sie als glücklich strahlende Braut neben ihm, mit dickem Bauch am Ende ihrer ersten Schwangerschaft, selig lächelnd im Krankenhausbett, das Baby im Arm, mit Lara an der Hand, die fast hinter einer riesigen Schultüte verschwindet. Und dann, fast identisch, das Foto von Lars und ihr bei seiner Einschulung. Nur auf dem Hochzeitsfoto und auf einem Bild von irgendeinem Grillfest ist sie gemeinsam mit Axel zu sehen. Ansonsten nur sie und die Kinder. Außerdem scheint ihr Leben nach der Einschulung von Lars stehengeblieben zu sein, denn weitere Bilder gibt es nicht. Was ist in den letzten Jahren mit ihnen passiert, wo sind sie falsch abgebogen? Ihrer Tochter geht sie scheinbar nur noch auf die Nerven und Axel hat sie, ohne zu zögern, gegen eine Jüngere eingetauscht. Was hat ihre Mutter vorhin gesagt? Sie hätte es wissen müssen, dass Axel nicht der Typ für eine

Ehe auf Lebenszeit ist? Woher hätte sie das wissen sollen? Mein Gott, sie war jung und ungeheuer verliebt in diesen großen, charmanten Jungen mit dem Grübchen am Kinn. Sie hatte sich ein Leben ohne ihn schon kurz nach ihrem Kennenlernen nicht mehr vorstellen können. An ihrem Hochzeitstag war sie sicher gewesen, es auch niemals zu müssen. Den Zwischenfall mit Sabine hatte sie fast vergessen, auch wenn sie die ehemalige Freundin nicht eingeladen hatte. Ihr konnte sie nicht verzeihen, dass sie versucht hatte, ihr Axel auszuspannen, auch wenn sie sie manchmal vermisste. Sie hätte ihr gern erzählt, dass sie schwanger war und bald ein Baby haben würde. Als Lara geboren wurde, hatten Axel und sie beschlossen, dass sie erst einmal nicht in ihren Beruf zurückkehren, sondern sich ausschließlich um ihre kleine Familie kümmern würde. Ihre Eltern, vor allen Dingen ihre Mutter, waren vollkommen entsetzt gewesen. »Du kannst dich doch nicht derart von einem Mann abhängig machen, Sarah«, hatte sie verständnislos gesagt. »Was, wenn deine Ehe eben nicht ein Leben lang hält? Was, wenn Axel etwas passiert? Überleg bitte, was du tust. Ihr habt doch heutzutage so viele Möglichkeiten, Kind und Beruf unter einen Hut zu bringen, da musst du doch nicht völlig aufhören zu arbeiten. Ich nehme dir gern halbtags das Baby ab, aber bitte, Sarah …« Sie erinnert sich nicht mehr an den genauen Wortlaut, aber sie hatte dieses Angebot derart vehement zurückgewiesen, dass danach monatelang Funkstille zwischen ihr und ihrer Mutter geherrscht hatte. Erst durch die Intervention ihres Vaters war der Kontakt wieder zustande gekommen. Das erste Jahr hatte sie es genossen, morgens nicht zur Arbeit gehen zu müssen, gemütlich zu frühstücken, sich mit dem Baby zu beschäftigen, die Wohnung aufzuräumen, in aller Ruhe einkaufen zu gehen und Kochrezepte auszuprobieren. Gleich in der ersten Woche hatte sie sich in einer Onlinegruppe für junge Mütter angemeldet, die genauso lebten wie sie. Der Austausch reichte ihr, er war inspirierend und sie vermisste nichts. Dass Axel meist spät nach Hause kam, weil er auf eine Beförderung hoffte und Engagement zeigen musste, gefiel ihr allerdings weniger. Die meisten Abende saß sie allein vor dem Fernseher. Sie wollte aber trotzdem auf keinen Fall die nörgelnde Ehefrau sein, sondern verständnisvoll und unterstützend. Auch die anderen Frauen ihrer Gruppe bestätigten sie darin. Versicherten, wenn ein Mann Karriere machen wolle, sei das ganz normal. Sie hätte trotzdem gern mehr Zeit mit Axel verbracht, zumindest an den Wochenenden. Denn auch da musste er oft zu Meetings außerhalb der Stadt und blieb nicht selten sogar über Nacht. So war ihnen für gemeinsame Unternehmungen kaum Zeit geblieben. Zumal das Baby da war und ein Babysitter teuer und nicht immer verfügbar. Erst als eine ihrer Internetfreundinnen verzweifelt schrieb, dass sie rausgefunden hatte, dass ihr Mann sie seit langem betrog und sie nur zu blöd gewesen war, es zu bemerken, keimte auch bei ihr das erste Misstrauen. Damals hatte sie damit begonnen, Axel zu beobachten, genauere Erklärungen zu fordern, wissen wollen, wo er abends gewesen war und warum er ständig am Wochenende arbeiten musste. Seine Antworten hatten sie nie wirklich überzeugt. Als sie dann in seiner Jackentasche zwei Kinokarten gefunden hatte, war ihr klar geworden, dass auch sie eine betrogene Ehefrau war. Schweren Herzens hatte sie ihre Mutter gebeten, abends zum Babysitten zu kommen. Axels flüchtigen Kuss am Morgen hatte sie wortlos ertragen und nur genickt, als er erklärt hatte, sie solle nicht auf ihn warten, es würde leider wieder spät werden. Eine Stunde vor Beginn der Vorstellung hatte sie vor dem Kino Posten bezogen. Die Worte, die sie ihm entgegenschleudern wollte, wenn er mit seiner Geliebten kam, hatte sie sich sorgfältig zurechtgelegt. Aber dann war sie nach dem ersten Satz in Tränen ausgebrochen und davongelaufen. Zwei Stunden war sie durch die Stadt gerannt, ohne hinterher sagen zu können, wo genau sie gewesen war. Schwankend zwischen Wut und Verzweiflung, Wut auf Axel, Wut auf sich selbst, weil sie so dumm gewesen war, ihm zu vertrauen. Als sie schließlich die Haustür geöffnet hatte, war sie von Axel und ihrer Mutter erwartet und sofort mit Fragen überhäuft worden. Sie hatte Axels flehenden Blick geflissentlich übersehen und ebenso anklagend wie melodramatisch geschrien, er solle seine Sachen packen, zu dem Flittchen ziehen und sich nie wieder bei ihr sehen lassen. Ihre Mutter hatte einen Augenblick zwischen ihnen hin und hergesehen, dann ihre Jacke vom Garderobenhaken genommen und war schweigend gegangen. Vieles hatte sie Axel in dieser Nacht an den Kopf geworfen. All ihren Frust, ihre Angst und auch ihre Wut waren aus ihr herausgebrochen. Er hatte erst schuldbewusst, schließlich zunehmend wütend reagiert und ihr vorgeworfen, aus einer Mücke einen Elefanten zu machen. Die Frau sei nur eine Kollegin, mit der er sich gut verstehen würde. Mit ihr könne man ja nur noch über Windeln und Kochrezepte reden. Am Ende hatte sie sich als genau die Frau gefühlt, die sie um keinen Preis hatte sein wollen: Eine hysterisch schreiende Furie, die ihren hart arbeitenden Mann völlig zu Unrecht der schlimmsten Dinge anklagte. Irgendwann in den frühen Morgenstunden war ihnen beiden die Kraft ausgegangen und sie hatten sich halbherzig versöhnt. Der Stachel blieb, ebenso das Misstrauen, auch wenn Axel ihr in der kommenden Zeit keinen Anlass dazu gegeben hatte. Er war zu normalen Zeiten nach Hause gekommen. Selbst die Wochenenden verbrachte er mit ihr und Lara. Eine Weile hatte es tatsächlich so ausgesehen, als hätten sie die erste Krise ihrer Ehe erfolgreich gemeistert. Es war die trügerische Ruhe vor dem Sturm gewesen.

-13-

Laras Kopf ist leer, ihr fällt nicht eine einzige dieser öden Formeln ein, die sie vor einer Stunde noch im Schlaf hätte aufsagen können. Arne sitzt neben ihr auf dem Bett, den Laptop auf den Knien und versucht immer wieder, ihr die Lösung der Aufgabe zu erklären. Sie selber starrt an die Wand, als stünde sie dort geschrieben und schüttelt langsam den Kopf. »Keinen Plan, weiß auch nicht, also, gestern konnte ich die noch, haha.«

»Dann sind die vielleicht noch nicht in deinem Langzeitgedächtnis abgespeichert. Komm, wir wiederholen sie noch einmal. A plus B in Klammern zum Quadrat, das ist doch nicht schwer, also los, das kriegst du hin.«

Oh nee, hoffentlich ist er kein Klugscheißer, denkt sie, bevor sie laut sagt: »Klar, also A plus B in Klammern zum Quadrat das ist A Quadrat, plus B …, nee Quatsch, also das ist A Quadrat plus zwei B … Scheiße ey, ich weiß es nicht mehr, ich bin zu hohl.«

Arne schließt den Laptop und dreht sich zu ihr. »Also, wenn meine Schwester das rafft, dann kriegst du das doch dreimal hin. Du musst dich konzentrieren und dann ist das echt easy. Also, noch mal.«

Lara atmet tief ein und lacht etwas verlegen. »Du musst mich für ganz schön blöd halten, aber ey, egal wie ich mich anstrenge, check ich es nicht.«

»Versuch`s doch.«

»Oke, also … A plus B in Klammern zum Quadrat ist A Quadrat plus B, nee Moment, plus 2 AB, plus B Quadrat.« Lara stößt hörbar den angehaltenen Atem aus und starrt Arne unsicher an. Der lacht und hebt die Hand zum High Five.

»Na also, geht doch und damit kannst du die Aufgabe locker lösen. Ich hatte mit den binomischen Formeln am Anfang auch Probleme, aber wenn man einmal die Logik verstanden hat, dann ist das ganz einfach. Hast du nur mit denen Probleme oder brauchst du noch weitere Hilfe?«

»Äh, na ja, also eigentlich habe ich Mathe nie so richtig kapiert, ich bin in Deutsch besser und in Englisch auch.«

»Oke, Englisch ist jetzt nicht so meins, hatte ne vier auf dem Zeugnis. Ich lerne nicht gern Vokabeln, das ist mir echt zu langweilig. Was hältst du denn davon, wenn ich dir in Mathe helfe und du mir in Englisch. Klassische Win-Win-Situation, könnte man doch sagen.«

Lara spürt, dass ihr Herz wieder schneller schlägt und hofft, dass sie nicht rot anläuft wie eine Tomate. Sie nickt und zuckt lässig die Schultern, so, als wäre ihr das eigentlich nicht besonders wichtig.

»Klar, können wir machen, why not«, sagt sie wie nebenbei und schüttelt sich die Haare aus dem Gesicht. Dabei denkt sie, dass ihr ›why not‹ vielleicht blöd rübergekommen ist. Sie wirft einen schnellen Blick auf sein Gesicht und glaubt, darauf einen Ausdruck von Enttäuschung zu erkennen, ist sich aber nicht sicher. »Also, ich meine, oke, wenn du glaubst, dass ich dir in Englisch helfen kann«, schiebt sie vorsichtshalber schnell hinterher, bevor er es sich am Ende noch anders überlegt.

»Ich denke schon, werden wir ja sehen. Wollen wir uns morgen wieder treffen und mal sehen, wie groß meine

Lücken sind? Erzähl das aber bloß nicht Lisa, die hängt das sofort an die ganz große Glocke, vermutlich postet sie es auf Insta oder Tik Tok. Meine Eltern sollten das möglichst auch nicht erfahren, gibt nur wieder Stress.«

»Klar, ich sag nichts, versprochen. Ist mir sogar lieber, wenn Lisa davon nichts weiß, nicht dass die am Ende noch denkt …« Lara bricht erschrocken den angefangenen Satz ab und läuft nun tatsächlich rot an. Gott sei Dank scheint Arne davon nichts gemerkt zu haben, auf alle Fälle sagt er nichts und darüber ist sie mega froh. Wäre ja echt oberpeinlich, wenn der denken würde, sie steht auf ihn.

»Wollen wir Musik hören und Playsi spielen?«

»Was spielen?«, fragt Arne verdutzt.

»Äh, Play Station«, erklärt Lara und springt vom Bett auf. Sie ärgert sich, dass sie einen so dummen Vorschlag gemacht hat, sicher hält er sie jetzt für ein Baby.

»Lieber ein anderes Mal, ich habe heute nicht mehr so viel Zeit, sorry. Eigentlich sollte ich schon vor einer Stunde zur Probe mit der Band …«

»Du spielst in einer Band?«, fragt Lara interessiert nach, bevor sie realisiert, dass er für sie offenbar die Probe geschwänzt hat.

Arne macht eine kleine, abwehrende Handbewegung und grinst verlegen. »Na ja, ich spiele halt mit ein paar Jungs so ein bisschen. Wir probieren einen neuen Sound, ich bin der Drummer und wenn ich nicht da bin …«

»Krass! Also, ich meine, klar, du musst gehen, kein Ding, wir sehen uns dann morgen. Und danke fürs Erklären und so.«

»Oke, bis morgen, bye.«

Lara lässt sich zurück auf ihr Bett fallen, verschränkt die Arme hinter dem Kopf und schließt die Augen. Sie geht die letzte Stunde in Gedanken noch einmal genau durch und überlegt, wo sie besser, klüger, cooler hätte reagieren können und da fällt ihr eine Menge ein. Unzufrieden verzieht sie den

Mund, dann beruhigt sie sich damit, dass sie schon morgen Gelegenheit bekommen wird, es besser zu machen. Er soll sich nichts einbilden und vielleicht bei seinen Kumpels damit angeben, dass sie auf ihn steht. Das ist schließlich Quatsch, es geht ihr nur darum, in Mathe keine 5 reingedrückt zu kriegen. Sie ist so tief in ihre Gedanken versunken, dass sie erst hochschreckt, als ihre Mutter sich zu ihr runterbeugt und sie an der Schulter berührt.

»Spinnst du? Was schleichst du dich so an?«

»Ich habe geklopft, aber offenbar hast du das überhört.«

»Hast du etwa ein Herein gehört?«

»Lara, ich will nicht, dass du in diesem Ton mit mir redest, ich bin immer noch deine Mutter, vergiss das bitte nicht.«

»Ich wollte, das könnte ich«, murmelt Lara und springt vom Bett auf.

»Dieser Arne scheint ein netter Junge zu sein«, sagt Sarah, bemüht, die Bemerkung zu überhören, erntet aber nur ein Schulterzucken.

»Kommt er wieder? An einem Tag wird er kaum deine Lücken in Mathe beseitigen können.«

»Mama, ehrlich, ich wünschte, jemand würde deine Lücken in Aufdringlichkeit beseitigen. Aber gut, wenn es dich beruhigt, ja, er kommt morgen wieder.«

»Das ist doch schön, das freut mich wirklich. Ich bringe euch gern wieder Kekse und was zu trinken.«

»Oke«, nickte Lara und verkneift sich weitere Bemerkungen, weil ihr einfällt, was Arne über selbstgebackene Kekse gesagt hat. Dann nimmt sie das Tablett vom Schreibtisch und hält es ihrer Mutter auffordernd entgegen. »Ich brauche Platz und muss jetzt wirklich lernen, also …«

»Na gut, gib her, aber eigentlich könntest du das wirklich selber in die Küche tragen, alt genug bist du doch dazu«, beschwert sich Sarah, nimmt es ihr aber ab und verlässt den Raum.

»Klaro, alt genug, aber warum sollte ich, wenn ich dich

dafür habe«, antwortet Sarah der geschlossenen Tür und lacht.

-14-

Inge ist bereits um sechs Uhr aufgestanden, obwohl Samstag ist. Aber das spielt keine Rolle mehr für sie, hier ist ein Tag wie der andere. Die Zeiten, in denen Klaus und sie sich auf das Wochenende gefreut haben, sind lange vorbei. Damals haben sie immer länger geschlafen oder haben im Bett ferngesehen. Inge lächelt bei dieser Erinnerung. Später ist Klaus dann mit dem Fahrrad los, um frische Brötchen und Aufschnitt zu kaufen, während sie den Frühstückstisch gedeckt und Kaffee gemacht hat. Jeder bekam dann einen Teil der Zeitung und hat manchmal dem anderen etwas daraus vorgelesen. Putzen am Samstag, wie das in vielen Familien üblich war, hatten sie abgeschafft und darüber ist sie heute glücklich. Sicher würde sie sich kaum an einen gesaugten Teppich oder geputzte Fenster so gerne erinnern wie an diese gemeinsamen Frühstücke. Manchmal hatten sie bis zum Mittag da gesessen, Unmengen Kaffee getrunken und Pläne für den Tag gemacht. Auch das hat sich geändert, sie macht keine Pläne mehr. Was sollte sie auch planen? ›Bleib zu Hause‹ oder moderner ›stay at home‹, war das Motto, um sich keiner unnötigen Gefahr auszusetzen, denn die Pandemie wütete unverändert in fast allen Ländern der Erde.

So zogen sich die Wochentage in öder Gleichförmigkeit dahin und keiner unterschied sich vom anderen. Oder doch, man konnte sie am Mittagessen erkennen, das sich im Zwei-Wochen-Rhythmus wiederholte. Spinat, Salzkartoffeln und Spiegelei? Dann war auf alle Fälle Mittwoch, Fischfilet gab's im Wechsel mit Hering Hausfrauenart freitags, samstags Eintopf und - kulinarischer Höhepunkt der Woche – Roulade oder Gulasch am Sonntag. Bevor das Virus alles verändert hatte, war sie manchmal in die Stadt zum Mittagessen gegangen, zum Italiener oder, besonders geliebt, zum Asiaten. Auch hatte sie Lars und Lara manchmal von der Schule abgeholt und war mit ihnen zu MPC Donalds gegangen. Zu Meggis oder Mc. Doof, wie die Kinder es nannten. Die Beiden liebten es, aber sie selber hatte dort selten etwas gegessen, sie aß nicht gern mit den Fingern. Egal, heute fehlte ihr das alles. Die Eintönigkeit macht ihr immer mehr zu schaffen. Kein Mensch kann den ganzen Tag fernsehen und sie ist nun mal nicht der Typ, der im Bibellesen Erbauung findet oder gern Kreuzworträtsel löst. Ein Buch lesen kann sie ebenfalls nicht mehr lange, das überanstrengt ihre Augen, weil sie schon lange eine neue Brille gebraucht hätte. Auch den Besuch beim Optiker hat sie wegen Corona verschoben. Inge wirft einen Blick auf die Armbanduhr, es ist kurz vor acht, gleich wird das Frühstück kommen. Heute entweder von Britta oder von Carola gebracht, Tobias hat frei. Sie geht nicht davon aus, dass Sarah ihre neue Kaffeemaschine schon abgegeben hat, so früh ist sie bestimmt noch nicht unterwegs. Also wird sie sich wieder mit dem scheußlichen Gebräu, dass man hier dreisterweise Kaffee nennt, begnügen müssen. Dafür gibt es samstags frische Brötchen, immerhin ein Lichtblick. Wie bescheiden der Mensch doch am Ende mit seinen Wünschen wird, denkt sie und ruft herein, weil es geklopft hat. Es ist Britta.

Kurz nach 11 Uhr klopft es erneut und Sarah steckt den Kopf durch die Tür.

»Hallo Mama, setzt deine Maske auf, dann kann ich kurz reinkommen. Ich habe dir eine Kaffeemaschine gekauft, und Kaffee und Filtertüten habe ich auch mitgebracht.«

»Sarah, das finde ich wirklich toll, ich bin dir so dankbar, dass du das für mich gemacht hast«, ruft Inge, während sie sich die Maske über Mund und Nase zieht. »Weißt du, ich wäre ja selbst gefahren, aber …«

»Schon gut, Mama, habe ich doch gern gemacht und so sehen wir uns auch mal wieder. Wo soll ich die Sachen hinstellen?«

»Da vorne, ich habe schon einen Platz freigeräumt. Ach, bin ich froh, endlich wieder gescheiter Kaffee, kann man sich ja nicht ausdenken, wie der einem fehlen kann. Komm, gib mir den Karton, den gebe ich nachher ab, dafür habe ich keinen Platz. Setz dich doch, ich mache uns einen Kaffee, was hältst du davon?«

»Okay, ich trinke gern eine Tasse mit, aber viel Zeit habe ich leider nicht, ich muss noch …«

»Schon gut, ich will dich ja nicht aufhalten, also, wenn du lieber gleich wieder gehen möchtest? Was bekommst du für die Sachen?«

»Nun sei doch nicht gleich beleidigt, Mama, ich habe nicht gesagt, dass ich gleich wieder gehen will, nur dass ich nicht ganz so viel Zeit habe. Irgendwo habe ich den Kassenzettel hingelegt, eilt aber nicht.«

»Doch, doch, du hattest schon die Arbeit, du sollst nicht auch noch auf dein Geld warten müssen.«

Inge wirft einen Blick auf den Kassenzettel, öffnet eine Schublade, kramt einen Umschlag hervor, zieht einen Hunderteuroschein heraus und reicht ihn Sarah.

»Nochmals danke, den Rest gib bitte den Kindern«, sagt sie und schließt die Schublade wieder.

»Lieber Himmel, Mama, du behandelst mich wie eine Fremde, was ist nur los mit dir?«

»Mit mir?« Inge schaut erstaunt von der Kaffeemaschine

hoch. »Mit mir ist gar nichts los, außer dass wir eine Pandemie haben und ich hier in diesem Zimmer festsitze und bald einen Lagerkoller kriege. Seit wir dieses Virus im Haus haben, ist es schlimmer als in Alcatraz, das kannst du mir glauben.« Sie hebt die Hand, als Sarah etwas erwidern will. »Schon gut, ich weiß, was du sagen willst. Ist alles nur zu unserer Sicherheit, schließlich gehören wir Alten zur besonderen Risikogruppe. Das weiß ich ja. Ich weiß auch, dass Besuch nur einmal die Woche für 1 Stunde erlaubt ist, und wir ansonsten Stubenarrest haben. Vielleicht fühle ich mich deshalb wie ein ungezogenes Kind, das von den Eltern bestraft wird.« Einen Moment schweigt sie und überlegt, was sie noch sagen soll und was besser nicht. »Ich mache dir bestimmt keinen Vorwurf, du kannst nichts für dieses Virus, nur …« es fällt ihr wie immer schwer, die Worte zu finden, die Sarah, sensibel wie sie nun einmal ist, nicht falsch versteht. »Na ja, in meinem Alter weiß man, wie kostbar die Zeit ist und wie schnell sie vergeht. Wie schnell überhaupt alles vorbei sein kann und darum ärgert mich diese Verschwendung, auch wenn ich weiß, dass alle Maßnahmen richtig sind. Vielleicht habe ich auch nicht mehr genug Angst vor dem Sterben, um einen derart hohen Preis für mein Leben zu bezahlen. Dazu kommt, ich war in meinem Leben selten allein, wie du ja weißt und darum fällt mir der jetzige Zustand wohl besonders schwer.«

»Das verstehe ich ja auch, aber …«

»Nein Sarah, das verstehst du nicht, kannst du gar nicht verstehen. Du bist Mutter, Ehefrau und berufstätig. Dein größter Wunsch dürfte es sein, mal ein wenig Zeit für dich selbst zu haben. Dich um nichts anderes kümmern zu müssen, als um dein eigenes Wohlbefinden. So ist es mir jedenfalls gegangen, als ich in dieser Situation gewesen bin. Da erschien mir allein zu sein ein sehr erstrebenswert Zustand. Heute kann ich dir versichern, dass das auf Dauer keineswegs schön ist. Menschen sind soziale Wesen, brauchen den Austausch und den Umgang mit anderen. Alleinsein macht krank, Alleinsein macht unglücklich und traurig. Da hilft es auch nicht zu wissen, dass diese erzwungene Isolation notwendig ist. An diesem Virus sterben unglaublich viele Menschen, und das ist schrecklich, aber viele sterben eben auch an den Maßnahmen, die sie schützen sollen.«

Sarah hat ihrer Mutter zugehört, ohne sie zu unterbrechen. Sie weiß nicht warum, aber sie möchte ihr widersprechen, sagen, dass das alles Bullshit ist, Jammern auf hohem Niveau. Dass sie gar nicht weiß, wie gut sie es hat, hier in ihrer gepflegten, sicheren Umgebung. Wo man sich um sie kümmert, sie verpflegt und ihr jede Gefahr von außen fernhält. Was spielt es da für eine Rolle, wenn man mal eine Weile nicht nach draußen darf und wenig Besuch bekommt. Sie kann das Gerede von Einsamkeit und Sterben nicht mehr hören und wünscht sich weit weg.

»Zucker und Milch, wie immer?«

Sarah zuckt zusammen, als ihre Mutter ihr eine Tasse unter die Nase hält.

»Ja danke, einen Löffel bitte. Ich hoffe, ich habe den richtigen Kaffee gekauft und die Maschine funktioniert.«

»Ja, ja, alles wunderbar, allein der Duft ist schon ein Geschenk. Möchtest du vielleicht ein paar Kekse …?«

Sarah schüttelt den Kopf.

»Nein danke, ich muss gleich nach Hause und mit den Kindern Mittagessen. Wir haben noch Nudelauflauf von gestern, darum brauche ich heute nicht zu kochen.«

»Wie geht es den Beiden? Ihnen fällt das alles doch bestimmt auch nicht leicht, oder? Keine Schule, ihre Freunde nicht treffen? Das ist für junge Menschen furchtbar.«

»Na ja, Lara hat trotzdem häufig Besuch, neuerdings sogar von einem Jungen. Ich habe aber darauf bestanden, dass sie immer gut lüftet, wenn jemand da ist. Man sagt doch sowieso, dass Kinder die Krankheit nicht kriegen oder nicht übertragen. Ach, ich weiß schon gar nicht mehr, was die alles sagen, genau weiß es offenbar niemand.«

»Es ist nun mal ein neues Virus, da muss man sicher erst lange forschen und es untersuchen. Ich habe im Fernsehen aber Bilder aus Italien gesehen, da war ich wirklich richtig erschrocken. So viele Kranke und Tote, das zeigt doch deutlich, wie gefährlich es ist.«

»Wir sind aber nicht in Italien, unser Gesundheitssystem ist eines der besten der Welt. Wir haben frühzeitig reagiert, was man von anderen Ländern nicht behaupten kann, und darum stehen wir auch so gut da.«

»Man soll den Tag nicht vor dem Abend loben, sagt man, also abwarten, wie es weitergeht. Ich werde aber auch sehr froh sein, wenn das alles vorbei ist. Der Lockdown endet nächste Woche, dann kommt der Sommer und im Freien kann uns wohl nichts passieren.«

»Ja, so sehe ich das auch und irgendwann wird es bestimmt auch mal eine Impfung geben, aber das dauert sicher noch ein paar Jahre. So, Mama, ich muss los, die kommende Woche schaffe ich es leider nicht, noch mal herzukommen, aber die Woche darauf hole ich dich ab, dann können wir im Garten grillen. Was meinst du dazu?«

»Das wäre schön, darauf freue ich mich, ich habe die Kinder schon so lange nicht mehr gesehen.«

»Also gut, dann sehen wir uns übernächste Woche. Wann genau, das besprechen wir noch telefonisch. Mach's gut, Mama und pass auf dich auf.«

Inge nickt, aber Sarah hat sich schon umgedreht, winkt noch einmal über die Schulter und dann schließt sich die Tür auch schon hinter ihr.

Als es eine ganze Weile später erneut klopft, sitzt Inge immer noch an der gleichen Stelle. Sie bedauert, dass sie die Gelegenheit verpasst hat, mit Sarah ein richtiges Gespräch zu führen, nicht nur einen Worteaustausch. Warum hat sie nicht die Initiative ergriffen und nachgefragt, wie es ihr geht. Oder den Stier bei den Hörnern gepackt und ihr von Holger erzählt. Vielleicht hätte das den Graben zugeschüttet, der sie trennt. Vielleicht aber auch noch weiter vertieft, sie weiß es nicht. Das Klopfen reißt sie aus ihren Gedanken und sie schaut zur Tür. Fürs Mittagessen ist es eigentlich noch zu früh, denkt sie und dann bekommt sie plötzlich Herzklopfen.

-15-

Lara liegt noch im Bett an diesem Samstagmorgen. Sie weiß, dass ihre Mutter in die Stadt gefahren ist, um für Oma irgendwas zu besorgen. Sie hat sie doch tatsächlich gefragt, ob sie nicht mitkommen will. Hallo? Nein, natürlich nicht, kein Bock auf Altenheim. Soll sie mal schön allein gehen, ist schließlich ihre Mutter. Außerdem wird Arne gleich kommen, so wie er die letzte Woche jeden Tag gekommen ist. Oft war sie ganz nah dran gewesen, ihre Freundin Lisa zu fragen, ob Ihr Bruder vielleicht von ihr gesprochen hat. Ihr zu erzählen, dass sie ihn irgendwie süß findet, hat es sich aber in letzter Sekunde immer anders überlegt. Noch ist sie keineswegs sicher, ob er auch auf sie steht, oder ob er nur nett zu ihr ist. Sie selbst bekommt schon heftiges Herzklopfen, wenn er sie nur ansieht oder zufällig ihren Arm oder ihre Hand berührt. Jeden Abend, wenn sie im Bett liegt, geht sie jedes Wort und jeden Blick von ihm noch mal genau durch. Manchmal ist sie sich sicher, dass ein bestimmter Blick eine tiefere Bedeutung gehabt hat, aber am nächsten Morgen ist sie wieder total verunsichert. Darüber würde sie so gern mit Lisa reden, wenn Arne bloß nicht ihr Bruder wäre. Aber darum geht das eben nicht, Lisa wäre safe angepisst, wenn sie wüsste, was sie für

Gedanken hat. Sie weiß eben nur, dass er ihr Nachhilfe gibt, mehr nicht. Und wenn Lisa erst mal angepisst ist, kann es passieren, dass sie ihrem Bruder auch was sagt und ihm vielleicht sogar verrät, dass sie ihn … nein, no way, sie kann mit Lisa nicht reden. Aber mit irgendjemandem muss sie reden, fragen, woran man erkennt, ob ein Junge auf einen steht oder nur nett ist. Alle ihre Freundinnen scheiden aus, weil die auch mit Lisa befreundet sind. Das geht gar nicht, sie würden ihren Mund auf jeden Fall nicht halten. Es vielleicht zu Hause ihren Brüdern erzählen und die kannten vielleicht Arne und dann … nein, unmöglich. Früher hätte sie vielleicht ihren Vater gefragt, heute geht das nicht mehr und ihre Mutter interessiert sich null für ihre Probleme. Die hat ohnehin keinen Plan vom Leben. Sie kann sie direkt vor sich sehen, ihr mitleidiges Lächeln, wie sie den Kopf schütteln würde und sagen: »Aber Lara, du bist doch noch viel zu jung für solche Dinge. Konzentrier dich lieber auf die Schule, für alles andere hast du später noch Zeit.«

Klar, sie hält sie eben immer noch für ein totales Baby. Ist sie aber nicht, sie ist immerhin 14 und weiß genau, was sie will. Sie schaut auf ihr Handy und tritt die Bettdecke weg. Scheiße, sie hat verschlafen, in einer halben Stunde wird Arne auflaufen, sie muss noch duschen, Klamotten raussuchen und sich anziehen. Sie rennt schnell ins Bad, bleibt mit dem kleinen Zeh an der Tür hängen und krümmt sich vor Schmerzen. Fluchend humpelt sie entschlossen weiter in die Dusche. Leider tut der anschließend immer noch krass weh, an Socken oder gar Schuhe anziehen denkt sie daher gar nicht erst. Einen Handtuchturban um die nassen Haare gewickelt, setzt sie sich auf ihr Bett und betrachtet ihren Fuß. Der Zeh sieht unförmig aus und irgendwie violett. Scheiße, der ist safe gebrochen, denkt sie. Für einen Typen cool aussehen wollen und dann nicht laufen können. Echt Müll. Sie wirft einen Blick aus dem Fenster, die Sonne scheint, es ist warm, da kann sie zum Glück Flipflops anziehen, dann sollte es einigermaßen gehen. Als es 10 Minuten später klingelt und Arne vor der Tür steht, muss sie trotzdem gegen die Tränen ankämpfen, die ihr bei jeder Treppenstufe in die Augen schießen. Fuck, Fuck, Fuck, dass sie Schmerzen hat, wird er merken, egal, wie gechillt sie sich gibt.

»Hey«, ruft sie trotzdem betont munter, als sie ihm die Tür öffnet.

»Hey, was geht? Stimmt was nicht? Du siehst so komisch aus, hast du geweint?«

Lara verzieht das Gesicht, winkt aber ab und sagt betont lässig: »Nein, nicht wirklich, habe mir nen Zeh angestoßen und der sieht jetzt krass blau aus.«

»Okay? Soll ich ihn mir mal ansehen? Habe gerade einen Erste-Hilfe-Kurs gemacht, da haben wir gelernt, wie man einen gebrochenen Zeh tapen kann.«

»Echt? Du kannst echt alles, oder? Okay, wenn du meinst, du kannst da was tun, dann los, gehen wir hoch in mein Zimmer.«

Mühsam humpelt Lara hinter Arne die Treppe rauf, hält sich am Geländer fest, um ihren Fuß zu entlasten, in dem der Schmerz sticht und pocht.

Als sie endlich ihr Zimmer erreichen, lässt Lara sich erleichtert auf ihr Bett fallen und streckt Arne ihren Fuß hin. Der Zeh ist deutlich angeschwollen und mittlerweile dunkelblau angelaufen. Er setzt sich neben sie, nimmt vorsichtig ihren Fuß in die Hand und betrachtet aufmerksam den malträtierten Bereich.

»Hm, ich glaube, der ist tatsächlich gebrochen, aber das ist eigentlich egal, machen kann man da sowieso nicht viel. Hast du Leukoplast im Haus? Nein, bleib du mal liegen, sag mir einfach wo, ich hole mir schon, was ich brauche.«

Zehn Minuten später hat Arne ihren kleinen Zeh fast fachmännisch an seinen Nebenmann getapet, sie gezwungen zwei Aspirin zu schlucken und ein Coolpack auf ihren, mittels vieler Kissen hochgelagerten Fuß gelegt.

»Mehr kann ich nicht tun, ich hoffe, es hilft. Wenn nicht oder wenn es schlimmer wird, musst du zum Arzt, oke?«

»Oke, aber geht echt schon besser, nur auf Mathe habe ich jetzt keinen Bock mehr.«

»Ich auch nicht«, stimmt Arne ihr zu und streicht mit seinem Zeigefinger über ihren verletzten Fuß. »Du hast übrigens hübsche Füße, wusste ich bisher noch gar nicht.«

Lara hält die Luft an, ihr Herz klopft heftig und sie hat keinen Plan, was sie darauf sagen soll. Die Nähe des Jungen macht sie unsicher, obwohl sie ihr kein bisschen unangenehm ist.

»Findest du, hahaha?«, fragt sie schließlich und findet das im selben Moment total dumm.

»Klar, sonst würde ich es nicht sagen«, lacht Arne und rückt etwas näher. »Ich finde sogar noch mehr Dinge an dir hübsch, du hast tolle Augen und dein Mund, wow, der ist echt krass.«

Lara drückt vor Aufregung ihre Fingernägel in die Handflächen, atmet schneller und spürt zu ihrem Entsetzen, dass sie schon wieder rot wird. Arne wird mich für ein unerfahrenes, albernes Baby halten, geht ihr kurz durch den Kopf, dann spürt sie seine Lippen auf ihrem Mund. Sie hat keine Zeit, darüber nachzudenken, ob sie das gut finden oder sich lieber wehren soll, denn die empörte Stimme ihrer Mutter nimmt ihr diese Entscheidung ab.

»Lara! Was ist hier los? Nennt ihr das vielleicht Mathe lernen?«

-16-

Sie hat den Mann, der die Tür öffnet, noch nie in ihrem Leben gesehen, das weiß sie genau und doch hat sie das Gefühl, ihn zu kennen. Er ist nicht mehr jung, aber lange nicht so alt, wie die meisten der Bewohner hier, und wie ein Pfleger sieht er auch nicht aus. Sie steht aus ihrem Sessel auf und macht eine einladende Handbewegung.

»Wenn Sie zu mir wollen, kommen Sie doch bitte rein.«

»Wenn Sie Frau Berger sind, will ich in der Tat zu Ihnen. Mein Name ist Jonathan Brinkmann, ich bin hier, weil ich Sie fragen möchte, ob ich etwas für Sie tun kann? Etwas einkaufen, vorlesen, eine Partie Schach oder Dame spielen, so was eben. Ich bin ganz frisch in Rente und langweile mich, daher habe ich mich als ehrenamtlicher Unterhalter angeboten und wurde genommen. Und bitte, haben Sie keine Angst, ich wurde bis in den hintersten Winkel meiner Seele durchleuchtet. Ich bin clean, war 40 Jahre bei der Polizei und habe eine blütenreine Weste.«

»Spielen Sie zufällig Backgammon?« Inge hält die Luft an, während Sie gespannt auf die Antwort wartet.

»Tavla? Aber natürlich, mein Lieblingsspiel, sagen Sie bloß, Sie können das spielen?«

»Na ja, ein bisschen«, lächelt Inge, »vielleicht nicht so gut wie Sie, aber wir können ja mal eine Partie versuchen, wenn Sie schon hier sind.«

»Sehr gerne, wird mir ein Vergnügen sein«, antwortet Jonathan mit einer kleinen Verbeugung. »Haben Sie ein Spiel, sonst gehe ich schnell runter in den Aufenthaltsraum und schaue, ob ich da eins finde.«

»Bemühen Sie sich nicht,« winkt Inge ab, greift unter den Tisch und holt eine schön gearbeitete Holzschatulle hervor. »Die haben wir im letzten gemeinsamen Urlaub in Marokko gekauft,« sagt sie und lächelt wehmütig. »Gespielt haben wir es leider viel zu selten. Das ist, wie mit dem Tee, im Land schmeckt er immer völlig anders als später zu Hause.«

»Oh, das kenne ich auch, meine Frau und ich haben alle möglichen Sachen, aus allen möglichen Ländern mitgebracht, aber dann ...« Er bricht ab und zuckt die Schultern. »Nun ja, so wird es vielen Paaren gehen, aber heute wird dieses wunderschöne Spiel zu Ehren kommen.«

»Hat denn Ihre Frau nichts dagegen, wenn Sie so viel Zeit mit fremden Menschen verbringen?«, will Inge wissen und staunt über sich selber. Was geht es sie an, was die Frau eines ihr wildfremden Mannes denkt.

»Frauke ist vor zweieinhalb Jahren gestorben, aber sie war es natürlich gewohnt, dass ich viel Zeit mit ihr fremden Menschen verbracht habe. War in meinem Beruf leider nicht zu vermeiden, dafür habe ich ihr immer all meine Zeit versprochen, wenn ich in Pension gehe. Nun ja, das hat sie dann leider nicht mehr erlebt. Aber jetzt ist Schluss mit trüben Erinnerungen, ich bin schließlich hier, um Sie zu unterhalten und nicht, um Ihnen meine Lebensgeschichte zu erzählen. Also, würfeln wir, wer spielt Schwarz und wer Weiß?«

Inge spielt Weiß und geht gleich zum Angriff über, hat Glück mit ihren Würfen. Pasch sechs, gleich zweimal hintereinander. Sie hebt entschuldigend die Hände. »Ehrlich, die

Würfel sind nicht gezinkt und so viel Glück habe ich eigentlich selten.«

»Oh, das macht nichts, es wird Ihnen ohnehin nichts nützen, denn wer zuletzt lacht, lacht am besten, und das werde ich sein.«

»Ja, träumen Sie nur weiter, aber weinen Sie mir nicht das Spielbrett nass, wenn es anders ausgeht.«

»Abwarten, meine Liebe, abwarten, noch ist die Partie völlig offen.«

Eine Weile würfeln sie schweigend und machen Zug um Zug, bevor Brinkmann plötzlich sagt: »So, jetzt mache ich diesem Elend hier mal ein Ende. Seien Sie tapfer, aber Sie haben keine Chance mehr.« Er würfelt einen Dreier und einen Viererpasch und gewinnt damit die Partie tatsächlich knapp.

»Das war nur Glück und hat mit Können gar nichts zu tun,« winkt Inge ab und richtet sich auf. »Beim nächsten Mal sieht das anders aus, das verspreche ich Ihnen.«

»Leere Drohungen«, lacht Jonathan, »nichts als leere Drohungen. Aber bitte, wenn Sie Ihre nächste Niederlage partout nicht abwarten wollen, nur zu, Sie fangen an.«

Als Britta mit dem Mittagessen erscheint, hat Inge gerade die dritte Partie verloren und kann sich trotzdem nicht erinnern, jemals so viel Spaß beim Backgammon gehabt zu haben.

»Liebe Zeit, was beschäftigt ihr nur für Leute?« Inge kneift Britta ein Auge zu und grinst. »Zwielichte Spielertypen, die alte Damen mit gezinkten Würfeln über den Tisch ziehen wollen.«

»Sie sind so wenig alt, wie die Würfel gezinkt, ganz abgesehen davon, sind es Ihre Würfel,« wehrte sich Jonathan lachend, räumt das Spiel zusammen und erhebt sich. »So leid es mir tut, für heute ist Schluss, ich habe noch einen Termin in einem anderen Haus. Wenn Sie sich von Ihrem Schock erholt haben und sich dann überhaupt noch trauen, komme ich demnächst gern zu einer weiteren Niederlage vorbei.«

Inge atmete hörbar ein und tippt sich dann beredt mit dem Zeigefinger gegen die Stirn.

»Ich weiß nicht so recht, Herr Brinkmann, aber ich rate Ihnen dringend, Ihre Medikamente wieder regelmäßiger zu nehmen, Sie halluzinieren ganz offensichtlich.«

»Ich liebe schlagfertige Frauen mit Humor«, lachte Jonathan, »meine Damen, ich wünsche guten Appetit und noch einen schönen Tag. Ich melde mich bald wieder. Und … Inge, ich darf doch Inge sagen, das klingt nicht so schrecklich förmlich, üben Sie bis dahin noch etwas.« Sie hören sein Lachen noch; als er die Tür bereits hinter sich geschlossen hat.

»Na, der war ja vielleicht frech.« Britta steht noch immer mit dem Tablett in den Händen mitten im Raum und schaut Inge verblüfft an.

»Frech? Ach was, der war doch nicht frech«, wehrt die ab, »der war witzig und sehr charmant. Ich hatte lange nicht mehr so viel Spaß wie in der letzten Stunde. Ich hoffe sehr, er kommt wieder, auch wenn ich keine wirkliche Gegnerin im Backgammon für ihn bin.«

»Der kommt wieder, Frau Berger, darauf können Sie sich verlassen, so wie der mit Ihnen geflirtet hat, wird er nicht lange auf sich warten lassen.«

»Ach was, Britta, was reden Sie denn da? Ich bin eine alte Schachtel, die mit einem Bein im Grab steht und er, er ist doch höchstens Anfang 60, könnte fast mein Sohn sein und mit seiner Mutter flirtet man nicht.«

»Frau Berger, denken Sie an meine Worte, der kommt wieder und das nicht nur zum Backgammon spielen. So, hier ist Ihr Mittagessen, ich wünsche guten Appetit.«

Lustlos zieht Inge mit dem Löffel Bahnen in den Eintopf. Sie hasst Suppen, die man fast mit der Gabel essen kann, weil sie viel zu dick sind. Und Erbsensuppe steht ganz oben auf ihrer Ekelliste. Sie hat sie schon als Kind gehasst und musste sie natürlich trotzdem essen. War eben früher so, mag ich nicht, gab's nicht. Was auf den Tisch kam, wurde gegessen und fertig. Sie schiebt entschlossen den Teller weg und steht auf. »Ich bin schließlich kein Kind mehr«, sagt sie laut, »Ich bin schon eine alte Schachtel und daher esse ich jetzt Kekse zum Mittag. Einfach, weil ich's kann.«

-17-

Lara und Arne fahren erschrocken auseinander. Der Junge springt vom Bett auf, fährt sich mit der Hand durch die dunklen Haare und stottert: »Sorry, ich wollte nicht, ich meine, wir haben nicht, wir haben nur …«

»Was du wolltest war Lara Mathenachhilfe geben, stattdessen kommst du her, wenn ich nicht zu Hause bin und ich finde dich knutschend mit ihr im Bett …«

»Mama, hör sofort auf. Ich habe mir den Zeh gebrochen und Arne hat ihn geschient. Dann hatte ich was im Auge und er wollte …«

»Lara, halt mich bitte nicht für dümmer als ich bin. Was ich gesehen habe, weiß ich und das hatte mit deinen Augen sicher nichts zu tun. Außerdem weißt du ganz genau, dass ich dir verboten habe, Besuch zu haben, wenn du allein im Haus bist.«

»Von Mathenachhilfe war da nicht die Rede und richtig geil, wie du dich für meinen gebrochenen Zeh interessierst.« Lara streckt ihr anklagend den Fuß entgegen. »Stattdessen führst du dich hier auf wie eine von der Stasi, nur weil du dir mal wieder was einbildest, was nicht ist. Ist dir bei Papa auch öfter passiert, nur war der klug genug, aus diesem Knast hier auszubrechen.«

Arne dreht sich erschrocken zu Lara um und legt einen Finger auf den Mund, aber die ist in Fahrt und nicht zu bremsen.

»For real, ich habe lange genug den Mund gehalten, immer zu allem ja Mama, natürlich Mama, ganz wie du willst, Mama, gesagt. Pisst mich mega an und damit du es nur weißt, ich ziehe hier ebenfalls aus, ich ziehe zu Papa. Ich lasse mich nicht länger als Gefangene behandeln.«

»Das werden wir ja sehen, denn noch bestimme ich, wo du wohnst. Du bist 14, falls du es vergessen haben solltest. Ich habe deinen Ton und deine Aufmüpfigkeit satt, und dein Vater wird sich bedanken. Wenn er dich überhaupt reinlässt, wirft er dich nach drei Tagen wieder raus. Du bildest dir doch nicht wirklich ein, dass der nichts Besseres zu tun hat, als eine pubertierende Göre bei sich aufzunehmen. Sein junges Flittchen wird ihn wohl schon genug nerven. Arne, du gehst jetzt sofort, und du Fräulein, du hast bis auf Weiteres Hausarrest.«

»Hausarrest? Wie scheiße ist das denn? Ich bin doch kein Kind mehr, dass du in sein Zimmer schicken kannst. Du bist doch nicht ganz dicht, ich werde …«

»Du wirst dich jetzt erst einmal beruhigen und dir gut überlegen, wie du in Zukunft mit mir reden möchtest. So lange bleibst du im Haus und Arne wirst du überhaupt nicht wiedersehen. Das ist nämlich das Letzte, was du jetzt brauchst. Du musst für die Schule lernen und sonst gar nichts.«

»Träum weiter, ich rufe Papa an und dann werden wir ja sehen.«

Sarah ist schneller, reißt das Handy an sich und verlässt das Zimmer, nicht ohne vorher den Schlüssel abzuziehen, und von außen abzusperren. Unten fällt in diesem Augenblick die Haustür hinter Arne zu.

Sarah stürzt die Treppe runter, rennt in ihr Schlafzimmer

und wirft sich aufschluchzend auf das Bett. Ihr ist vollkommen klar, dass sie diesen Kampf mit Lara nicht gewinnen kann, dass es idiotisch von ihr war, derart überzureagieren. Meine Güte, als hätte sie selbst mit 14 nicht auch mal mit einem Jungen geknutscht. Warum hat sie nur derart die Beherrschung verloren? Warum hat sie nicht gesagt: »Hallo, ihr Zwei, erst die Arbeit, dann das Vergnügen. Also los, Mathe ist angesagt, knutschen könnt ihr später.« Dann hätte sie wissend lächeln können und das Zimmer wieder verlassen. Das wäre cool gewesen, das hätte Lara imponiert und ihr den Wind aus den Segeln genommen. Stattdessen hat sie sich wie eine prüde alte Jungfer aufgeführt und die Kluft zwischen sich und Lara weiter vertieft.

Verzweifelt überlegt sie, wie es weitergehen könnte. Was, wenn Lara ihre Drohung tatsächlich wahrmacht und zum Vater zieht? Sie kann sie schließlich nicht auf Dauer in ihrem Zimmer einschließen. Axel wird triumphieren, kommt ihr in den Sinn und das hebt ihre Stimmung nicht gerade. Er wäre zwar entsetzt, sich dauerhaft um einen renitenten Teenager kümmern zu müssen, würde aber so tun, als wäre er begeistert. Allein schon, um sie zu ärgern und bei Lara als der tolle Papa dazustehen. So weit darf es nicht kommen, das wird sie auf keinen Fall zulassen.

»Mama? Bist du krank? Gibt es heute nichts zu essen? Mama?«

Sarah richtet sich auf und wischt sich schnell über die Augen. »Ich habe ein bisschen Kopfschmerzen, aber deswegen wirst du nicht verhungern, keine Sorge. Wir haben zwar noch Nudelauflauf von gestern, aber was würdest du davon halten, wenn wir heute den Pizzadienst kommen lassen? Den Auflauf friere ich ein.«

»Krass, ich will eine große mit Salami und extra Käse.« Lars ist sichtlich begeistert. Klar, er ist ein Junge und erst 12, ihn kann man leicht ablenken.

»Gut, dann lauf hoch und frag deine Schwester, was sie

für eine Pizza möchte. Ach warte, ich habe aus Versehen ihr Handy eingesteckt, nimmst du ihr das bitte mit rauf und gibst es ihr.«

»Lara, Laaaara, Mama sagt es gibt heute Pizza, was willst du für eine? Hey, wieso ist dein Zimmer abgeschlossen?«

Mehr versteht Sarah nicht, aber sie hofft sehr, dass es Lars gelingt, Lara wieder zugänglich zu machen.

Tief aufseufzend erhebt sie sich und geht ins Bad. Ein Blick in den Spiegel zieht sie weiter runter. Durch die vom Weinen verschmierte Wimperntusche sieht sie aus wie ein kranker Panda und von Frisur kann man nicht mehr reden. Ihre schönen, dichten Haare, auf die sie immer stolz gewesen ist, hängen schlaff und leblos um ihr Gesicht. Sie sieht so beschissen aus, wie sie sich fühlt. Zu allem Überfluss hört sie Lars schon wieder laut Mama schreien, während er die Treppe runterpoltert. »Ich bin im Bad, ich komme gleich, du musst nicht so schreien, ich bin nicht taub.«

»Mama, die Lara packt ihre Sachen ein, sie sagt, sie will keine Scheißpizza, sie zieht zu Papa. Stimmt das, Mama? Ich habe aber Hunger, ich will auf jeden Fall Pizza, du hast es versprochen.«

»Beruhige dich, du kriegst deine Pizza und Lara auch, sie ist nur ein bisschen durcheinander, das legt sich wieder. Wir bestellen ihr was mit und bis der Bote kommt, hat sie sich bestimmt wieder abgeregt. Hast du ihr das Handy gegeben?«

»Klar, darf ich den Pizzamann anrufen und die Bestellung aufgeben? Ich kann das, kein Problem.«

»Ja, mach nur, bestell für mich bitte nur einen Salat mit, ich habe gerade keinen großen Hunger.«

Sarahs Gedanken überschlagen sich. Wo soll sie anfangen? Raufgehen und mit Lara reden, Axel anrufen und ihm die Lage erklären, gar nichts tun und abwarten, wie sich das weiter entwickelt? Als ihr Handy klingelt und Axels Foto auftaucht, weiß sie, dass ihr die Entscheidung bereits abgenommen wurde.

»Sarah?« Die Stimme ihres Noch-Ehemanns klingt fragend und sie ist versucht zu sagen: »Wer außer mir sollte wohl sonst an mein Handy gehen«, aber sie überlegt es sich anders und sagt schlicht »Ja.«

»Hör mal, unsere Tochter hat mich gerade völlig aufgelöst angerufen. Sie ist aus irgendeinem Grund total sauer auf dich, auch wenn ich nicht so ganz verstanden habe, aus welchem. Das ist wahrscheinlich auch egal, in dem Alter hat man wegen jeder Kleinigkeit Krach mit seinen Eltern. Vermutlich hattet ihr Streit und sie will die Konsequenzen vermeiden und zu mir ziehen. Was sagst du dazu? Das kommt vielleicht auf Ideen, dieses Mädchen.«

Sarah schweigt und wundert sich über seine freundliche Stimme. Sie hat mit Vorwürfen, Anklagen oder Schadenfreude gerechnet, aber nicht mit Verständnis.

»Und? Was hast du ihr gesagt? Wirst du sie abholen oder soll ich sie bringen?«

»Wie bitte? Was meinst du denn? Ich habe ihr natürlich gesagt, dass das so nicht geht, dass sie das Problem mit dir klären muss und dass ich mich da nicht einmischen möchte. Du weißt doch, Eltern müssen gegen die Kinder immer zusammenhalten, sonst haben sie von Anfang an verloren.« Axel lacht laut und scheint die Situation überhaupt nicht ernst zu nehmen.

»Schön, dass du das so lustig findest, aber ich fände es sehr gut, wenn du dich mal einmischen würdest, anstatt ständig alles mir allein zu überlassen. Sie ist schließlich auch deine Tochter, und ich komme momentan ohnehin nicht an sie ran. Egal, was ich sage, egal was ich tue, alles ist grundsätzlich falsch. Warum redest du nicht mal mit ihr? Also, in Ruhe, nicht nur für zwei Stunden auf ein Eis oder so. Lass sie doch das Wochenende zu dir kommen, dann könnt ihr reden und sie kriegt ein bisschen Abstand.«

»Ehrlich Sarah, das würde ich ja machen, aber ich halte das für keine gute Idee. Am Ende nutzt sie dann jede Auseinandersetzung mit dir auf diese Weise, und das kann´s doch nicht sein, oder?«

»Ich weiß grad nicht, was es sein kann. Wenn du einen konstruktiven Vorschlag hättest, wäre jetzt der richtige Zeitpunkt dafür. Klar, sie ist in der Pubertät, da bin ich als Mutter immer Feindbild Nummer eins, aber du bist an ihrer schlechten Laune nicht unschuldig. Du bist ausgezogen, hast deine Familie, und damit auch sie, für eine, eine … ach, lassen wir das, du hast uns jedenfalls verlassen. Und um damit klarzukommen, und in dir weiterhin den tollen Papa zu sehen, braucht sie einen Schuldigen und rate mal, wer das ist? Genau! Das bin ich. Und ich, mein Lieber, ich habe keine Lust und auch keine Kraft mehr, für dich noch länger den Buhmann zu spielen. Jetzt bist du dran, sieh zu, wie du mit Lara zu einer Einigung kommst.«

Sie drückt das Gespräch weg und fühlt sich plötzlich besser. Endlich mal auszusprechen, was sie bisher runtergeschluckt hat, ist eine Wohltat. Lange genug hat sie schließlich heile Welt gespielt und auf alle Rücksicht genommen. Wer nimmt denn Rücksicht auf sie? Keiner, ganz im Gegenteil, alle erwarten, dass sie die Probleme löst, die andere verursacht haben. Damit ist jetzt Schluss. Soll Axel selbst dem Mädchen erklären, warum er für eine 25-Jährige seine Familie verlassen hat, es wird das sicher verstehen. Kein Mensch ist vollkommen, jeder hat Schwächen, macht Fehler, auch ihr heiß geliebter Papa. Ihr Handy klingelt erneut. Sie wirft einen Blick aufs Display und drückt den Anrufer weg. »Nein, mein Lieber, jetzt bist du am Zug, ich habe alles gesagt, was zu sagen war.«

Als der Pizzabote klingelt und sie die Tür öffnet, hört sie von oben Lara. Laut und offenbar aufs höchste erregt, schreit sie mit sich überschlagender Stimme: »Dann fick dich doch, du Arschloch, wer braucht schon einen solchen Vater.«

Auch der Pizzamann hat gute Ohren, auf alle Fälle hebt er die Augenbrauen und wedelt mit der Hand. Sie zuckt die

Schultern, murmelt: »Pubertät«, verzichtet auf das Wechselgeld, legt die Kartons auf der Treppe ab und rennt nach oben. Hinter der Tür ist es still, sie legt erst ihr Ohr an die Tür, versucht dann durch das Schlüsselloch etwas zu erkennen. Leider sieht sie gar nichts, offenbar hängt von innen etwas davor. Zaghaft klopft sie und als keine Reaktion kommt, drückt sie langsam die Klinke runter. Lara liegt zusammengerollt auf dem Bett, den Kopf in ein Kissen vergraben. Es ist nicht zu erkennen, ob sie weint, aber sie wirkt klein und sehr verletzlich. Sarahs Herz zieht sich vor Mitgefühl zusammen. Sie möchte ihre Tochter gern in den Arm nehmen und ihr versichern, dass alles wieder gut wird. So wie früher, wenn sie sich ein Knie aufgeschlagen und sich schluchzend in ihre Arme geworfen hat. Sie geht auf das Bett zu und streicht ihr über die Haare, da fährt Lara in die Höhe und schreit: »Was willst du hier? Hau bloß ab, und versuch nicht, dich wieder einzuschleimen. Ich werde dir das nie verzeihen, damit du es nur weißt, nie in diesem Leben. Und jetzt verpiss Dich aus meinem Zimmer.«

»Lara bitte, es tut mir leid wegen vorhin, ich weiß, ich habe überreagiert. Ich hätte nicht so …«

»Exakt, hättest du nicht, aber hast du nun mal, und mich interessieren deine fucking Sorry's nicht. Echt jetzt, kannste dir sparen, ich will's nicht hören.«

»Ich wollte dir nur erklären, warum ...«

»Warum du wie ein Teufel in mein Zimmer gestürmt bist, mich total lächerlich gemacht hast? Oder warum du meinen Nachhilfelehrer wie einen Sittlichkeitsverbrecher behandelt hast? Was genau wolltest du mir denn erklären?«

»Bitte Lara. So hat das doch keinen Sinn, können wir uns nicht wie normale Menschen unterhalten? Es tut mir wirklich leid, ich entschuldige mich bei dir. Der Pizzabote war grad da, komm doch mit runter, wir essen zusammen und dann sprechen wir uns mal richtig aus. So geht's doch wirklich nicht weiter.«

»Danke, kein Bedarf. Ich will deine Scheißpizza nicht und deine Scheißerklärungen kannste dir sonstwo hinschieben. Ich will meine Ruhe haben, also hör auf mich zu nerven und geh Pizza essen.«

Sarah schaut ihre Tochter an, sieht die Wut in ihren Augen und begreift, dass jedes weitere Wort vergebens ist. Sie wird hier nichts erreichen, nicht jetzt, sie wird es morgen erneut versuchen. Resigniert lässt sie die Schultern sinken, dreht sich um und verlässt ohne ein weiteres Wort den Raum.

-18-

Inge hat so gut geschlafen wie lange nicht mehr und wird erst vom Klopfen an der Tür geweckt. Tobias kommt mit dem Sonntagsfrühstück und macht große Augen, weil sie noch im Bett liegt. Das kennt er nicht von ihr, sonst ist sie immer schon fix und fertig angezogen, wenn er kommt.

»Guten Morgen, Frau Berger, was ist los? Schlecht geschlafen, zu viel Eierlikör oder zu lange ferngesehen? Dass Sie um diese Zeit noch im Bett liegen, das habe ich ja noch nie erlebt.«

»Irgendwann gibt's für alles ein erstes Mal, mein lieber Tobias. Das werden Sie auch noch feststellen und die Plörre da, die können Sie grad wieder mitnehmen. Zum Glück bin ich darauf nicht mehr angewiesen, ich habe meine eigene Kaffeemaschine.«

»Oha, na dann brauche ich in Zukunft dafür nicht mehr den Kampf mit dem Drachen auszufechten. Sollten Sie aber demnächst mal wieder früher aufstehen und schon Kaffee gekocht haben, wenn ich komme, dann, also dann würde ich mich gern zu einer Tasse einladen lassen. Wir kriegen ja hier auch nur das Zeug da.« Er zeigt auf das Tablett und schüttelt sich angewidert.

»Aber klar, kriegen Sie, ich weiß ja, wann Sie Frühdienst

haben. Ich koche gleich welchen und die erste Tasse bekommen Sie, wenn Sie das Geschirr wieder abholen kommen. Versprochen.« Sie summt ein Lied, überlegt lange, wie es heißt, kommt aber nicht drauf. Klaus hat immer gesagt, sie habe ein Gedächtnis wie ein Elefant, aber in letzter Zeit ähnelt es eher einem Sieb. Immer öfter vergisst sie Geburtstage oder Namen von alten Bekannten und Freunden. Wäre nicht weiter schlimm, die sind ohnehin längst tot, es wird sie daher nicht stören, aber es ärgert sie. Es ist ein deutliches Zeichen ihres Alters und sie fürchtet sich vor wenigen Dingen so sehr, wie vor Demenz oder Alzheimer. Die Vorstellung, ihr ganzes Leben zu vergessen, nicht mehr zu wissen, wer und wo man ist, verursacht ihr Übelkeit. Sie geht in Gedanken die Geburtstage ihrer Eltern, Großeltern, Kinder, Schwieger- und Enkelkinder durch und hat damit keine Probleme. Zufrieden nickend steigt sie unter die Dusche und ist froh, das Demenzgespenst vorerst wieder gebannt zu haben. Als eine halbe Stunde später Tobias wiederkommt, ist sie angezogen und hat sogar Lippenstift benutzt. Auch der Kaffee ist fertig und erfüllt das Zimmer mit seinem Duft.

»Frau Berger, Sie sind meine Rettung, wäre ich nicht schon vergeben, ich würde glatt in Versuchung geraten«, lacht Tobias, als er ihr die Tasse abnimmt. »Was ist eigentlich los mit Ihnen? Sie sehen heute so verändert aus, beim Friseur können Sie nicht gewesen sein, die haben alle zu, was dann? Neues Kleid, neue Ohrringe? Sagen Sie schon, ich komme nicht drauf.«

»Männer«, lacht Inge und schüttelt tadelnd den Kopf. »Trinken Sie ihren Kaffee und lassen Sie es gut sein. Mir geht's heute einfach gut, das ist alles.«

Tobias sieht nicht überzeugt aus, aber er schweigt und genießt seinen Kaffee. »Sagen Sie mal, Frau Berger, die Britta hat mir erzählt, dass unser Herr Brinkmann …« Er unterbricht sich, weil Inges Handy klingelt und sie mit einem entschuldigenden Lächeln danach greift.

»Sarah, wie schön … was? Wieso? Seit wann, ich meine …, nein, natürlich nicht, das hätte ich dir doch gesagt. Was ist denn nur passiert?« Eine ganze Weile lauscht sie schweigend, nickt ab und an oder schüttelt den Kopf. »Aber das versteht sich doch von selbst, Sarah, ja, ja, sofort, sobald ich etwas höre. Und bitte vergiss nicht mich anzurufen, wenn du etwas von ihr hörst. Versprichst du mir das? Gut, bis dann.« Inge legt das Handy weg und greift sich mit der Hand ans Herz. Sie ist blass geworden und Tobias fragt besorgt: »Was ist los, soll ich dem Arzt Bescheid geben?«

»Meine Enkelin ist verschwunden. Sie ist die ganze Nacht nicht nach Hause gekommen. Meine Tochter hat alle Schulkameraden angerufen, niemand weiß, wo sie ist. Sie hatten wohl gestern einen ziemlich hässlichen Streit und …«

»Frau Berger, Sie dürfen sich nicht so aufregen, Sie wissen doch, Ihr Herz … außerdem bin ich sicher, dass Lara bald wieder auftaucht. Mädchen in dem Alter kommen eben manchmal auf dramatische Ideen, wenn etwas nicht so läuft, wie sie es gern hätten. Die ist bestimmt bei einem Freund oder einer Freundin, die Ihre Tochter nicht kennt. Glauben Sie mir, die kommt gesund und munter wieder zurück.«

»Ihr Wort in Gottes Ohr, meine Tochter ist völlig außer sich. Sie hat mich wohl auch nur angerufen, weil sie gehofft hat, Lara wäre vielleicht hier.« Inge springt so heftig auf, dass ihre Kaffeetasse vom Tisch fällt und unter den Sessel rollt. Es hat geklopft und sie läuft zur Tür, um sie aufzureißen.

»Lara, Kind, bin ich froh … oh, Herr Brinkmann, entschuldigen Sie, aber ich dachte, Sie wären jemand anderes. Kommen Sie doch herein.«

»Hm, wenn ich ungelegen komme, kein Problem, ich komme gern ein anderes Mal wieder.«

»Nein, nein, es ist nur, also, ich hatte gerade einen Anruf von meiner Tochter. Meine Enkelin ist verschwunden, sie ist die ganze Nacht nicht nach Hause gekommen und sie ist doch erst 14. Wir sind alle in schrecklicher Sorge, und als Sie eben geklopft haben, dachte ich für einen Moment, es wäre vielleicht das Mädchen.«

»Das tut mir sehr leid. Das konnte ich nicht ahnen, aber vielleicht kann ich Ihnen ja helfen. Sie wissen doch, ich war mein ganzes Leben bei der Polizei, da hat man seine Kontakte, auch wenn man bereits in Pension ist. Soll ich mich mal umhören, ob irgendwo ein Mädchen in diesem Alter aufgegriffen wurde?«

»Oh, das wäre aber wirklich sehr nett von Ihnen, Jonathan … ach, entschuldigen Sie, wie unhöflich. Kennen die Herren sich eigentlich?«

»Ja, Frau Berger, wir kennen uns natürlich«, antwortet Tobias und nickt Brinkmann zu. »Ihm können Sie Ihr Leben anvertrauen, sollte das mal nötig sein«, lacht er und geht auf die Knie, um die Kaffeetasse unter dem Sessel hervorzuholen. »Noch heile, Glück gehabt und nochmals danke für den Kaffee. Ich muss Sie jetzt leider verlassen, die Pflicht ruft, aber Sie sind ja in den besten Händen. Machen Sie sich nicht allzu viele Sorgen, es wird bestimmt alles gut.«

»Inge, haben Sie ein neueres Foto von Ihrer Enkelin? Ich muss sie beschreiben können«, will Brinkmann wissen.

»Ja, von letzten Weihnachten, warten Sie, ich hole es.« Inge kramt in einer Schublade und kommt mit dem Foto des Mädchens zurück. »Sie wird sich wohl seither nicht allzu sehr verändert haben, denke ich.«

»Ein hübsches Mädchen, kann Ihre Großmutter nicht verleugnen«, nickt Jonathan, während er das Bild betrachtet.

»Sie sollen mir helfen, sie zu finden und mir nicht schmeicheln«, wehrt Inge ab, kann aber nicht verhindern, dass sie ein bisschen rot wird. Derartige Komplimente hat sie lange nicht mehr bekommen.

»Ich schmeichele nicht, ich sage nur die lautere Wahrheit. Sie hat eindeutig Ihre Augen, dieses strahlende Blau haben Sie ihr vererbt.«

»Möchten Sie eine Tasse Kaffee, während Sie telefonieren?«, lenkt Inge ab und zeigt auf die Kaffeemaschine.

»Ja, sehr gerne, wenn es keine Mühe macht«, antwortet Brinkmann höflich und tippt bereits die erste Nummer in sein Handy. Nach dem vierten Anruf hat er eine Spur, sie führt ins nicht weit entfernte Johanniter- Krankenhaus.

-19-

Lara starrt ihrer Mutter nach, als sich die Tür hinter ihr schließt. Sie so vor Arne vorzuführen und ihr dann den Umgang mit ihm zu verbieten, hallo? Geht ja gar nicht. Sie ist wütend, gleichzeitig fühlt sie sich total allein und ist ein bisschen traurig. Ihr Vater hat nur rumgesülzt, was von Verantwortung und Erwachsenwerden gelabert. Der soll bloß aufhören, ihr so einen Scheiß zu erzählen, was ist denn mit seiner Verantwortung? Ist es vielleicht erwachsen, seine Familie im Stich zu lassen, um mit so einer blöden Tusse rumzumachen? Bullshit ist das und mega peinlich. Im Ernst, der wollte sie nicht bei sich haben, darum das ganze Gelaber. Fühlt sich safe gestört von ihr, hat sie sofort gecheckt, als er anfing, von ›Schule ist zu weit weg‹ und ›wird alles nicht so heiß gegessen wie gekocht‹, zu labern. Der soll bloß nicht glauben, dass es ihr was ausmacht, wenn er sie nicht bei sich haben will. Hat sie ihm deutlich gesagt. Sie wirft sich auf den Rücken und überlegt, was sie als Nächstes tun soll. Der Geruch von Salami zieht von unten herauf und ihr Magen knurrt unüberhörbar. Sie hat Hunger und einen winzigen Augenblick lang ist sie versucht, runterzulaufen und so zu tun als sei alles easy. Das verwirft sie aber sofort wieder. Sie wird für eine Pizza nicht vergessen, was ihre Mutter ihr angetan hat. Sie springt auf und zieht die Schublade ihres Schreibtisches auf. Na bitte, eine fette Tafel Schokolade, noch ungeöffnet, liegt da und die wird ihren Magen besänftigen. Sie schafft sie restlos und fühlt sich besser, allerdings fängt ausgerechnet jetzt ihr Zeh erneut an unangenehm zu pochen. Sie würde gern Arne anrufen und ihn fragen, was sie machen soll, aber nach dem Scheiß heute Morgen ist ihr das zu peinlich. Vielleicht will er nichts mehr mit ihr zu tun haben, ganz sicher sogar, sonst hätte er sich bestimmt längst gemeldet. »Hey, was machst du grad? Ich bin echt angepisst, habe voll den Stress, außerdem einen gebrochenen Zeh, der mega weh tut«, schickt sie daher lieber eine WhatsApp an Lisa. Die antwortet nicht, obwohl sie die Nachricht gelesen hat. Als auch nach einer Stunde nichts von ihr kommt, macht Lara sich ernsthaft Sorgen. Was ist da los? Hat ihre Mutter was damit zu tun? Hat sie vielleicht Lisas Eltern Horrorgeschichten darüber erzählt, was sie angeblich heute getan haben? Heilige Makrele, sie kann echt einpacken. Lisa weiß dann natürlich, dass sie auf ihren Bruder steht und ist safe angepisst, weil sie ihr nichts erzählt hat. Fuck, was soll sie jetzt nur machen? Ihr Zeh pocht wie die Hölle und sie sucht nach dem Aspirin, schluckt noch mal zwei. Nach einer Weile lässt der schlimmste Schmerz nach, dafür wird sie total müde. Sie dreht sich auf die Seite, sucht eine halbwegs bequeme Position und schläft ein. Als sie aufwacht, hat sie das Gefühl, keinen Fuß mehr zu haben, er ist taub, bis auf ein unangenehmes Kribbeln. Kein richtiger Schmerz mehr, eher so, als wäre sie an eine Steckdose angeschlossen. Echt krass. Als sie aufsteht und den Fuß auf den Boden setzt, fährt ein heftiges Stechen durch ihr Bein und sie erinnert sich an Arnes Mahnung, zum Arzt zu gehen, wenn es schlimmer wird. Okay, es ist eindeutig schlimmer geworden, aber es ist Samstag, da hat kein Arzt Sprechstunde. Scheiße, sie muss was tun, das steht mal fest. Hilft nix, sie muss ihre Mutter zur Hilfe rufen.

»Mama! Mamaaaaaaaaaaaaaaaaaaaa«, brüllt sie lauter, als keine Antwort kommt, aber im Haus bleibt alles still. »Lars, ey, Laaaars wo bist du?« Der sitzt hundert Pro wieder mit Kopfhörern vor der Playsi und würde nicht mal ein Erdbeben mitbekommen. Verdammt noch mal, wo ist ihre Mutter? Ständig nervt die einen, aber wenn man sie mal braucht, ist sie safe nicht da. Nach einer Weile auf der Bettkante lässt das Kribbeln nach und sie kann sogar laufen. Tut nicht mal besonders weh, ist nur irgendwie taub. Ob der Zeh noch blau ist, kann sie nicht erkennen, da ist zu viel Leukoplast drüber geklebt, aber die Umgebung sieht eher aus wie Quark, ziemlich blass. Shit, das ist irgendwie nicht normal, sie will ins Krankenhaus fahren, sollen die sich das mal angucken. Das wird ihrer Mutter eine Lehre sein, einfach zu verschwinden und sich einen Dreck um ihre verletzte Tochter kümmern. Sie wird nicht hinter ihr hertelefonieren. Sie humpelt langsam die Treppe runter, guckt bei Lars vorbei, das Zimmer ist leer. Küche und Wohnzimmer auch und in ihrem Zimmer ist ihre Mutter auch nicht. Es ist offenbar überhaupt niemand da. *Okay*, denkt sie, *dann eben nicht*, kramt ihre Krankenkarte aus der Küchenschublade, holt ihr Fahrrad aus der Garage und macht sich auf den Weg zum Krankenhaus. Am Eingang fällt ihr ein, dass sie die Scheißmaske vergessen hat, die man seit kurzem tragen muss, wenn man in ein Krankenhaus will. Sie klopft an die Scheibe und als die Frau hinter dem Counter hochguckt, beginnt sie heftig zu gestikulieren, zeigt auf ihren Mund, zuckt die Schultern und schüttelt den Kopf. Die Frau nickt, sucht eine Weile in gebückter Haltung und kommt dann zur Tür.

»Maske vergessen, stimmt's?«, fragt sie freundlich und hält eine in die Höhe.

»Ja«, nickt Lara, »habe ich nicht mehr dran gedacht, weil mein Fuß so übel weh tut. Meine Karte habe ich aber dabei.«

»Gut, dann komm mal mit, ich nehme deine Personalien auf und melde dich in der Notaufnahme an. Was hast du denn gemacht mit deinem Zeh?«

»An der Tür angehauen, ist safe gebrochen, aber mein Freund hat ihn mir getaped. Nur, er hört nicht auf zu klopfen und sieht irgendwie strange aus.«

»Aha, nun gut, ein Arzt wird sich das ansehen, wird aber eine Weile dauern. Du kannst das hier in der Zwischenzeit schon mal ausfüllen. Wieso bist du eigentlich ganz allein hier, oder kommen deine Eltern noch?«

»Meine Eltern? Nee, also, die sind grad verreist, kommen erst heute Abend wieder nach Hause«, improvisiert Lara. »Ich wollt nur nicht so lange warten, weil es echt weh tut.«

»Schon gut, deine Krankenkarte hast du ja. Hier füll das aus, ich melde dich schon mal an.«

Eine Stunde später hält ein müde aussehender, sehr junger Arzt ihren Fuß in der Hand und schaut gleichzeitig auf das Röntgenbild auf seinem PC.

»Bingo, der Zeh ist tatsächlich gebrochen, und die Idee mit dem Tape war gar nicht verkehrt, nur viel zu fest. Ich werde dir jetzt einen Dachziegelverband machen, dann sollte es bald besser werden mit den Schmerzen. Kühlen kannst du ihn natürlich auch und in zwei Wochen ist das dann Geschichte.«

»Okay, vielen Dank«, sagt Lara lahm, weil ihr partout nichts anderes einfallen will. Die Umgebung schüchtert sie irgendwie ein. So lässt sie das Anlegen des Verbands schweigend über sich ergehen, auch wenn das manchmal ganz schön weh tut.

»So, das war's«, sagt der Arzt, als er das letzte Pflaster an Ort und Stelle geklebt hat. »Pass nur in Zukunft an den Türen auf, gegen die haben kleine Zehen keine Chance.« Er lacht über seinen Witz, aber Lara verzieht hinter ihrer Maske den Mund nur mühsam zu einem Lächeln.

»Nun gut, dir ist wohl momentan noch nicht zum Lachen.

Pass trotzdem auf dich auf, leg den Fuß oft hoch und wenn's dir gut tut, kühl ihn. Gute Besserung, auf Wiedersehen.«

Er haut auf den Desinfektionsspender und verlässt rasch den Raum.

Lara bewegt probeweise ihren Fuß, was problemlos möglich ist, auch das Auftreten tut nicht weh. Sie schiebt ihn vorsichtig in den Flip-Flop und macht sich auf den Weg zum Ausgang.

»Hey Lara, was machst du denn hier? Was ist mit deinem Fuß passiert?«

Anja Küfer, eine Klasse unter ihr und extrem nervig, steht da, und scheint geradezu begeistert über das Zusammentreffen zu sein. Lara öffnet den Mund, um sie mit einer kurzen Bemerkung loszuwerden, da kommt ihr ein genialer Gedanke und sie zaubert ein breites Lächeln auf ihr Gesicht.

-20-

»Ihre Enkelin war gestern am späten Nachmittag in der Notaufnahme«, sagt Jonathan. Als er ihren erschrockenen Gesichtsausdruck sieht, fügt er schnell hinzu: »Keine Sorge, es war ziemlich harmlos. Sie hat sich den kleinen Zeh gebrochen, er wurde versorgt und sie konnte das Krankenhaus wieder verlassen. Sie hat angegeben, ihre Eltern seien verreist, kämen aber am Abend wieder nach Hause. Mehr weiß man dort leider nicht.«

»Aber wo ist sie jetzt? Mit einem gebrochenen Zeh kann sie doch unmöglich weit gelaufen sein. Ich verstehe das nicht und wieso sagt sie, ihre Eltern seien verreist, das stimmt doch gar nicht. Und überhaupt, wieso ist Sarah nicht mit ihr zum Krankenhaus gefahren, warum …«

»Das weiß ich leider alles nicht. Ich kann Ihnen aber versichern, wäre ihr etwas passiert, wüssten die Kollegen das.«

»Nicht unbedingt, nur wenn sie einen Unfall gehabt hätte oder so was. Aber wenn sie entführt wurde, weggelaufen ist, einem Sittlichkeitsverbrecher in die Hände gefallen …«

»Inge, Sie müssen sich beruhigen, so eine Aufregung ist nicht gut. Kommen Sie, setzen Sie sich hier hin. Um den

Kaffee kümmere ich mich. Na, kommen Sie schon, ja, so ist es gut.«

Jonathan hat einen Arm um Inges Schultern gelegt und führt sie sanft, aber bestimmt zu ihrem Sessel. Sie lässt es ohne Widerstand zu, wundert sich nur darüber, wie angenehm sie die Berührung findet.

»Ich bin ganz sicher, sie taucht bald wieder auf. Es passiert öfter, dass Mädchen in diesem Alter bei einer Freundin übernachten und vergessen, den Eltern Bescheid zu geben. Die sind mit so vielen anderen Dingen konfrontiert, dass sie an das Naheliegende nicht immer denken. Wenn sie später auftauchen, sind sie ganz erstaunt über die Aufregung, die sie verursacht haben.«

»Na ja, aber man hört und liest doch auch immer mal von Mädchen, die …«

»Inge, an so etwas dürfen Sie jetzt überhaupt nicht denken. Diese schrecklichen Dinge passieren, das stimmt, aber prozentual gesehen sind sie verschwindend gering. Und Ihre Lara ist bestimmt ein kluges Mädchen, das weiß, wie es sich zu verhalten hat, wenn ein Fremder es anspricht.«

»Ja, ja, das weiß sie ganz sicher, sie würde niemals zu einem Fremden ins Auto …« Inge unterbricht ihren Satz abrupt und dreht sich erschrocken zu Jonathan. »Was, wenn sie Schmerzen hatte, nicht laufen konnte, und so ein Kerl hat das gesehen, angehalten …«

»Bestimmt nicht. Ganz bestimmt nicht, glauben Sie mir bitte, Inge. Ich weiß, die Angehörigen malen sich immer die schrecklichsten Szenarien aus, aber ich versichere Ihnen, Ihrer Enkelin ist gewiss nichts geschehen. Sie werden sehen, es dauert nicht mehr lange, dann ruft ihre Tochter an und Lara ist wieder zu Hause.«

»Ich hoffe sehr, dass Sie Recht haben. Wenn dem Mädchen was passiert ist, das würde ich nicht überleben und meine Tochter erst recht nicht.«

Brinkmann schweigt. Er weiß nicht, was er noch sagen

könnte, um Inge zu beruhigen. Er weiß nur zu gut, dass all die Befürchtungen, die sie geäußert hat, Realität sein könnten, will das aber lieber unerwähnt lassen. Noch kann sich alles zum Guten wenden.

»Hatte Lara eventuell Streit mit ihren Eltern? Besteht die Möglichkeit, dass sie weggelaufen ist? Wollte sie ihnen vielleicht einen Denkzettel verpassen, Pubertierende kommen manchmal auf die seltsamsten Ideen.«

»Genau weiß ich das nicht, aber meine Tochter hat erwähnt, dass ihr Verhältnis zu Lara momentan sehr angespannt ist. Sie sagte, sie käme nicht mehr an sie ran. Sie wusste nicht einmal, ob Lara einen Freund hat oder nicht.«

»Na ja, auch das ist in dem Alter nicht so ungewöhnlich. Die jungen Leute sind verschlossen, betrachten alles als Einmischung in ihre Angelegenheiten und besprechen wichtige Dinge lieber mit Gleichaltrigen. Die Eltern sind meist der natürliche Feind, das erfordert der Ablösungsprozess sozusagen.«

»So was in der Art hat Sarah auch gesagt, aber woher wissen Sie das alles so genau? Haben Sie Kinder?«

»Nein, leider waren meiner Frau und mir Kinder versagt, aber ich hatte beruflich sehr viel mit schwierigen Jugendlichen zu tun. Da lernt man so dies und das.«

»Das tut mir sehr leid, also, dass Sie keine Kinder haben, meine ich natürlich.« Inge lächelt etwas unsicher.

»Wir hatten uns damit abgefunden, aber seinerzeit war es schwer für uns. Liegt lange zurück, sie wären heute längst erwachsen und hätten vielleicht schon selber Kinder. Müßig, etwas nachzutrauern, was lange vorbei ist. Kommen Sie, trinken Sie einen Schluck Kaffee, das weckt die Lebensgeister.« Jonathan schiebt die Tasse näher zu ihr und sie nimmt einen Schluck.

»Mmh«, macht sie dann, »der ist fast so gut wie der von meinem Mann früher. Darauf können Sie sich was einbilden, sein Kaffee war unübertroffen.«

»Das hat meine Frau von meinem auch immer behauptet«, lacht Brinkmann und wundert sich über die Leichtigkeit, die er plötzlich empfindet.

»Ach, mein Gott«, sagt Inge plötzlich erschrocken und greift nach dem Handy auf dem Tisch. »Ich muss doch meiner Tochter Bescheid geben, dass Lara im Krankenhaus war. Vielleicht weiß sie das noch gar nicht.«

»Sie wird sicher die Polizei über das Verschwinden ihrer Tochter informiert haben und die wissen es ja«, wendet Jonathan ein, aber Inge hat Sarah schon erreicht.

»Sarah, ja, ich bin's. Hör mal, ich habe gerade erfahren, dass Lara gestern gegen Abend im Johanniter Krankenhaus wegen eines gebrochenen Zehs behandelt wurde ...oh, das wusstest du schon? Die Polizei hat es dir gesagt? Wer? Ich? Oh, ich habe es von einem Bekannten erfahren, der früher bei der Polizei gewesen ist. Nein, nein, du kennst ihn nicht. Was? Ja, ist gut, mach dir nicht zu viele Sorgen, Jonathan sagt ... Hallo? Sarah? Aufgelegt.« Inge zuckt ratlos die Schultern. »Sie haben es ja gehört, die Polizei ist im Haus und sie wusste das mit dem Krankenhaus schon. Darum hatte sie keine Zeit für ein längeres Gespräch.«

»Das ist doch verständlich, eine Ausnahmesituation«, nickt Brinkmann. »Sie wird viele Fragen beantworten müssen und natürlich sehr aufgeregt sein.«

»Ich hoffe sehr, dass mein Schwiegersohn ebenfalls vor Ort ist und sie unterstützt, aber ...ach, wissen Sie, die Ehe der beiden scheint ziemlich am Ende zu sein. Meine Tochter hat mir gerade erst verraten, dass ihr Mann zu seiner neuen Freundin gezogen ist. Aber egal, in einer solchen Situation muss man doch wohl zusammenhalten, oder etwa nicht?«

»Natürlich, bestimmt ist er dort. Keine Sorge, er wurde doch auf alle Fälle gefragt, ob Lara bei ihm aufgetaucht ist, ob er irgendwas weiß.«

»Ja, das ist sicher richtig, danke. Ich kann keinen klaren Gedanken mehr fassen, tut mir leid.«

»Nicht doch, es ginge keinem anders in dieser Situation. Sagen Sie mir nur bitte, wenn ich Sie störe, wenn ich gehen soll.«

»Oh nein, Sie stören mich doch nicht, ganz im Gegenteil. Sie glauben ja gar nicht, wie dankbar ich für Ihre Anwesenheit bin. Jetzt allein zu sein mit dieser Angst, das wäre schrecklich für mich. Natürlich, wenn Sie Verpflichtungen haben, ich will Sie auf keinen Fall aufhalten …«

»Tun Sie nicht, ich bin gekommen, weil ich partout nicht wusste, was ich mit meinem Tag anfangen sollte«, lacht Brinkmann und zwinkert ihr zu.

»Das freut mich, ich … herein!«

Es hat geklopft und Tobias steckt den Kopf durch die Tür. »Frau Berger, diese junge Dame hier, die möchte gern zu Ihnen. Bitte, unbedingt alle Masken aufsetzen, ich kriege sonst meine Kündigung.«

Er öffnete die Tür ganz und schiebt Lara in den Raum.

-21-

Sarah schließt die Haustür auf und schmeißt die Schlüssel auf den kleinen Garderobenschrank. So was kann wirklich nur ihr passieren, mitten in der Pampa ohne Benzin liegenzubleiben. Nur gut, dass ihr das erst auf dem Rückweg passiert ist und nicht, als Lars noch dabei war. Der hatte seine Pizza inhaliert und dann so lange gequengelt, bis sie endlich nachgegeben und ihn zu seinem besten Freund Ole gebracht hat, bei dem er auch übernachten durfte. In Gedanken noch bei ihrem Streit mit Lara hat sie natürlich nicht auf den Benzinstand geachtet und das hat sich gerächt. Für so was war früher immer Axel zuständig, und sie hat sich noch nicht daran gewöhnt, nun selbst dafür verantwortlich zu sein. Auch was zu tun ist, wenn ein solches Missgeschick passiert, wusste sie nicht. Ihr fiel nur ein Fernsehspot ein, in dem ein Mann fröhlich pfeifend mit einem Kanister eine endlose Straße entlang läuft. Das Durchsuchen ihres Kofferraums, förderte keinen Kanister zutage, und ob sie dafür den Pannendienst anrufen konnte, wusste sie ebenfalls nicht. Zum Glück hielt gerade rechtzeitig ein Autofahrer, bevor sie Axel anrufen und um Hilfe bitten musste. Der hatte sie zur nächsten Tankstelle mitgenommen, musste dann leider eilig weiter zu einem Termin. Auf die

Idee, sich ein Taxi zu bestellen, dass sie zurück zu ihrem Wagen gebracht hätte, war sie nicht gekommen. Nein, sie hatte sich als komplette Idiotin erwiesen und war den ganzen Weg zurück, mit einem Fünfliterkanister Benzin, zu Fuß gegangen. Jetzt hat sie nur noch den einen Wunsch, sich in eine heiße Badewanne zu legen, bis sie sich fast aufgelöst hat. Sie lässt Wasser ein, gibt großzügig von dem teuren Öl dazu, dass ihr Axel irgendwann mal geschenkt hat und überlegt, ob sie vorher nach Lara schauen soll. Sie entscheidet sich dagegen, ihr Bedarf an Stress ist fürs Erste gedeckt. Nach dem Baden wickelt sie sich in ein großes Handtuch und legt sich auf ihr Bett. Sie schließt die Augen und grübelt eine Weile darüber nach, wie sie Axel dazu bringen kann, mit ihr an einem Strang zu ziehen. Dass sie darüber einschläft, bemerkt sie nicht, bis sie frierend erwacht und ihr Blick auf den Wecker fällt. Erschrocken fährt sie in die Höhe. Es ist nach 22 Uhr, sie hat fast drei Stunden geschlafen. Sie wirft das feuchte Handtuch auf den Rand der Badewanne und zieht einen Schlafanzug an, bevor sie die Treppe hochläuft. An Laras Tür lauscht sie einen Moment und als sie nichts hört, öffnet sie sie einen Spalt und späht in das Zimmer hinein. Alles ist dunkel und still. Gut, Lara schläft, denkt sie und ist ganz froh, keine Fortsetzung des morgendlichen Gesprächs führen zu müssen. Sie schließt die Tür leise wieder und läuft hinunter in die Küche. Sie ist hungrig und ihr fällt ein, dass sie seit dem Frühstück nichts mehr gegessen hat. Der bestellte Salat steht unangerührt im Kühlschrank, aber darauf hat sie jetzt keinen Appetit. Da fällt ihr Blick auf den Nudelauflauf, den sie eigentlich hatte einfrieren wollen. Sie schiebt ihn in die Mikrowelle, gießt sich ein Glas Rotwein dazu ein und setzt sich mit einem Buch an den Küchentisch. Was für eine himmlische Ruhe, denkt sie, ohne zu ahnen, was sie am nächsten Morgen erwartet.

In der Nacht schläft sie unruhig, träumt wirres Zeug von überdimensionalen Pizzen und Autos, die ohne Fahrer an ihr vorbeirasen. Als sie aufwacht, ist es gerade halb sechs. Zu früh für einen Sonntagmorgen denkt sie, steht trotzdem auf, um sich einen Kaffee zu kochen. Im Haus ist alles still und auch auf der Straße regt sich noch nichts. Mit einer großen Tasse Kaffee und ihrem Buch geht sie zurück ins Bett, schiebt sich ein Kissen unter den Kopf und genießt den seltenen Luxus, ungestört Lesen und Kaffeetrinken zu können. Um halb neun öffnet sie erneut die Tür zu Laras Zimmer. Für einen Augenblick steht sie regungslos da, weil ihr Gehirn nicht begreift, was ihre Augen sehen. Lara ist nicht da, das Bett unberührt, nur das Papier einer Tafel Schokolade liegt dort. Nach drei Sekunden setzt ihr Organismus Adrenalin frei, ihr Herz beginnt zu rasen und panische Angst macht sich in ihr breit. Wo ist Lara, was ist hier passiert? Ungeachtet des frühen Sonntagmorgens ruft sie alle Schulfreunde an, die ihr einfallen. Keiner hat eine Ahnung, wo Lara sein könnte, niemand hat sie gesehen. Auch Lisa nicht, von der sie ungehalten verlangt, umgehend ihren Bruder ans Telefon zu holen. Offensichtlich aus dem Schlaf gerissen, versichert Arne, nicht zu wissen, wo Lara ist, sie weder gesehen, noch etwas von ihr gehört zu haben. Er klingt glaubwürdig und ist besorgt, bietet an, ebenfalls rumzuhören, was sie unbeantwortet lässt. Als sie nicht mehr weiß, wen sie noch anrufen soll, wählt sie Axels Nummer, der offensichtlich auch noch geschlafen hat. Er kapiert erst, was los ist, als sie schreit: »Deine Tochter ist verschwunden, verdammt noch mal. Sie ist die ganze Nacht nicht nach Hause gekommen.« Natürlich will er als Erstes wissen, wieso sie das denn nicht früher bemerkt hat, wo sie gewesen ist, und alles klingt nach Vorwurf. Immerhin beruhigt er sich schnell und versichert, sich umgehend auf den Weg zu ihr zu machen, sie solle in der Zwischenzeit die Polizei verständigen. Der diensthabende Beamte versucht sie zu beruhigen, erzählt, dass viele Jugendliche mal eine Nacht verschwinden, bevor sie gesund und munter wieder auftauchen. Sie solle auf die Wache kommen, um eine Vermisstenanzeige aufzugeben. Darüber ist sie immer noch empört, als Axel klingelt und sie ohne etwas zu sagen, in den Arm nimmt. Zu verwirrt, um sich zu wehren, lässt sie es zu und stellt fest, dass es ihr unangenehm ist.

»Wir müssen auf die Wache, eine Vermisstenanzeige aufgeben, die Polizei kommt nicht hierher«, sagt sie und löst sich irritiert aus seinen Armen.

»Okay, aber einer muss hierbleiben, für den Fall, dass Lara nach Hause kommt. Was ist dir lieber? Hast du wirklich alle Freunde und Schulkameraden angerufen?«

»Natürlich, niemand hat was von ihr gesehen. Ich fahre runter zur Wache, bleib du hier und falls sie auftaucht, ruf mich an, okay?«

»Bist du sicher, dass du fahren kannst? Nicht, dass dir was passiert. Nimm auf alle Fälle ein Foto von Lara mit, ich glaube, das wirst du brauchen.«

»Schon gut, ich schaffe das, ist ja nicht so weit.«

Sie braucht drei Anläufe, bevor der Motor startet, und nimmt auch noch einen Bordstein mit, dann hat sie sich wieder unter Kontrolle und schafft den Weg zum Präsidium ohne weitere Zwischenfälle.

Der Beamte, mit dem sie schon telefoniert hat, ist in ihrem Alter, hat vermutlich selbst Kinder und kann nachvollziehen, wie es Sarah gerade geht. Seine Fragen sind sachlich und doch behutsam, so dass sie sich nicht angegriffen fühlt und ohne zu zögern von ihrem gestrigen Streit berichten kann.

»Aber das ist doch kein Grund spurlos zu verschwinden, ich meine, alle Jugendlichen streiten sich doch mit ihren Eltern. So schlimm war es auch nicht. Ich habe mich sogar bei ihr entschuldigt und zugegeben, über das Ziel hinausgeschossen zu sein. Ich hätte das Verbot ihren Freund zu treffen auch wieder aufgehoben, ganz bestimmt.«

»Machen Sie sich keine Vorwürfe, wahrscheinlich hat das Verschwinden von Lara gar nichts mit ihrem Streit zu tun. Mein Kollege hat nach ihrem Anruf schon mal Nachforschungen angestellt und wir wissen, dass Ihre Tochter gestern gegen 18.15 Uhr in der Notaufnahme des Johanniter Krankenhauses behandelt wurde. Sie hat sich den kleinen Zeh gebrochen, der versorgt wurde. Danach hat sie das Krankenhaus wieder verlassen.«

»Wie bitte? Und die haben sich nicht gewundert, wieso eine 14jährige allein da auftaucht, mit gebrochenem Zeh?«

»Sie haben gefragt und Ihre Tochter hat behauptet, ihre Eltern seien verreist und kämen erst am Abend zurück.«

»Verreist? Ich war doch überhaupt nicht verreist, ich habe lediglich meinen Sohn zu einem Kumpel gefahren. Sie hätte mich jederzeit über Handy erreichen können, wenn sie das gewollt hätte. Und wo ist sie danach hin, ich meine …«

»Das wissen wir leider bislang noch nicht. Einen Unfall oder dergleichen hat sie auf jeden Fall nicht gehabt, das ist doch schon mal beruhigend. Vielleicht hat sie eine Freundin getroffen, die Mädchen haben sich verquatscht und dann war es zu spät, um noch nach Hause zu gehen. So was in der Art vermute ich. Haben Sie ein Foto Ihrer Tochter? Danke, wir kümmern uns darum. Fahren Sie nach Hause und bleiben Sie erreichbar. Wenn sie auftaucht, geben Sie uns bitte Bescheid.«

Sarah nickt, murmelt einen Dank und schleppt sich zurück zu ihrem Auto. Gerade als sie starten will, ruft ihre Mutter an. Sarah ärgert sich, dass sie sie überhaupt über Laras Verschwinden informiert hat, aber sie hatte keine Möglichkeit außer Acht lassen wollen. Sie ist versucht, das Gespräch wegzudrücken, nimmt es aber schließlich an. Inge erzählt aufgeregt von Laras Krankenhausbesuch, sie antwortet einsilbig, dass sie davon schon weiß. Sie hat keine Lust auf die unvermeidlichen Fragen und beendet das Gespräch schnell. Erst zu Hause fragt sie sich, was ein ehemaliger Polizist da verloren und wieso der was über Lara erfahren hat.

»Hast du in letzter Zeit mal mit Mama telefoniert?«, will sie von Axel wissen. Der verneint. »Komisch, als sie mich vorhin angerufen hat, wusste sie schon, dass Lara im Krankenhaus gewesen ist. Angeblich hat ihr das ein pensionierter Polizist erzählt. Wer könnte das sein und was hat der mit meiner Mutter zu tun?«

»Keine Ahnung, aber warum hast du sie nicht gefragt, wenn es dich interessiert?«

»Weil ich keine Lust auf lange Gespräche hatte? Weil ich ihren Fragen, warum, wieso, weshalb entgehen wollte? Weil ich nicht scharf darauf war, mich auch noch rechtfertigen zu müssen, mich fragen zu lassen, wie denn so was passieren konnte?«

Sarah ist aggressiv geworden, merkt sie selber, aber Axel hat eine Art, die sie immer auf die Palme bringt.

»Ist ja schon gut, reg dich wieder ab. Außerdem glaube ich nicht, dass Inge dir Vorwürfe gemacht hätte. Das bildest du dir immer nur ein.«

»Ach ja? Das bilde ich mir ein? Ist klar, ich bin vermutlich verrückt, leide unter Halluzinationen und weiß nicht mehr, was ich höre oder sage. Willst du das damit andeuten?«

»Ganz und gar nicht. Nur was deine Mutter betrifft, bist du überempfindlich und hörst nur, was du hören willst, nicht was sie sagt. Ist mir früher jedenfalls öfter aufgefallen.«

»Schon klar. Hast du in den letzten Monaten Psychologie studiert oder woher nimmst du deine Weisheiten? Hör auf, mich zu analysieren, dazu bist du gerade der Richtige. Hast du ansonsten irgendwas Hilfreiches beizutragen, wenn nicht, kannst du auch wieder verschwinden. Dein jüngstes Spielzeug braucht sicher sein Fläschchen.«

»Du kannst dir deine Bosheiten sparen, die sind angesichts der Situation völlig unangebracht. Hast du vergessen, dass unsere Tochter verschwunden ist? Dass ihr vielleicht etwas Schreckliches zugestoßen sein könnte? Wie kannst du da mit deiner kleinlichen Eifersucht anfangen?«

»Meiner kleinlichen Eifersucht?« … Sarah holt tief Luft, wird aber von der Klingel unterbrochen. Sie erreicht die Tür gleichzeitig mit Axel und reißt sie auf. »Arne! Hast du was von Lara gehört? Komm rein, erzähl, schnell, schnell.«

»Sie hat die Nacht bei Anja Küfer verbracht, was ich ehrlich gesagt spooky finde. Ich meine, ich hatte bisher nicht den Eindruck als wären die beiden best Friends. Darum hätte ich die auch nie gefragt, aber meine Mutter ist mit ihrer Mutter befreundet, und die sind auf Lara zu sprechen gekommen und dass sie verschwunden ist …«

»Wo wohnt diese Anja, weißt du das?«

»Ja, aber Lara ist nicht mehr da, sie war schon weg, als Anja heute Morgen aufgewacht ist. Wohin, das wusste sie nicht. Sie hat ihr aber erzählt, Sie, also Sie und Ihr Mann …«

Arne wird rot und weiß nicht recht, was er sagen soll.

»Wir beide? Rede doch, was hat sie über uns erzählt?«

»Sie hat gesagt, sie lassen sich scheiden und sie seien beide einfach Scheiße zu ihr. Sorry, ich gebe nur wieder, was Anja mir erzählt hat.«

»Schon gut, Arne, vielen Dank. Jetzt wissen wir jedenfalls, dass ihr nichts passiert ist. Du hast nicht zufällig irgendeine Idee, wo sie von dieser Anja aus hingegangen sein könnte?«

»Keinen Plan, echt, es hat ja alles zu.«

»Okay, danke dass du gekommen bist, du hast uns sehr geholfen. Wenn du noch was erfährst, ruf bitte gleich an.«

Sarah bringt Arne zu Tür und kommt nachdenklich zurück ins Wohnzimmer.

»Meinst du, sie hat das wirklich so gesagt, dass wir Scheiße zu ihr sind? Also, was mich betrifft, stimmt das überhaupt nicht. Ich bemühe mich redlich, versuche immer wieder mit ihr in ein Gespräch zu kommen. Ihr das Gefühl zu geben, für sie da zu sein, ihr zu zeigen, dass ich sie lieb habe. Sie ist doch diejenige, die mich immer abblitzen lässt, die nichts mit mir zu tun haben will. Ich versteh das nicht.«

»Keine Ahnung, was in ihr vorgeht und was hier vorgefallen ist …«

»Was hier vorgefallen ist? Geht's noch? Was bildest du dir

denn ein, gibst du jetzt etwa mir die Schuld daran, dass unsere Tochter wegläuft? Wer hat denn hier wen verlassen? Wem war denn die Familie von heute auf morgen nur noch lästig? Wer hat sich denn mit jeder hergelaufenen, kleinen Schlampe eingelassen? Das warst du, wenn ich dich mal daran erinnern darf. Also komm mir bitte nicht mit: Was hier vorgefallen ist, das verbitte ich mir!« Sarah steht mit blitzenden Augen vor ihrem Mann und schnauft förmlich vor Wut. So viel Ungerechtigkeit, sie kann es kaum fassen und möchte Axel am liebsten schlagen. Der zuckt nur die Schultern, streicht sich durch die Haare und sagt dann betont freundlich. »Ich hatte einen anderen Eindruck als Lara mich angerufen hat, aber was weiß ich schon.«

Sarah schnappt nach Luft, sieht den Teller, der noch von ihrem gestrigen Abendessen auf dem Tisch steht. Sie macht einen Schritt, packt ihn und dreht sich in Axels Richtung. Der duckt sich, während Sarah den Teller zurück auf den Tisch stellt. »Wäre schade um das schöne Service. Du hattest also einen Eindruck? Wie blöd kann man denn sein? Hast du schon mal darüber nachgedacht, dass Lara dich manipuliert? Dir nur das erzählt, was du gerne hören möchtest? Dass du der tolle Papa bist und ich die Hexe, die ihr Leben zerstört? Meine Güte, Axel, werde endlich erwachsen, alt genug bist du doch inzwischen. Unfassbar, was du für einen Schwachsinn redest.«

»Ich glaube, das hat hier keinen Sinn. Ich bin gekommen, weil ich dachte, du würdest mich brauchen, weil ich dich in der Situation nicht allein lassen wollte. Aber du hast scheinbar nichts Besseres zu tun, als mich zu beschimpfen. Ich werde jetzt gehen, sag Lara, wenn sie wieder da ist, sie soll mich anrufen.«

Axel wendet sich entschlossen der Haustür zu, aber Sarahs Stimme hält ihn auf.

»Wenn du jetzt gehst, wirst du dieses Haus nie wieder betreten, das verspreche ich dir. Du hast dich während unserer gesamten Ehe um alles rumgedrückt, was nach einem Problem gerochen hat. Hast alles mir überlassen, egal, was es war. Die Kinder haben Probleme im Kindergarten? Du klärst das doch? Es gibt Schwierigkeiten in der Schule? Du gehst doch zum Elterngespräch? Der Dachdecker, Heizungsmonteur oder Elektriker macht Ärger? Du kümmerst dich doch drum? Ich habe nie etwas gesagt, mich nie beklagt, aber das jetzt, das wirst du mit mir zusammen durchstehen! Wenn nicht, lernst du eine Seite von mir kennen, die dir bisher verborgen geblieben ist. Du wirst hier auf Lara warten, mit mir zusammen. Und du wirst auch mit mir zusammen mit ihr reden.«

»Okay, wenn du das für eine gute Idee hältst, bitte sehr. Aber dann mach mir später keine Vorwürfe, wenn ich Dinge sage, die dir nicht passen!«

Sarah schaut ihren Mann an, als hätte sie ihn nie zuvor gesehen. Langsam schüttelt sie den Kopf und sagt dann leise und fast freundlich: »Ich habe mich geirrt, es ist tatsächlich besser, wenn du jetzt gehst. Ich informiere dich, wenn Lara wieder da ist. Du könntest mir allerdings noch einen Gefallen tun, hol Lars von seinem Kumpel ab, ich kann hier nicht weg.«

Erleichtert springt Axel auf, nickt, sagt: »No Problem, wo wohnt der?«, und ist gleich darauf verschwunden.

Sarah starrt ihm einen Moment lang nach, wartet auf ein Gefühl. Irgendeins, Wut, Enttäuschung, Verzweiflung oder Hoffnung, aber da ist nichts. Bis auf die Verwunderung darüber, dass ein erwachsener Mann so kindisch sein kann.

-22-

»Hey Anja, cool, dass ich dich treffe, was machst du hier?«

»Ich hatte Klavierunterricht und du? Warst du etwa im Krankenhaus?«

»Ja, habe mir den Zeh gebrochen, tut krass weh.« Lara zeigt auf ihren Fuß. »Blöd, dass meine Eltern ausgerechnet jetzt bis morgen weg sind. Nicht laufen können und dann ganz allein im Haus, mega scheiße so was.«

»Ja, das kann ich mir gut vorstellen, meine Eltern würden mich aber auf gar keinen Fall allein zu Hause lassen.«

Lara ballt die Fäuste und würde dieser Anja zu gerne eine verpassen, aber sie hält sich zurück, nickt nur und senkt scheinbar traurig den Kopf.

»Warum kommst du nicht mit zu mir? Ich erzähle meiner Mama, dass du dich verletzt hast und bei dir niemand zu Hause ist, dann ist sie bestimmt einverstanden.«

Anja ist begeistert von der Aussicht, die ältere und angesagte Lara die ganze Nacht zum Quatschen bei sich zu haben, ist aber trotzdem verblüfft, wie schnell diese zustimmt.

»Echt jetzt, das wäre ja mega, also, natürlich nur, wenn deine Eltern wirklich nichts dagegen haben. Es wäre halt schon toll, nicht allein zu sein.«

»Na klar, verstehe ich doch. Kannst du laufen, ich wohne nicht weit?«

»Klar, das wird schon einigermaßen gehen, aber ich habe mein Fahrrad dabei. Ach, weißt du was, das lasse ich bis morgen hier stehen, ist ja gut abgeschlossen.«

»Nein, das würde ich nicht machen, nimm es lieber mit. Du kannst es in unsere Garage stellen, da ist es bestimmt sicherer.«

Lara ärgert sich über das bemühte Getue des jüngeren Mädchens, aber dann stimmt sie zu.

»Okay, hast recht, warte, ich hole es.« Noch bevor Anja erneute Einwände vorbringen kann, dreht Lara sich um und läuft humpelnd in Richtung Fahrradständer.

Zu blöd, denkt sie, falls es bei der blöden Gans allzu öde ist, will ich ungesehen verschwinden können und das geht nicht, wenn mein Fahrrad in der scheiß Garage eingeschlossen ist. Ich hätte das Fahrrad nicht ansprechen dürfen, aber jetzt ist es zu spät. Als sie Anjas Elternhaus erreichen, öffnet die Mutter schon die Tür und ruft: »Anja, wo bleibst du denn so lange, du weißt doch, dass du zum Abendessen zu Hause sein sollst.« Dann entdeckt sie Lara und quält sich ein Lächeln aufs Gesicht. »Oh, du bist in Begleitung, das habe ich nicht gesehen. Wer bist du denn?«, wendet sie sich an Lara. Die kommt gar nicht dazu zu antworten, Anja ist schneller. »Das ist Lara, sie ist eine Klasse über mir und stell dir nur vor, sie hat sich den Fuß gebrochen und ihre Eltern sind trotzdem verreist. Sie ist ganz allein zu Hause und da habe ich gedacht, es wäre besser, wenn sie bei uns bleibt.«

»Den Zeh. Ich habe mir den Zeh, nicht den Fuß gebrochen. Es macht mir auch nichts aus, allein zu bleiben, ich bin ja schon 14. Also, wenn ich störe, dann gehe ich wieder …« Lara macht Anstalten ihr Fahrrad zu besteigen, aber Anjas Mutter winkt ab. »Nicht doch, das werden wir auf gar keinen Fall zulassen. Du stellst dein Fahrrad am besten in die Garage. Anja, geh mit und pass auf, dass ihr nicht an das Auto stoßt.

Dann kommt rein, wascht euch die Hände, es gibt Abendessen.«

Lara verdreht die Augen und ist versucht, doch noch schnellstens zu verschwinden, aber da sie keinen Plan hat, wohin sie sonst gehen könnte, ergibt sie sich fürs Erste in ihr Schicksal. Sie stellt sich vor, wie ihre Mutter zu Hause auf die Uhr guckt und sich fragt, wo sie ist und wo sie bleibt. Das gibt ihr ein Gefühl der Befriedigung. Die soll sich ruhig mal Sorgen um sie machen, schadet gar nichts. Dann überlegt sie sich beim nächsten Mal vielleicht, was sie sagt. Noch hat sie nicht angerufen, aber das wird sicher nicht mehr lange dauern und warum stellt sie schnell ihr Handy aus.

Es gibt ein kaltes Abendessen, Brot, Butter, Wurst und Käse. Zu Laras Entsetzen schmiert Anjas Mutter das Brot für die Tochter und schneidet es auch noch in mundgerechte Häppchen. Sie starrt so fasziniert auf das Geschehen, dass sie fast vergisst, selbst etwas zu essen, dabei stirbt sie fast vor Hunger. Sie macht sich schnell ein Brot und isst hastig. Sie spürt die Blicke von Anjas Eltern und ist sicher; dass sie denken, sie bekäme zu Hause selten etwas zu essen. Sie schluckt das Lachen runter, das ihr in die Kehle steigt und gibt ein glucksendes Geräusch von sich. Anjas Mutter legt ihr schnell eine weitere Scheibe Brot auf den Teller und sagt mitfühlend: »Iss nur Kind, iss so viel wie du magst, du bist ohnehin viel zu dünn.« Ansonsten ist die Unterhaltung zäh, der Vater kaut schweigend und schlürft unangenehm laut seinen Tee. Lara ist happy, als sie endlich aufstehen und in Anjas Zimmer verschwinden können. Ein affiges Kinderzimmer, Unmengen an Stofftieren und an der Wand Poster von Bibi und Tina. Lara bläst verächtlich die Backen auf und Anja sagt schnell. »Zu meinem Geburtstag wird hier alles neu gemacht, der ganze olle Kram kommt raus, ich bin ja kein Baby mehr.« Lara nickt und fragt sich, wie sie die nächsten Stunden mit der überstehen soll.

»Warum kommen deine Eltern denn nicht nach Hause oder wissen sie gar nichts von deinem gebrochenen Zeh?«

»Äh, doch schon, aber sie sind halt bei meiner Tante, die hat gerade ein Baby bekommen und na ja, ich habe gesagt, ich komme gut allein zurecht«, fabuliert sie aus dem Stegreif.

»Ach so, bist du dann jetzt Cousin oder Cousine geworden«, will Anja wissen und krümmt sich vor Lachen, während Lara sie verständnislos anstarrt.

»Na, verstehst du denn nicht? Ist es ein Junge oder ein Mädchen? Du bist doch die Cousine, oder etwa nicht?«

»Ach so«, zwingt Lara sich zu einem Lachen. »Es ist ein Mädchen, also wohl meine Cousine, denke ich.«

»Das ist doch toll, gratuliere«, freut sich Anja. »Ich habe so was nicht, meine Eltern sind beides Einzelkinder und Geschwister habe ich ja auch keine.«

»Du Glückliche, kleine Brüder sind die Hölle, kann ich dir nur sagen.«

»Glaube ich nicht, der Lars ist doch echt süß.«

»Lars ist was?« Lara glaubt, sich verhört zu haben, aber als sie sieht, wie das Mädchen knallrot anläuft, begreift sie.

»Du stehst auf den?«, fragt sie ungläubig und macht eine eindeutige Geste, die übergeben andeuten soll.

»Weiß nicht, ich finde ihn halt irgendwie süß.«

»Okay, wird daran liegen, dass du ihn nicht besonders gut kennst, er ist scheiße, weiter nichts.« Sie hofft, dass damit das Thema erledigt ist, sie hat keinen Bock auf Gespräche über ihren langweiligen Bruder.

»Hast du schon einen Freund?« Anja ist offensichtlich keine Frage zu peinlich.

»Kann sein, geht dich aber nichts an«, wehrt Lara ab und hofft, dass die das versteht. Tut sie nicht, ganz im Gegenteil, sie rückt ein Stück näher und legt vertraulich den Arm um Laras Schultern.

»Erzähl doch mal, ich sag's echt nicht weiter, großes

Ehrenwort.« Sie kreuzt Zeige- und Mittelfinger in der Luft und kichert albern.

Lara will schon sehr deutlich werden, da sieht sie in das begeisterte Gesicht des jüngeren Mädchens. Nun gut, denkt sie, erzähle ich ihr halt ein nettes Märchen. Die ist so blöd, die glaubt mir eh alles. Sie spinnt die Geschichte eines viel älteren syrischen Jungen, der mit ihr in seine Heimat gehen will, sobald sie 16 ist. Niemand darf davon wissen, weil sie ja minderjährig ist und so. Anja hängt gebannt an ihren Lippen und als sie fertig ist, glaubt Lara fast selber an ihre Story.

»Habt ihr es schon gemacht?«, schießt Anja die alles entscheidende Frage ab und schlägt erschrocken die Hand vor den Mund.

»Was denkst du denn? Of course, ich bin schließlich kein Kind mehr«, sagt Lara schnell, »und jetzt hör mit der Fragerei auf, ich sage nix mehr.«

Als Lara erwacht ist es erst halb sieben und im Haus noch alles ruhig. Auch Anja schläft tief und fest und rührt sich nicht, während Lara sich anzieht und leise das Zimmer verlässt. Die Vorstellung, sich wieder der Fragestunde von Anjas Mutter ausgesetzt zu sehen, verursacht ihr das Kotzen. Daher muss sie weg sein, bevor einer von denen aufwacht. Es gelingt ihr mühelos, aus dem Haus zu kommen, nur an ihr Fahrrad kommt sie nicht. Zu blöd, denn jetzt muss sie laufen und das findet ihr Zeh nicht wirklich gut. Außerdem wird ihr langsam klar, dass sie echt Ärger kriegen wird. Die ganze Nacht wegzubleiben war eindeutig drüber, denn wahrscheinlich haben ihre Eltern schon die Polizei alarmiert. Scheiße, wie soll sie aus dieser Nummer wieder rauskommen? Sie schaltet das Handy ein, wirft einen Blick auf das Display und stellt zu ihrer Verwunderung fest, dass niemand sie zu vermissen scheint? Was, wenn ihre Mutter noch gar nicht auf dem Schirm hat, dass sie nicht zu Hause übernachtet hat? Nee, unmöglich, so was entgeht der nicht, aber wieso hat sie denn nicht versucht, sie anzurufen? Ist es ihr etwa egal? Hat sie sie so scheiße behandelt, dass die jetzt nichts mehr von ihr wissen will? Kann nicht sein, oder? Die muss sich doch kümmern, schließlich ist sie erst vierzehn und es kann ihrer Mutter nicht egal sein, wenn sie die Nacht nicht nach Hause kommt. Dann begreift sie: Die macht das mit Absicht, die hat einen Plan. Na klar, die hat entdeckt, dass sie nicht da ist, und hat sich gedacht: »Der erteile ich mal schön eine Lektion und tue so, als wäre mir das vollkommen gleichgültig. Vermutlich übernachtet sie vergnügt bei einer ihrer Freundinnen, während ich hier vor lauter Sorgen fast verrückt werden soll. Nein, mein Fräulein, so nicht, nicht mit mir.« Heilige Makrele, genau das ist es, eine erzieherische Maßnahme ihre Mutter. Die will sie auflaufen lassen und warten, bis sie reumütig wieder zu Hause auftaucht. Haha, da muss die früher aufstehen. Grinsend steckt sie das Handy weg und läuft los, bis ihr auffällt, dass sie keine Ahnung hat, wohin sie eigentlich gehen soll. Zu ihrem Vater? Never ever, so scheiße, wie der sie behandelt hat, ist von dem ohnehin keine Hilfe zu erwarten. Zu Lisa? Geht gar nicht, da trifft sie auf Arne und das will sie nicht. Sie kann aber nicht den ganzen Tag in der Gegend rumlaufen, außerdem muss sie dringend pinkeln und Hunger hat sie auch. Von Weitem sieht sie das goldene M von Mc Donalds und macht sich langsam auf den Weg dorthin. Erst mal aufs Klo, dann einen Kakao und einen Cookie. Sie fühlt sich super, bis ihr einfällt, dass sie keinen Cent in der Tasche hat. So eine Scheiße, warum hat sie gestern denn nicht dran gedacht, Geld einzustecken, als sie sich auf den Weg zum Krankenhaus gemacht hat? Okay, da hatte sie noch nicht vorgehabt, ihrer Mutter eine Lektion zu erteilen, blöd war's trotzdem. Also nur Klo und sonst nichts, denkt sie und lässt enttäuscht die Schultern sinken. Zumindest dieses dringende Bedürfnis kann sie erledigen, auch wenn sie sich einbildet, von allen komisch angestarrt zu werden. Erst als sie in der halbdunklen Kabine hockt, fällt ihr Oma Inge ein. Die könnte sie besuchen gehen, da kommt sie zumindest an etwas Geld.

Vielleicht kann die auch ihre Mutter dazu bringen, endlich was cooler zu werden und jetzt nicht wieder total zu stressen. Mit neuer Energie verlässt sie die Toilette und macht sich auf zur Seniorenresidenz, die zum Glück nicht einmal weit entfernt ist.

-23-

»Lara, Mädchen, um Himmels Willen, wo bist du nur gewesen? Weißt du, was wir uns für Sorgen um dich gemacht haben? Komm rein, setz dich hier hin und leg deinen Fuß hoch. Der tut doch bestimmt schrecklich weh. Nun steh doch nicht so da, komm her und setz dich.«

Lara rührt sich nicht, guckt von Inge zu Jonathan und sagt dann: »Wer ist das?«

»Mein Name ist Jonathan Brinkmann, ich besuche manchmal deine Großmutter, wir spielen zusammen Backgammon. Und sie hat Recht, du solltest dich setzen und deinen Fuß hochlegen.«

Lara zieht die Augenbrauen hoch und zuckt die Schultern und sagt: »Ähm, ok«. Dann setzt sie sich auf das Sofa. Inge steht schon mit einem Kissen bereit und legt es Lara unter den Fuß.

»So Kind, jetzt will ich wissen, wo du die ganze Nacht gewesen bist, deine Mama stirbt fast vor lauter Sorgen … ach Gott, das hätte ich ja fast vergessen, ich muss sofort anrufen und sagen, dass du gesund und munter bist.« Inge greift nach dem Telefon, aber Lara hält ihre Hand fest.

»Oma, kannst du damit noch warten? Mama ist saustreng

und macht hundertpro Stress. Dabei wollte ich das doch gar nicht, es ist einfach so passiert.«

Inge schüttelt den Kopf und unterbricht Lara schnell: »Das kannst du mir alles in Ruhe erzählen, aber erst muss ich anrufen. Ich will nicht, dass deine Mutter sich weiter Sorgen um dich macht.«

»Die macht sich safe null Sorgen, die hat mich kein einziges Mal angerufen. Hier guck, kein einziger fucking Anruf.« Lara springt wieder auf und streckt Inge dramatisch ihr Handy entgegen, aber das ist aus, der Akku seit geraumer Zeit leer.

»Was redest du denn? Sie ist ganz krank vor Angst um dich, die Polizei sucht auch nach dir. Keine Sorgen, du hast ja überhaupt keine Ahnung. Setz dich sofort wieder hin, ich muss jetzt telefonieren.« Inge zeigt energisch auf das Sofa.

»Sarah? Mama hier, Lara ist hier, sie ist gesund, alles ist gut. Nicht weinen, Kind, es ist ja alles gut. Lara ist nichts passiert. Ja, ja, natürlich bleibt sie hier, du kannst sie abholen kommen. Beruhige dich aber erst mal ein bisschen und dann fahr um Himmels Willen vorsichtig, nicht dass du noch einen Unfall hast. Versprichst du mir das? Gut, dann bis gleich.«

Inge legt das Handy zurück auf den Tisch und schaut Lara an, die mit finsterer Miene auf ihre Füße starrt. »Was ist los mit dir? Wie bist du nur auf diese völlig verrückte Idee gekommen, so wortlos zu verschwinden? Hast du denn überhaupt nicht darüber nachgedacht, was du deinen Eltern damit antust?«

»Scheiß auf meine Eltern, denen ist doch voll egal, was ich mache. Die sind nur mit sich selbst beschäftigt, streiten sich die ganze Zeit und Papa, boah ne, also der ist aber so was von übel was drauf. Du hast doch keinen Plan, was bei uns zu Hause abgeht. Sitzt hier und spielst mit dem Typen da komische Spiele.« Lara zeigt mit dem Daumen über ihre Schulter auf Jonathan. Bevor Inge etwas sagen kann, hört sie Jonathans leises Lachen.

»Gut gebrüllt, Löwe, habe ich früher genauso gemacht. Angriff ist die beste Verteidigung. Das gilt nicht nur im Schach, sondern oft auch im Leben. Jedenfalls klappt das häufig, das gebe ich zu.«

»Hä? Wovon redet der?«, will Lara wissen, ohne Jonathan anzusehen.

»Von dir und deiner Strategie, aus dieser Nummer wieder rauszukommen. Du weißt sehr gut, dass du ziemlichen Mist gebaut hast und fürchtest die Konsequenzen. Also greifst du an. Du versuchst, dich als Opfer zu präsentieren, das durch widrige Mächte gezwungen wurde, zu tun; was es getan hat. Clever, aber ich fürchte, nicht clever genug. Es könnte nämlich sein, dass sich die augenblickliche Erleichterung und Freude deiner Mutter, dich gesund zu wissen, ins Gegenteil verkehrt, wenn du ihr so kommst.«

»Stimmt aber, die sind echt mega scheiße drauf und nur mit sich beschäftigt.«

»Das mag sein, kann ich nicht beurteilen, aber hast du ihnen das mal gesagt? Sie wissen lassen, wie du dich dabei fühlst? Nein? Das dachte ich mir. Du hast gedacht, okay, haue ich doch mal ab, dann machen die sich ordentlich Sorgen und das haben sie auch verdient. War's so oder jedenfalls so ähnlich?«

»Bullshit, ich wollte doch nicht abhauen. Mein Zeh hat so krass wehgetan, aber Mama war mal wieder nicht da. Also musste ich ganz allein ins Krankenhaus fahren und da habe ich die Anja getroffen. Na ja, und die wollte, dass ich mit zu ihr komme …«

»Oh, ich verstehe. Diese Anja hat dich davon abgehalten, nach Hause zu gehen. Sie hat dir nicht einmal ein Telefonat gestattet, um deine Mutter zu informieren. Wie hat sie das gemacht? Mit Waffengewalt?«

Lara guckt empört von ihren Füssen hoch und funkelt Jonathan an.

»Jetzt machen Sie hier mal keinen auf schlau, okay?«

»Werde mir Mühe geben, versprochen. Also, war es so oder vielleicht doch etwas anders?«

Lara kaut auf ihrer Unterlippe und zuckt die Schultern. »Sie wissen doch offenbar sowieso besser als ich, was passiert ist, also: Sagen Sie's mir.«

»Kluger Schachzug, damit verschafft man sich Luft, wenn die Geschichte zu eng wird.« Jonathan nickt anerkennend und Lara grinst ertappt.

»Du hattest keinen Plan, das glaube ich dir, du bist nur an einer Stelle falsch abgebogen. Als du mit Anja nach Hause gegangen bist, hättest du mit einem Anruf alles im Griff gehabt. Das hast du versäumt, damit musst du nun zurechtkommen. Ich denke nicht, dass deine Eltern dich dafür foltern, aber ein paar unangenehme Konsequenzen wird es schon geben. Handyentzug, zwei Wochen kein Taschengeld oder eine Woche die Küche putzen, solche Grausamkeiten eben.«

Mittlerweile grinst Lara ganz offen, der Typ imponiert ihr irgendwie. Ist nicht so ein Hohlbrot wie ihr Vater, der hat's drauf.

»Wer sind Sie eigentlich wirklich? Kommen Sie for real her, um mit meiner Oma Schach zu spielen?«

»Nein, natürlich nicht, was denkst du denn von mir? Ich komme hierher, um mit deiner Oma Tavla zu spielen«, lacht Jonathan und zwinkert Inge zu.

»Heilige Mutter Maria, ist doch egal, ob Schach oder Tavla. Ich meine, sind Sie nicht zu alt für so'n Scheiß?«

»Zu alt für Spiele? Wie bist du denn drauf? Man ist niemals zu alt für Spiele, das musst du dir unbedingt merken. Wenn du mal einen Freund hast, oh Moment mal, hast du vielleicht schon einen?«

Lara ist rot geworden und schüttelt heftig den Kopf. »Nee, habe ich nicht, also da ist schon jemand, aber, ach, ist doch scheißegal, muss Sie nicht jucken.«

»Tut´s auch nicht, aber dich beschäftigt es offenbar. Also, was ist mit ihm?«

Lara starrt Jonathan misstrauisch an, unsicher, was er mit dieser Frage bezweckt.

»Also, wir haben Mathe gelernt und da habe ich mir ja den Zeh gebrochen. Arne hat ihn mir getapet, er hat einen Erste-Hilfe-Kurs gemacht. Als wir da so auf meinem Bett saßen, ist meine Mutter reingekommen und hat gleich mega Stress gemacht. Sie hat mir überhaupt nicht zugehört, voll peinlich eben. Und dann hat sie Arne rausgeschmissen und gesagt, er darf auch nicht mehr kommen. Das ist doch voll ungerecht, wir haben schließlich gar nichts gemacht.«

»Meine Güte, ihr müsst wirklich engagiert Mathe gelernt haben; wenn du dir dabei einen Zeh gebrochen hast. Habt wahrscheinlich Bruchrechnung durchgenommen? Okay, Spaß beiseite, hast du denn danach nochmal mit ihr gesprochen? Sie gefragt, warum oder worüber sie so ärgerlich gewesen ist?«

»Äh, nicht so wirklich, Sie kam nochmal und hat was davon gelabert, dass es ihr ja leid täte, aber das war mir krass egal. Soll sie halt so einen Scheiß nicht machen.«

»Ich verstehe. Sie hatte keine Vergebung verdient. Mütter haben schließlich kein Recht, mal schlecht drauf zu sein, falsche Entscheidungen zu treffen, da muss man völlig gnadenlos sein.«

»Haha, ja, sehr witzig, sie nervt eben abartig.«

»Soll ich dir ein Geheimnis verraten? Etwas, dass ich in meinem langen Leben gelernt habe? Rede mit deiner Mutter, vielleicht stellst du dann fest, dass sie nicht ganz so schlimm ist, wie du glaubst. Reden hilft, immer und in fast jeder Situation.«

»Jo«, sagt Lara, klingt aber wenig überzeugt.

Inge hat das Gespräch der beiden schweigend beobachtet und sich über Jonathans Engagement gefreut. Der Mann ist ihr sympathisch, sehr sympathisch sogar.

-24-

Sarah steckt ihr Handy zurück in die Jeans. Sie stößt einen abgrundtiefen Seufzer aus. Dreht sich zweimal um die eigene Achse und haut dann mit der Faust heftig auf die Arbeitsplatte der Küche. »Verdammt Lara, was hast du dir bloß dabei gedacht?«, fragt sie laut in die leere Wohnung. Wie kann das Mädchen ihr so etwas antun, um dann auch noch ausgerechnet zu ihrer Mutter zu rennen. Die wird ihr jetzt wieder wochenlang in den Ohren liegen, dass dem Kind bestimmt der Vater fehlt und wie sensibel es doch ist. Sensibel! Lächerlich, eine egoistische, verwöhnte Göre ist sie, das würde es deutlich besser treffen. Fast jeder Wunsch ist ihr von den Augen abgelesen worden, auf nichts hat sie je verzichten müssen. Die hat überhaupt keine Ahnung, wie viele Gedanken man sich als Mutter um seine Kinder macht. Wie viel schlaflose Nächte es kostet, bis man sie halbwegs groß gezogen hat. Und was ist der Dank? Sie hauen bei der ersten kleinen Meinungsverschiedenheit einfach ab. Es kümmert sie einen Dreck, ob ihre Mütter vor Angst und Sorge fast den Verstand verlieren. Oh nein, die jungen Damen interessiert das nicht. Sie ziehen das durch. Wenn sie dann genug davon haben, laufen sie wie Dreijährige zu Oma und klagen dort ihr

Leid. Die Klingel unterbricht Sarahs Gedankenmonolog. Sie fährt sich schnell mit den Händen durch die Haare und streicht im Laufen ihr T-Shirt glatt. Vor der Tür stehen der Beamte, der ihre Vermisstenanzeige aufgenommen hat, und ein ihr unbekanntes Paar. Sarah schlägt eine Hand vor den Mund und sagt: »Oh, tut mir furchtbar leid, ich hätte Sie natürlich sofort anrufen müssen, aber ich weiß es ja auch erst seit ein paar Minuten.« Als sie den fragenden Gesichtsausdruck des Beamten bemerkt, wird sie unsicher und sagt schnell: »Also, meine Mutter hat mich angerufen, um mir mitzuteilen, dass Lara bei ihr ist und dass ihr nichts passiert ist.«

»Das freut mich sehr, Frau Hellwig, aber eigentlich bin ich aus einem anderen Grund gekommen. Das sind Herr und Frau Küfer, die Eltern von Anja. Ihre Tochter Lara hat die Nacht in ihrem Haus verbracht und einige sehr Besorgnis erregende Dinge erzählt. Können wir vielleicht reinkommen und darüber reden?«

»Ich verstehe nicht? Was denn für Dinge?«, fragt Sarah verunsichert, gibt aber die Tür frei und fordert die Drei mit einer Handbewegung auf, einzutreten. Sie geht voraus ins Wohnzimmer und zeigt auf die teure, hellgraue Designercouch. »Bitte, nehmen Sie Platz.«

»Es ist so«, übernimmt wieder der Polizeibeamte das Reden, »Lara hat der Tochter der Küfers erzählt, dass sie plant mit ihrem syrischen Freund das Land zu verlassen, sobald sie 16 Jahre alt ist. Nun, noch ist sie erst 14 und damit minderjährig. Wenn das, was sie Anja erzählt hat, der Wahrheit entspricht, ist dieser Freund aber bereits volljährig und war mit ihr intim. Das ist in Deutschland strafbar und daher haben sich die Küfers an die Polizei gewandt.«

Sarah ist blass geworden und versucht verzweifelt, das Gehörte mit Lara in Verbindung zu bringen. Intim mit einem erwachsenen Syrer? Will mit ihm nach Syrien fliehen? Das kann nicht sein, das würde sie wissen, hätte es gespürt, ganz sicher. Außerdem ist sie doch in diesen Arne verliebt, also über was reden die hier nur?

»Ich finde, so was gehört angezeigt, das halte ich für meine Pflicht als Bürger. Das geht doch nicht, schlimm genug, dass die im eigenen Land die Mädchen als halbe Kinder verheiraten. Wäre ja noch schöner, wenn diese Kerle hier damit auch durchkämen. Wenn meine Anja mir mit so einem nach Hause käme, na, der würde ich schön was erzählen. Ich kann mir wirklich nicht vorstellen, wie man so etwas als Eltern dulden kann.«

Sarah starrt die Frau an, als sei der gerade ein zweiter Kopf gewachsen. Sie öffnet den Mund zu einer Erwiderung, als die Eingangstür aufgeht und gleich darauf Lars ins Zimmer stürmt, etwas langsamer gefolgt von seinem Vater.

»Ist sie wieder da?«, fragt Lars aufgeregt, während Axel sie nur fragend anschaut.

»Mama? Sag doch, ist Lara wieder da?«

»Ja, ja, beruhig dich, sie ist bei Oma Inge, wir fahren sie gleich abholen.«

»Und warum ist dann die Polizei hier«, meldet sich Axel zu Wort.

»Weil es offenbar Menschen gibt, die jeden Unsinn, den ihnen ein Teenager erzählt, für bare Münze nehmen und damit gleich zur Polizei rennen. Nicht, dass man vorher vielleicht mit den Eltern darüber gesprochen hätte. Nein, man musste direkt das ganz große Kino daraus machen. Vermutlich ist das eigene Leben derart langweilig und ereignislos, dass man sich dringend in das anderer Leute einmischen muss.« Sarah ist aufgesprungen, ihre Stimme voller Verachtung. Sie zeigt auf die Ausgangstür. »Wenn Sie jetzt bitte gehen würden, Sie haben für den Moment genug Unheil angerichtet.«

»Eine Unverschämtheit ist das, wir wollten nur behilflich sein. Wessen Tochter stand denn gestern ganz allein und schwer verletzt vor unserer Tür? Das arme Kind wusste nicht, wohin, weil die Eltern lieber verreisen, als sich um ihr eigen Fleisch und Blut zu kümmern. Kein Wunder, dass das arme Ding die Liebe, die es im Elternhaus nicht findet, bei den falschen Leuten sucht. Komm Bernhardt, wir gehen. Danke, wir finden allein raus.«

Mit geballten Fäusten, stoisch schweigend, sieht Sarah den beiden nach, bis die Tür hinter ihnen ins Schloss gefallen ist.

»Würde mir bitte endlich jemand erklären, was hier los ist? Sarah? Seit wann bist du derart unhöflich, ich kenne dich überhaupt nicht wieder.« Axel ist sichtlich irritiert.

»Du kennst mich überhaupt nicht, aber darum geht es im Augenblick nicht. Dieses alberne Paar hat die Polizei alarmiert, weil unsere Lara angeblich ein intimes Verhältnis zu einem erwachsenen Syrer unterhält und mit ihm die Flucht in seine Heimat plant.«

»Wie bitte? Aber das ist doch schrecklich, und sie hatten Recht damit, die Polizei einzuschalten. Das muss doch unter allen Umständen verhindert werden. Bist du denn von allen guten Geistern verlassen, sie zum Dank dafür zu beschimpfen?«

»Ach, halt doch einfach mal die Klappe, Axel. Würdest du deine Tochter auch nur ein bisschen kennen, wüsstest du, dass das Blödsinn ist. Ich vermute, sie hat sich köstlich amüsiert, als sie denen dieses Märchen aufgetischt hat.«

»Wie kannst du dir da so sicher sein? Glaubst du vielleicht, sie würde ausgerechnet dir davon erzählen, wenn sie sowas plant? Du hast doch überhaupt keinen Zugang mehr zu ihr, sonst hätte sie mich schließlich nicht gefragt, ob sie zu mir ziehen kann …«

»Was du natürlich begeistert begrüßt hast. Hör bloß auf, du hast sie doch auf der ganzen Linie im Stich gelassen. Darum ist sie überhaupt erst weggelaufen, was glaubst du, wie sie …«

»Vielleicht beruhigen Sie sich jetzt erst einmal. Holen Sie ganz tief Luft, und denken Sie nach. Ich glaube kaum, dass gegenseitige Vorwürfe hier hilfreich sind.« Oberkommissar Ruttig ist sichtlich genervt davon, seine Zeit damit zu verbringen, den Streithähnen zuzuhören.

Die beiden wenden sich ihm zu und Sarah nickt: »Sie haben Recht, es tut mir leid, aber das alles ist wirklich absolut lächerlich. Glaube Sie mir, ich kenne meine Tochter gut genug, um zu wissen, dass sie diese Geschichte frei erfunden hat.«

»Das kannst du nicht wissen, du willst es nur nicht wahrhaben, dass du keine Ahnung hast, was sie hinter deinem Rücken treibt.«

»Oh, Axel, jetzt halt doch mal die Klappe. Ich bin dein Theater genauso leid, wie diese lächerliche Behauptung. Du hast dich seit Monaten nicht um Lara gekümmert, wenn also hier jemand keine Ahnung hat, dann bist das eindeutig du.«

»Bitte, Herr und Frau Hellwig, hören Sie jetzt auf zu streiten. Es hilft doch niemanden, wenn Sie sich gegenseitig Vorwürfe machen. Frau Hellwig, wieso sind Sie so sicher, dass Lara sich diesen Mann ausgedacht hat?«

»Weil ich sie kenne. Ja, ich weiß, wir haben augenblicklich unsere Schwierigkeiten, aber welche Eltern haben die mit pubertierenden Kindern nicht? Außerdem, ich habe sie doch gestern erst mit diesem Arne auf dem Bett erwischt. Darum ist dieser ganze Streit doch überhaupt erst so eskaliert. Sie wollte mit ihm Mathe lernen, weiß allerdings genau, dass ich nicht will, dass Jungs ins Haus kommen, wenn ich nicht da bin. Ich komme also heim, gehe in ihr Zimmer, habe sogar angeklopft, aber die beiden waren so beschäftig, dass sie mich überhört haben. Und Arne ist ganz sicher kein Syrer, sondern der große Bruder ihrer besten Freundin Lisa.«

»Das erzählst du mir erst jetzt? Meine 14 - jährige Tochter im Bett mit einem ...«

»Hör schon auf, sie war nicht mit ihm im Bett. Sie saßen auf dem Bett und haben ein bisschen geknutscht, mehr nicht. Meine Güte, Axel, tu bitte nicht so hochmoralisch, das steht gerade dir überhaupt nicht zu. Ja, Lara ist 14 und da ist man halt mal verliebt und knutscht. Was soll's? Mir beweist das allerdings, dass diese ominöse Geschichte, die sie erzählt hat, reine Erfindung ist. Ich habe mich in der Situation blöd verhalten. Dafür habe ich mich später bei ihr entschuldigt, aber sie war sauer. Kenne ich in letzter Zeit von ihr, darum habe ich mir darüber auch keine weiteren Gedanken gemacht.«

»Lara ist in Arne verknallt und von einem Syrer hat sie nie was erzählt.« Drei Personen drehen sich erschrocken um, sie haben Lars völlig vergessen, der etwas verloren in einem Sessel sitzt.

»Junge Mädchen in diesem Alter verfügen oftmals über sehr viel Fantasie«, stimmt Ruttig ihm zu, »trotzdem müssen wir dem natürlich nachgehen. Haben Sie die Nummer ihrer Freundin, die sollte es doch als erste wissen, wenn denn etwas dran ist«, wendet er sich wieder an Sarah.

»Natürlich, einen Moment, ich rufe sofort an.« Sarah scrollt durch die Nummern, wählt dann Lisas und stellt auf Lautsprecher. »Lisa? Hier ist Hellwig, Laras Mutter. Hör mal, ich … was? Ja, Gott sei Dank, sie ist wieder da. Nein, es ist alles in Ordnung, ihr ist nichts passiert. Ich muss dich aber jetzt etwas fragen, und es ist ungeheuer wichtig, dass du mir die Wahrheit sagst. Bitte, auch wenn du Lara vielleicht versprochen hast zu schweigen. Also, weißt du etwas über einen älteren Syrer, mit dem sie sich trifft und mit dem sie nach Syrien abhauen will, wenn sie 16 ist?«

»Lara mit einem Syrer? Wieso das denn? Wer sagt so was, das ist doch Müll. Ich dacht eher, sie steht auf Arne, also meinen Bruder, auch, wenn sie sich mega anstrengt, damit ich das nicht merke.«

»Bist du dir ganz sicher? Ich meine, du würdest es mir sagen, wenn da doch was wäre, oder?«

»Ja klar, aber da ist nichts, das wüsste ich, ich kann aber auch noch Arne fragen, wenn Sie wollen.«

Sarah schaut Ruttig fragend an, und als der den Kopf schüttelt, sagt sie: »Nein danke, das ist nicht nötig. Du hast mir sehr geholfen Lara wird sich sicherlich bald bei dir melden.«

»Na also, habe ich doch gesagt. Ich bin sicher, Lara hat sich diese abenteuerliche Geschichte ausgedacht, weil sie die Familie schrecklich fand.«

»Nun gut, trotzdem muss ich mit Lara noch persönlich sprechen. Hätten Sie etwas dagegen, wenn ich Sie begleite, wenn Sie sie abholen fahren?«

»Ganz im Gegenteil, kommen Sie nur mit, so ein Schock tut Lara bestimmt ganz gut. Ach, entschuldigen Sie, ich wollte damit natürlich nicht sagen, dass Sie …«

»Habe ich verstanden, machen Sie sich meinetwegen nur keine Sorgen, ich verstehe sehr gut, wie Sie sich momentan fühlen.«

»Dann werde ich hier wohl nicht mehr gebraucht, bin ja auch nur der Vater«, mault Axel und sieht tatsächlich gekränkt aus.

»Du kannst mitkommen, wenn du willst und nichts Besseres zu tun hast.«

»Nee, lass mal gut sein, das ist eine Sache zwischen dir und Lara, da mische ich mich nicht ein. Sie soll mich anrufen, wenn sie mag.«

Sarah schaut ihren Mann an, dann zu Ruttig und nickt langsam. »Ist gut, fahr du nur, wenn es für dich hier nichts mehr zu tun gibt. Lars, was ich mit dir? Möchtest du mit oder lieber warten?«

»Ich muss noch Englisch machen, ich bleibe hier«, sagt Lars schnell, schält sich aus dem Sessel und verschwindet mit einem ›see you‹ in Richtung seines Vaters die Treppe rauf.

»Was halten Sie eigentlich von der ganzen Sache? Ich meine, Sie haben doch eine Menge Erfahrung mit Jugendlichen. Glauben Sie diese Schwachsinnsgeschichte?«

»Ehrlich gesagt, nein. Warum wäre sie dann mit zu dieser

Anja gegangen, die sie weder gut kennt noch besonders mag. Nein, ehrlich gesagt, halte ich es für durchaus wahrscheinlich, dass sie sich die ganze Geschichte ausgedacht hat. Vielleicht wollte sie dem Mädel imponieren oder so was. Sie konnte nicht ahnen, dass die das umgehend ihren Eltern erzählt. Oder, wer weiß, vielleicht wollte sie genau das.« Ruttig lacht in sich hinein und Sarah entdeckt ein Grübchen in seiner rechten Wange.

»Sie klingen, als wären sie dabei gewesen, haben Sie zufällig selber Kinder?«

»Ja zwei, zwölf und zehn, beides Mädchen. Noch nicht ganz so schlimme Pubertiere, aber die Große ist auf dem besten Weg dahin.«

Sarah lacht und fühlt, wie viel Spannung von ihr abfällt.

»Und? Wer ist bei Ihnen zu Hause derjenige, der den Kindern das Leben zur Hölle macht? Sie oder Ihre Frau?«

»Das mache ich ganz allein, meine Frau ist vor drei Jahren gestorben, sie hatte einen Autounfall.«

»Oh Gott, entschuldigen Sie bitte, das konnte ich nicht wissen, tut mir schrecklich leid.«

»Schon gut, woher hätten Sie das wissen sollen. Aber wie Sie sehen, ich kann mir ungefähr vorstellen, wie Sie sich gefühlt haben, als Sie Laras leeres Zimmer entdeckten. Ich glaube, mich würde auf der Stelle der Schlag treffen.«

»Sie würden da bestimmt total rational rangehen, mir ist eine Ewigkeit lang überhaupt nichts eingefallen. Ich habe nur dumm dagestanden und darauf gewartet, dass mein Gehirn begreift, was meine Augen sehen.« Sarah lacht in der Erinnerung und Ruttig zeigt wieder sein Grübchen.

»So ist es mir vor Jahren mal bei einem Erdbeben ergangen. Ich habe förmlich gespürt, wie alle Synapsen in meinem Kopf nach einer Antwort auf die Frage: *Was, zum Teufel, ist das?*, gesucht haben. Ich saß immer noch mit Fragezeichen in den Augen am Tisch, während alle anderen schon drunter saßen.« Ruttig lacht laut und Sarah kann nicht anders als mitlachen.

»Ja, ich glaube, genauso ist es mir ergangen, ich hatte keine Erklärung für das, was ich sah. Ehrlich gesagt, habe ich immer noch keine. Ich meine, was soll das? Wieso haut dieses Mädchen wortlos ab? Wieso radelt die allein ins Krankenhaus? Lara ist doch mit ihrem Handy verwachsen, warum hat sie mich also nicht angerufen? Bin ich vielleicht ein Monster, mit dem man auf keinen Fall reden kann?«

»Natürlich nicht, sie wird sich vermutlich nichts dabei gedacht haben. Wer weiß schon, was in dem Alter in den Köpfen so abläuft. Alles voller Glitzerknete, kein logischer Gedanke möglich. Machen Sie sich nur nicht zu viele Gedanken und Vorwürfe schon mal gar nicht.«

»Danke, die macht mir mein Mann schon zur Genüge. Sich um nichts kümmern, aber mich für alles verantwortlich machen. Klar, ist ja auch einfacher, als sich mal selbst zu hinterfragen. Sie haben heute einige unserer unrühmlichen Diskussionen mitbekommen. Dafür entschuldige ich mich ausdrücklich, aber manchmal rede ich schneller als ich denke.«

»Schon gut, so ist es eben, wenn die Nerven blankliegen. Sie werden sich später zusammensetzen und gemeinsam mit Lara reden. Ihr klarmachen, wie sehr sie sich um sie gesorgt haben und wie dumm das von ihr gewesen ist.«

»Ich werde das machen, aber ganz bestimmt ohne meinen Mann. Der hat mit seiner Neuen genug zu tun, die ist schließlich nicht viel älter als Lara.«

Sarah hält erschrocken inne, so sarkastisch hatte sie nicht rüberkommen wollen, nicht vor einem Fremden. Ruttig beobachtet sie schweigend.

»Sorry. Wieder so ein Beispiel dafür, dass ich manchmal zu viel rede und zu wenig denke«, murmelt sie etwas verlegen. »Auch wenn die Tatsache als solche stimmt. Mein Mann ist bereits vor einiger Zeit zu seiner augenblicklichen, sehr viel jüngeren Freundin gezogen. Das ist vielleicht nicht der alleinige, aber auch ein Grund für Laras Aktion. Nicht, dass er ausgezogen ist, aber dass er sie nicht bei sich haben wollte. Sie war immer Papas Liebling, das muss sie sehr verletzt haben.«

»Männer haben eben auch manchmal Glitzerknete im Kopf, sonst hätte ihr Mann sicherlich anders reagiert. Er liebt seine Tochter bestimmt genauso wie sie, er ist nur momentan etwas … nun sagen wir, abgelenkt.«

Sarah lächelt und sagt nach einer Weile: »Ich weiß, dass er sie liebt und Lara weiß das auch. Ist im Moment halt alles nicht so einfach. Es gab so viele Verletzungen, die hatten noch keine Zeit zum Heilen. Aber irgendwie habe ich das Gefühl, als hätte diese Situation etwas verändert. Ich sehe die Dinge klarer und sie tun mir nicht mehr so weh. Komisch, oder?«

»Warum komisch? Es ist doch im Leben oft so, dass schwere Zeiten uns zeigen, was wirklich wichtig ist. Vielleicht haben Sie gerade gemerkt, dass man sich als Paar zwar trennen kann, aber als Eltern eben nie. Oh Gott, seit wann werfe ich mit Kalendersprüchen um mich, wir sollten schnellstens los und Ihre Tochter abholen«, lacht Ruttig und springt vom Sofa auf.

-25-

»Hast du schon etwas gefrühstückt Kind, oder bist du mit leerem Magen auf und davon? Ich koche dir einen schönen Kakao, Kaffee wirst du ja noch nicht trinken.«

»Nee, lass mal, hab keinen Hunger, außerdem schlägt Mama bestimmt gleich hier auf. Ich wollte mir vorhin bei Megges was holen, hatte aber kein Geld dabei.«

»So schnell ist deine Mutter nicht hier, für einen Kakao reicht das sicher. Du wirst sehen, nichts im Leben kann so schlimm sein, als dass es nicht mit einem heißen Kakao leichter zu ertragen ist«, lacht Inge und wendet sich der kleinen Küche zu.

»Kannst du Backgammon spielen?« Jonathan sieht Lara erwartungsvoll an.

»Keinen Plan, was das ist, warum?«

»Na, ich dachte, wir könnten uns die Zeit ein bisschen vertreiben, wenn wir schon hier zusammen festsitzen?«

»Wie geht das denn?«

»Es ist ganz einfach, wir würfeln zuerst darum, wer Schwarz und wer Weiß spielt. Also, wer die höhere Zahl wirft, spielt Weiß und fängt an.«

Lara zuckt die Achseln, nimmt den Würfel und wirft eine Drei, Jonathan eine Fünf.

»Gut, ab jetzt geht's weiter mit zwei Würfeln, und beide Augen müssen gezogen werden. Wenn du zum Beispiel eine Fünf und eine Drei geworfen hast …«

»Jo, klingt langweilig, wie ›Mensch ärgere dich nicht‹ oder so.«

»Mensch ärgere dich nicht? Also wirklich, Backgammon ist eines der ältesten Brettspiele der Welt und ist weniger ein Glücks- als ein Strategiespiel. Es gibt sogar Weltmeisterschaften darin. ›Mensch ärgere dich nicht‹ – pah, man merkt, dass du überhaupt keine Ahnung hast. Ich glaube allerdings eher, dass du dich nicht traust, du hast Angst zu verlieren.«

»Bullshit, habe ich überhaupt nicht, ich finde nur Spiele langweilig, mehr nicht.«

»Nun gut, dann bleiben wir hier sitzen und schweigen uns an, bis deine Mutter kommt.«

»Okay, dann würfele ich eben. Da, eine Vier und eine Zwei, was nun?«

Inge erscheint und stellt eine große Tasse Kakao vor Lara ab. »Hier Kind, trink erst mal, das wird dir guttun. Spielen könnt ihr ein anderes Mal.«

»Was denn? Und ich kriege keinen Kakao, mir würde der bestimmt auch guttun«, lacht Jonathan, aber Inge schüttelt den Kopf.

»Ich will bestimmt nicht unhöflich sein, aber ich weiß nicht, ob es eine gute Idee ist, wenn meine Tochter dich hier sieht. Die ist immer so misstrauisch und vermutet hinter allem gleich was schlechtes.«

»Vielleicht ist es dann gerade gut, wenn sie mich persönlich kennenlernt, nur so kann sie sich überzeugen, dass ich vollkommen harmlos bin.«

»Ich weiß wirklich nicht, Sarah ist ein bisschen …«

»Schräg, willst du sagen, stimmt's? Schlimmer, die ist

nervig, extrem neugierig und übertreibt alles, was sie tut. Sie ist eine totale Nervensäge«, fällt Lara Inge ins Wort.

»Du sollst nicht so respektlos über deine Mutter reden, Lara. Sei froh, dass sie so fürsorglich ist. Anderen Kindern geht es da sehr viel schlechter als dir, die wären froh, eine solche Mutter zu haben.«

»Ich schenke sie ihnen, kein Ding, die nervt nur ohne Ende. Hast du eine Ahnung, was die hier gleich für ein Drama abziehen wird? Ich glaube nicht, dass Sie sich das freiwillig geben wollen, oder doch?« Lara sieht Jonathan fragend an.

»Ach, weißt du, ich bin hart im Nehmen, mich haut so schnell nichts um. Wenn es euch aber lieber ist, dann gehe ich natürlich, ich will mich auf keinen Fall aufdrängen. Inge?«

»Ja also, ich weiß nicht …«

»Nee, bleiben Sie ruhig hier damit Sie ne Ahnung kriegen, wovon ich rede. Vielleicht ist sie ja auch ein bisschen gechillter, wenn ein Fremder dabei ist. Holy Shit, die Inquisition rollt an.«

Auf dem Flur sind tatsächlich Stimmen zu hören und gleich darauf klopft es kräftig an die Tür.

»Herein« ruft Inge und strafft die Schultern, bereit ihrer Tochter entgegenzutreten, um ihre Enkelin zu verteidigen.

»Jonathan? Was machst du denn hier, ich meine, seit wann bist du …?«

»Stefan! Das ist ja ein Ding, wie lange haben wir uns nicht gesehen?«

»Oh, ich bitte um Entschuldigung, aber das war jetzt gänzlich unvorbereitet.« Ruttig geht auf Inge zu und streckt ihr die Hand hin, während Sarah auf ihre Tochter zustürzt.

»Guten Morgen, mein Name ist Stefan Ruttig, ich bin Polizeioberkommissar und hier, weil ich ihre Enkelin in einer etwas heiklen Sache befragen möchte. Der da, ist mein ehemaliger Vorgesetzter und Freund«, er zeigt mit dem Daumen auf Jonathan.

»Guten Morgen, Herr Ruttig, ich verstehe nicht ganz. Was für eine heikle Sache denn? Lara hat doch nichts angestellt, oder?«

»Nein, vermutlich nicht. Wahrscheinlich hat sie nur durch ein bisschen zu viel Fantasie den Polizeiapparat in Bewegung gesetzt. Wir werden es bald wissen.« Er wendet sich Sarah und ihrer Tochter zu, die wie zwei Fremde nebeneinander auf dem kleinen Sofa sitzen.

»Hallo, du bist also Lara, schön, dass ich dich gesund und munter kennenlernen kann. Viele Menschen haben sich große Sorgen um dich gemacht und die Polizei hast du auch beschäftigt. Es ist keine gute Idee, wortlos zu verschwinden, wenn man erst 14 ist, ich nehme an, das hast du zwischenzeitlich selbst eingesehen?«

»Äh, kann sein, aber wollte ich ja auch gar nicht. Außerdem konnte ich nicht ahnen, dass die gleich die Bullen holt.«

»Wer ist die? Ich nehme an, du sprichst von deiner Mutter? Und die Bullen sind wir?« Jonathan versteckt sein Lachen hinter einem Hüsteln, er hört an Ruttigs Stimme, dass der vorhat, das Mädchen ein bisschen ins Schwitzen zu bringen.

»Gut, dann kommen wir also zu der Anzeige, die gegen dich vorliegt. Möchtest du dich hier dazu äußern oder soll ich dich mit aufs Revier nehmen? Du kannst auch einen Anwalt hinzuziehen und dich von deinen Eltern begleiten lassen, da du minderjährig bist.«

»What? Ich versteh kein Wort. Was denn für eine Anzeige und wieso brauche ich einen Anwalt? Ich habe nichts gemacht.« Lara schaut irritiert von Inge zu ihrer Mutter und wieder zurück. Auch Sarah ist blass geworden, sieht aber noch rechtzeitig, bevor sie etwas sagen kann, die kleine Handbewegung von Ruttig.

»Nun, das wird sich rausstellen. Im Moment sieht es so aus, dass gegen dich eine Anzeige vorliegt. Genauer gesagt, gegen deinen Freund und der ist laut Zeugenaussage volljährig. Also, möchtest du dich dazu äußern oder nicht?«

»Äh, ich kapier überhaupt nix. Was denn für ein Freund? Arne? Der ist doch nicht volljährig und was soll der denn gemacht haben? Weil der meinen Zeh zu eng getapet hat? Er wollte mir doch nur helfen und hat auch gesagt, dass ich zum Arzt gehen muss, wenn es schlimmer wird. Echt, dafür kann er doch nicht angezeigt werden.«

»Dein Freund heißt also Arne und ist Syrer?« Ruttig sieht vollkommen ernst aus, nur Jonathan hat Probleme mit seinen Gesichtsmuskeln.

»Syrer? Wieso denn Syrer? Arne ist Deutscher, ich kenne überhaupt keinen Sy …«

Lara bricht abrupt ihren Satz ab und starrt Ruttig mit offenem Mund an.

»Heilige Makrele, die blöde Kuh hat die Story echt geglaubt und ist zur Polizei gerannt. Ich schmeiß mich weg, wie doof kann man sein? Echt jetzt, das war die Anja oder ihre bescheuerten Eltern, stimmt´s? Also, das war so, die Anja hat mich total genervt. Sie hat gebohrt, ob ich einen Freund habe, wie der heißt, ob wir schon mal, na, Sie wissen schon. Die hat nicht aufgehört zu nerven und da habe ich ihr eben eine kleine Story erzählt. Ein Märchen, einfach was erfunden, damit die aufhört mit der Scheißfragerei. Ich konnte doch nicht ahnen, dass die dämliche Kuh damit zu ihrer Mama rennt und die gleich die Bu … äh, die Polizei holt.«

»So, so, also nur eine erfundene Geschichte? Du hast also gar nicht vor, mit diesem erwachsenen Mann nach deinem 16 Geburtstag nach Syrien zu flüchten?«

»Nach Syrien? Hallo? Das ist Kriegsgebiet. Man flüchtet nach Deutschland oder Holland, nach Italien oder von mir aus nach, nach Schweden, aber doch nicht nach Syrien. Geht's noch? Allein daran hätte die doch merken müssen, dass ich sie verarscht habe.«

»Gut, du bleibst also dabei, dass es keinen syrischen

Freund gibt und dass du nicht vorhast, mit einem Unbekannten in seine Heimat zu flüchten? Kann ich das so zu Protokoll nehmen? Du musst die Wahrheit sagen, das weißt du, oder?«

»Ja klar, mache ich doch auch. Ich kenne echt keinen Syrer, war nur eine Verarsche, mehr nicht. Von mir aus können Sie mich vereiden, oder wie das heißt.«

»Vereidigen kann ich dich nicht, du bist minderjährig. Das ist auch der Grund, warum sich ein erwachsener Mann strafbar gemacht hätte, wäre er mit dir intim geworden.«

»In was? Ach so, Sie meinen, wenn der mit mir geschlafen hätte? Warum sagen Sie das dann nicht?«

»Die Amtssprache ist manchmal etwas umständlich, das gebe ich zu. Sie ist zu einer Zeit entstanden, als die Moral noch eine völlig andere war und damit auch die Sprache. Du könntest es doch später zu deinem Beruf machen, sie zu revolutionieren, damit jeder versteht, was gemeint ist. Wäre bestimmt eine lohnende Aufgabe.«

»Ha-ha, sehr witzig«, lacht Lara unsicher. Sie kann nicht einschätzen, ob Ruttig sich einen Spaß mit ihr erlaubt hat oder es tatsächlich ernst meint.

»Komm Kind, jetzt trink erst mal deinen Kakao, bevor er ganz kalt ist. Sind Sie mit Ihren Fragen jetzt endlich fertig?« Inges Miene ist verschlossen, als sie sich an Ruttig wendet.

»Ja, bin ich, vielen Dank, ich glaube, ich weiß, was ich wissen wollte.«

»Das hätte ich Ihnen alles sagen können, ohne dass Sie das Mädchen so unfreundlich befragt haben.« Inge ist verärgert und hält damit nicht hinter dem Berg, aber noch bevor Ruttig etwas zu seiner Verteidigung anführen kann, fährt Sarah dazwischen.

»Du hältst dich am besten da raus, Mutter. Du hast keine Ahnung, um was es geht, außerdem ist das nicht deine, sondern meine Angelegenheit.«

»Was geht denn jetzt ab, hackt's bei dir?« Lara rückt noch

ein Stück weiter von ihrer Mutter ab und wirft ihr einen finsteren Blick zu.

»Du bist am besten ganz still, meine liebe Tochter. Glaub ja nicht, dass wir Zwei mit dem Thema schon durch sind. Deine ganze Aktion war absolut ohne Worte und damit meine ich nicht nur diese alberne Geschichte, die du deiner Freundin aufgetischt hast.«

»Anja ist nicht meine Freundin. Außerdem kann ich nichts dafür, wenn die dumm genug ist, jeden Scheiß zu glauben.«

»Wie bist du denn nur auf eine solche dumme Idee gekommen?«, mischt sich Inge erneut in das Gespräch ein, schaut aber nur Lara an.

»Ich habe die Anja ein bisschen verarscht, ist jetzt egal, aber die hat das gleich geglaubt, ist damit zu ihrer Mami gelaufen und die hatte die supertolle Idee, damit zur Polizei zu laufen, ist ja auch überhaupt nicht übertrieben oder so.« Sie zeigt auf Ruttig und verdreht die Augen.

Sarah macht eine heftige Handbewegung und sagt aufgebracht: »Das war kein Spaß, Lara, das hätte uns in große Schwierigkeiten bringen können, aber so weit denkst du offenbar nicht einmal. Hauptsache, du hattest deinen Spaß, wie das für andere ist, ist dir völlig egal. Du bist und bleibst ein egoistisches Gör und ich sage dir eins, das wird Konsequenzen haben.«

»Kind, das meinte ich doch nicht«, sagt Inge. »Ich wollte wissen, wie du auf diese dumme Idee gekommen bist, die ganze Nacht nicht nach Hause zu kommen und niemandem zu sagen, wo du bist?«

Bevor Lara etwas sagen kann, springt Sarah auf und zieht ihre Tochter mit in die Höhe: »Wir fahren jetzt nach Hause und unterhalten uns dort weiter. Komm jetzt.«

Lara reißt sich heftig los. »Jetzt chill doch mal, ich habe noch nicht einmal meinen Kakao ausgetrunken. Was soll die Hektik?«

»Dann trink deinen Kakao aus, aber ich fahre jetzt und

wenn du nicht nach Hause laufen willst, dann kommst du auf der Stelle mit.« Sarah hat sich ihre Handtasche geschnappt und geht bereits auf die Ausgangstür zu.

»Los Kind«, Inge stupst Lara an, »geh ihr nach. Es hat doch keinen Sinn, alles immer auf die Spitze zu treiben, du ziehst den Kürzeren, glaub mir.«

Laras Gesicht bleibst verschlossen, aber sie nickt und erhebt sich. »Boa ey, die kommt immer mit allem durch, oder?«

Ruttig sieht ihr nach, bis sie die Tür hinter sich zugeworfen hat, streckt Inge die Hand hin und sagt: »Nehmen Sie es Ihrer Tochter nicht übel. Sie hat schlimme Stunden hinter sich, das können Sie als Mutter sicher verstehen.« Er wartet die Antwort nicht ab, nickt nur Jonathan zu, der die Szene schweigend beobachtet hat und sagt: »Man sieht sich vielleicht mal wieder, würde mich freuen«, und verlässt schnell den Raum.

Aufseufzend lässt Inge sich auf das Sofa fallen und vergräbt das Gesicht in den Händen. Nach einer Weile hebt sie den Kopf und sieht Jonathan an. »Was mache ich nur falsch? Egal, was ich sage, egal, was ich tue, meiner Tochter ist es nie recht. Sie fährt mir ständig über den Mund, unterstellt mir wer weiß was, und ist immer im Kampf mit mir. Hat sie auch nur ein normales Wort mit mir geredet, mir erzählt, was eigentlich vorgefallen ist? Nein, hat sie nicht. Sie tut, als ginge mich das überhaupt nichts an. Als wäre ich eine Fremde. Aber Lara ist mein Enkelkind und damit geht es mich sehr wohl etwas an oder etwa nicht?«

»Doch natürlich, aber Ruttig hatte Recht. Ihre Tochter hat schlimme Stunden hinter sich. Sie war sehr aufgeregt, wollte Sie aber doch bestimmt nicht verletzten. Sie werden sehen, wenn sich die Wogen etwas geglättet haben, ruft sie an und dann können Sie in Ruhe über alles reden. Ganz sicher.«

»Ganz sicher nicht. Ich kenne meine Tochter gut genug, um zu wissen, dass sie genau das sagt, was sie auch meint. Sie empfindet mich ständig als Gegnerin, aber das bin ich nicht. Ich bin doch ihre Mutter, wie könnte ich denn da gegen sie sein? Sie war schon als Kind so, immer in Opposition, nie meiner Meinung, nie auf meiner Seite. Jetzt ist sie fast 40, das wird sich nicht mehr ändern, leider.« Inge schüttelt resigniert den Kopf, streicht sich über die Haare und sagt entschlossen: »Egal, ich muss wohl damit leben. Aber, ich wüsste verdammt gern, warum sich die Lara eine solche Geschichte ausgedacht hat. Die Kleine hat viel Fantasie und das ist was Gutes. Na ja, auch wenn sie manchmal vielleicht etwas übertreibt. Kann ja sein, sie wird mal eine bekannte Schriftstellerin, dann wird ihr das keiner mehr vorwerfen, sondern sie dafür bewundern.« Sie lacht und sagt: »Und was fangen wir beiden Hübschen jetzt mit dem angebrochenen Vormittag an? Haben Sie noch Zeit und Lust, mit mir eine Partie zu spielen oder haben sie genug von mir und meinen familiären Querelen?«

»Ganz und gar nicht, ich bin nicht so schnell abzuschrecken. Wie gesagt, ich habe den ganzen Tag nichts weiter vor. Ich werde Sie vernichtend schlagen, wenn Sie erlauben?«

Inge lacht, schaut ihn eine Weile an, steht dann auf und geht an den Kühlschrank. Zurück kommt sie mit einer Flasche Champagner und zwei Gläsern.

»Man muss die Feste feiern, wie sie fallen. Das hat mein verstorbener Mann immer gesagt und ich finde, er hatte Recht damit. Die hier habe ich schon seit Silvester im Kühlschrank liegen, es wird Zeit, dass sie geöffnet wird.« Sie hebt die Flasche hoch und hält sie Jonathan hin. »Würden Sie, bitte?«

»Aber gern. So ist's recht, das ist genau die richtige Einstellung. Bloß nichts mehr auf später verschieben, schließlich weiß man nie, wie lange es noch geht mit uns. Also, mit uns auf dieser Erde, meine ich.« Er lacht, öffnet gekonnt die Flasche und gieß die Gläser voll. »Also Inge, worauf trinken wir beide denn jetzt? Auf die Gesundheit allein ist mir zu wenig?«

»Dann auf die Freundschaft. Und darauf, dass ich Sie irgendwann im Backgammon schlage?«

»Einverstanden und auf Du? Ich finde diese Siezerei grauenvoll.«

»Ich auch, also auf dein Wohl, Jonathan.«

Die Gläser klingen aneinander, als es klopft und auf Inges ›Herein!‹ Tobias reinkommt.

»Oha, was ist denn hier für eine Party im Gange? Ich störe doch nicht etwa? Ich wollte mich nur schnell erkundigen, ob mit Ihrer Enkelin alles in Ordnung ist? Sie ist ziemlich aufgebracht an mir vorbei, genau wie eine Minute vorher ihre Mutter. Das sah nicht nach Wiedervereinigung aus.«

»War es auch nicht. Nur müssen wir uns den Tag dadurch nicht weiter verderben lassen. Stoßen Sie mit uns auf die Freundschaft an, Tobias?«

Der junge Mann wirft einen Blick auf die Uhr und nickt entschlossen. »Ich habe in fünf Minuten Feierabend, werde also nur geringfügig gegen die Dienstvorschriften verstoßen. Das nehme ich für ein Glas Champagner in Kauf, die Gelegenheit kriege ich nicht so oft.« Er wartet, bis Jonathan auch ihm ein Glas eingeschenkt hat, und hält es hoch. »Ich find´s super, dass Sie sich offenbar so gut verstehen und dass Sie die Feste feiern, wie sie fallen.«

Inge verschluckt sich vor Lachen fast an ihrem Champagner und sagt, unterbrochen von Hustenanfällen: »Genau, Tobias, ganz genau, das hat mein verstorbener Mann auch immer gesagt.«

Jonathan klopft ihr auf den Rücken und sie wischt sich die Lachtränen aus den Augen. »Es ist nur schade, dass man im Leben meist viel zu spät dahinterkommt, dass das ein weiser Rat ist. Alle rennen wie die Hamster im Käfig, schaffen von früh bis spät und wofür? Für ein schickes Haus, ein großes Auto, den Urlaub in der Karibik, die neuen Möbel oder was weiß ich. Erst am Ende des Lebens wird einem klar, dass sich das nicht gelohnt hat.«

»Ach komm, Reisen ist doch was Wunderschönes, ich möchte keine einzige missen, die ich in meinem Leben gemacht habe und wohnen muss man schließlich auch irgendwo.«

»Ja natürlich. Eigentlich wollte ich nur sagen, dass wir falsche Prioritäten setzen. Weißt du, was ich meine? Wenn ich mich ein ganzes Jahr von früh bis spät abrackern muss, um mir vierzehn Tage Karibik leisten zu können, ist der Einsatz zu hoch. Dann wird in diese vierzehn Tage alles reingepackt, was in den restlichen 341 versäumt wurde. Die Folgen sind Sonnenbrand, Leberschaden vom vielen Alkohol, fünf Kilo Gewichtszunahme und wenn's rum ist und das Hamsterrad wieder wartet, Depressionen. Warum nicht etwas weniger teuer und exotisch, dafür ab und an kleine Highlights in den Alltag einbauen? Wenn ich mir kein Haus leisten kann, warum tut´s nicht auch eine Wohnung? Aber das sind alles nur Beispiele dafür, dass wir zu viel in falsche Dinge investieren.«

»Ich wusste gar nicht, dass Sie ein Philosoph sind, Frau Berger?«

»Wenn schon Philosophin, bitte, so viel Gendern muss sein«, lacht Inge und schüttelt den Kopf. »Nein, bin ich nicht. Ich bin nur alt und daher ein bisschen weise, das ist alles. Aber habe ich denn nicht Recht? Nehmen Sie meine Tochter Sarah und ihren Mann. Sie haben gespart und gespart, damit sie ein Haus bauen konnten und zwei Autos fahren. Urlaub haben sie keinen gemacht, das Geld wurde für den viel zu großen Kasten gebraucht und nun? Sie werden sich trennen. Einer allein kann das Haus nicht unterhalten, also wird es verkauft und damit viele Träume begraben.«

»Na ja, hätten sie kein Haus gebaut, dafür tolle Reisen gemacht, teure Restaurants besucht oder ihr Geld für Konzerte und ich weiß nicht was, ausgegeben, was wäre jetzt anders?« Tobias hat Fragezeichen in den Augen.

»Vielleicht alles, vielleicht auch nichts, keine Ahnung. Sie hätten andere Erinnerungen, denke ich. Schöne, gemeinsame Erinnerungen, vielleicht wäre ihre Ehe dann nicht am Ende. Ein Hausbau ist was Praktisches, aber doch nichts, woran man sich mit Herzklopfen erinnert. Egal, ich sehe schon, es ist nur das Geschwätz einer alten Frau, vergessen Sie es.«

»Ich finde, du hast mit einigen Dingen Recht, aber nicht mit allen. Auch ein gemeinsamer Hausbau kann Erinnerungen schaffen und verbinden, manche Reise hingegen sich als reiner Albtraum erweisen, den man möglichst schnell vergessen möchte. Wichtig ist doch nur, dass man gemeinsam schöne Erinnerungen schafft, an die man gerne denkt.«

»Ja, dem stimme ich zu! Darauf sollten wir noch mal anstoßen. Prost miteinander.« Inge lacht und hebt ihr Glas. »Ich weiß auch nicht, warum ich heute so tiefsinnig bin, ist eigentlich nicht meine Art.«

»Ich glaube, es liegt an diesem gottverdammten Virus, das macht alle ganz wuschig. Viele unserer Bewohner sind regelrecht depressiv geworden, weil sie so lange keinen Besuch bekommen durften. Zum Glück wird das jetzt wieder gelockert und im Sommer ist bestimmt alles vorbei.«

»Na Tobias, ich hoffe sehr, dass Sie damit recht behalten. Ehrlich gesagt, glaube ich das nicht. Solange wir keine Impfung gegen dieses Virus haben, wird uns das weiter beschäftigen. Und ein Altersheim, ach Entschuldigung, eine Seniorenresidenz, ist ohnehin kein besonders fröhlicher Ort. Nur, im Augenblick ist es hier obendrein noch ausgesprochen gefährlich. Wir hatten schließlich, trotz aller Vorsicht, zwei Fälle von COVID – 19. Darum mussten wir die ganze Zeit allein in unseren Zimmern hocken. Wer weiß also schon, wann sich die Nächsten infizieren?«

»Frau Berger, nun seien Sie doch nicht so pessimistisch. Ich bin sicher, der Spuk ist bald vorbei, spätestens im Sommer redet kein Mensch mehr darüber. Was meinen Sie?« Tobias sieht zu Jonathan hinüber.

»Ich bin leider auch nicht so optimistisch wie Sie, auch

wenn ich es gern wäre. Vielleicht liegt's am Alter. Eigentlich hat Deutschland hervorragende Wissenschaftler, und auch die Politik hat schnell reagiert. Das ist der Grund, warum wir bisher glimpflich durch diese Pandemie gekommen sind. Andere Länder hat es da weitaus schlimmer getroffen. Trotzdem bleibe ich skeptisch, wir sind noch nicht über den Berg und Leichtsinn kann schnell alles zunichtemachen. Wir sollten weiterhin auf alles gefasst sein.«

»Nun gut, wir werden sehen, wer am Ende Recht behält, ich werde auf alle Fälle alles tun, damit sich hier im Haus kein weiterer Bewohner infiziert.«

»Und trotzdem haben Sie Ihre Maske abgenommen, haben Inges Tochter, Stefan Ruttig und Lara reingelassen. Wenn wir Pech haben, war einer davon infiziert und schon geht es wieder um.« Jonathan zuckt die Schultern und schweigt. Tobias ist blass geworden, stellt sein Glas ab und zieht die Maske wieder über Mund und Nase.

»Mensch, jetzt malen Sie aber den Teufel nicht an die Wand. Ich habe es doch nur gut gemeint und ab morgen ist doch ohnehin für alle wieder auf.«

»Schon gut, Tobias. Jonathan hat das nicht so gemeint und ich bin Ihnen für Ihre Hilfe wirklich sehr dankbar. Wir gehen jetzt mal ganz fest davon aus, dass alle gesund waren und wir es auch bleiben, einverstanden?«

»Einverstanden, aber Herr Brinkmann dürfte dann eigentlich heute auch nicht hier sein oder wie sehe ich das?« Tobias ist verärgert, man sieht es ihm deutlich an.

»Und Sie nicht und das gesamte Personal nicht«, lacht Jonathan. »Wir können schlecht alle zuhause bleiben, das Leben muss ja trotzdem irgendwie weitergehen. Kommen Sie, schließen wir wieder Frieden, es war wirklich nicht so gemeint, ich wollte Sie nicht persönlich angreifen, nur klarmachen, wie schnell dieses Virus sich hier wieder einschleichen kann.«

»Ja, schon gut, ich werde in Zukunft besser aufpassen.

Jetzt habe ich aber erst einmal Feierabend, danke für den Champagner und stecken Sie sich nur nicht an.«

»Oh je, den hast du wirklich verärgert, Jonathan. Bist du sicher, dass es so gefährlich war, meine Familie und diesen Polizisten reinzulassen?«

»Ich weiß es doch auch nicht, obwohl ich mich gut informiere. Jeder erzählt was anderes und Einige bestreiten sogar, dass es dieses Virus überhaupt gibt. Selbst Professoren und gut beleumundete Wissenschaftler, also nicht nur irgendwelche Wirrköpfe.«

»Dann haben die wohl die schreckliche Situation in Bergamo verschlafen. Da konnte man doch mehr als deutlich sehen, wie dieses Virus gewütet hat.«

»Ja, aber die behaupten, es sei nur eine Grippe, kein neues Virus. Es ist viel Unsinn im Umlauf. Man muss aufpassen, dass man sich da nicht verrennt. Besonders in den sozialen Medien verbreitet sich ungeprüft alles, was sich irgendwelche Wirrköpfe ausdenken. Ich informiere mich beim RKI und bei unseren Wissenschaftlern, die sich mit dem Thema auskennen. Und selbst die sind äußerst vorsichtig mit Ihren Prognosen für die Zukunft. Also, kein Grund zur Panik, aber gesunde Vorsicht kann ja nicht schaden. Wie ist das? Hast du eigentlich keinen Hunger, nur von Champagner kann man ja auch nicht leben?«

»Wie spät ist es denn? Ach, schon halb eins, gleich wird jemand mit dem Mittagessen kommen. Ich teile es gern mir dir, auch wenn es meist nicht besonders gut schmeckt.«

»Nein, nein, ich werde dir doch nichts wegessen, was denkst du denn? Ich werde mich jetzt verabschieden, würde mich aber freuen, wenn ich morgen wiederkommen dürfte? Wir sind ja heute gar nicht zum Spielen gekommen.«

Inge spürt, wie ihr Herz einen kleinen Hüpfer macht: »Natürlich, du darfst immer kommen, wenn du nichts Besseres zu tun hast.«

»Es gibt nichts Besseres«, antwortet Jonathan, schon auf dem Weg zur Tür, »auch wenn du eine lausige Backgammonspielerin bist.«

-26-

Lara wirft sich wütend auf den Rücksitz und schimpft leise vor sich hin.

»Hast du etwas gesagt?«, kommt es prompt von vorne. Die muss Ohren wie ein Luchs haben, ey.

»Nee, wieso?«

»Ich dachte, ich hätte etwas gehört. Außerdem wäre es wohl nicht zu viel verlangt, wenn du mir eine Erklärung für dein unglaubliches Verhalten geben würdest.«

Holy shit, die wartet nicht mal bis zu Hause, die fängt jetzt schon an zu nerven.

»Doch, ist zu viel verlangt, lass mich einfach in Ruhe.«

»Lara, werde nicht obendrein noch unverschämt, ich bin deine Mutter und verbitte mir diesen Ton.«

»Dann lass mich in Ruhe und hör auf mit deinen blöden Fragen.« Lara weiß, dass es nicht das Klügste ist, was sie da gerade tut, aber sie kann nicht anders. Es ärgert sie, dass ihre Mutter sie vor diesem Bullen behandelt wie ein Kleinkind. Soll die damit leben, dass es nicht so läuft wie geplant.

»Die nächsten vier Wochen kannst du dein Taschengeld vergessen, mein Kind, und noch einen solchen Satz, dann verdoppele ich die Zeit. Ich habe genug von deinen Frechheiten, was glaubst du eigentlich, wer du bist und wen du vor dir hast.«

»Heul doch«, murmelt Lara, vorsichtshalber leise, aber nicht leise genug, Sarah hat auch das gehört.

»Ja, genau das würde ich jetzt gern tun. Hast du eine Ahnung, welche Sorgen ich mir gemacht habe, wieviel Angst ich um dich ausgestanden habe? Weißt du, wie das für mich war, in dein Zimmer zu kommen und es leer vorzufinden, weißt du das? Nein, das weißt du nicht. Du sitzt da, fühlst dich ungerecht behandelt und wirst obendrein noch unverschämt. Ich habe es gründlich satt, das kannst du mir glauben. Die nächsten vier Wochen ist dein Taschengeld gestrichen, das sagte ich schon, darüber hinaus wirst du deine Aufgaben im Haushalt sehr sorgfältig verrichten. Wenn nicht, kann es durchaus noch länger dauern. Du wirst zur Schule gehen, wenn Schule ist, ansonsten deine Arbeiten im Homeschooling erledigen und dich mir gegenüber anständig benehmen. Ich hoffe, du hörst mir gut zu, denn ich werde mich nicht wiederholen. Die Zeiten, in denen du gelebt hast, wie in einem Fünf-Sterne-Hotel, sind vorbei. Ich bin auch nicht länger deine Putz- und Waschfrau. Wenn du etwas zum Anziehen haben möchtest, ich zeige dir, wie die Waschmaschine funktioniert und wo das Bügeleisen zu finden ist. Wenn du mit Küche putzen dran bist und es, wie immer, vergisst, werde ich nicht kochen, wenn der Müll nicht rausgebracht wurde, ebenfalls nicht …«

»Jo, schon klar, aber der liebe Lars, der muss natürlich überhaupt nichts tun, total ungerecht ist das.«

»Lars hat ebenfalls seine Aufgaben, die er erledigen muss. Er ist hier aber nicht derjenige, um den es gerade geht. Und noch etwas kannst du dir gleich merken, mein Kind, das Leben ist nie gerecht und niemand hat dir bei deiner Geburt Gerechtigkeit versprochen. Damit wirst du leben müssen. So, das war's fürs erste. Ich hoffe für dich, du nimmst dir zu

Herzen, was ich gesagt habe.« Sarah dreht sich demonstrativ um und starrt aus dem Fenster.

Lara ballt ungesehen eine Faust und streckt den Mittelfinger in die Höhe, sagt aber nichts. Sie ist verunsichert, so krass drauf kennt sie ihre Mutter nicht.

Ruttig schaut zur Seite, legt dann kurz seine Hand auf Sarahs Arm und drückt ihn mitfühlend.

Als er kurz darauf vor dem Haus hält, ist Lara schon draußen, bevor er den Motor abgestellt hat.

»Die junge Dame ist mit der Gesamtsituation unzufrieden, könnte man sagen«, lacht er und Sarah seufzt tief auf.

»War ich zu hart zu ihr? Habe ich sie zu Unrecht bestraft? Hätte ich mehr auf ihre Gründe eingehen müssen? Wissen Sie, ich habe das Gefühl grundsätzlich alles falsch zu machen. Ich wollte niemals so werden wie meine Mutter. Das war ein absolut schrecklicher Gedanke für mich und doch höre ich mich manchmal ganz genau so an wie sie. Das kann doch alles nicht wahr sein. Sind wir etwa dazu verdammt, jeden Mist in einer Endlosschleife zu wiederholen? Ich wollte für meine Tochter nicht nur Mutter, sondern auch Freundin sein. Ich habe mir immer eingebildet, mich gut genug an meine eigene Kindheit und Jugend zu erinnern, um zu wissen, wie verloren und ratlos man sich oft fühlt. Wie sehr man auf verständnisvolle Eltern angewiesen ist. Und was ist? Ich schreie meine Tochter an, entziehe ihr das Taschengeld und bin genau so autoritär, wie meine Mutter es früher war.« Sarah lässt den Kopf sinken, Tränen rollen über ihre Wangen, die sie ungeduldig wegwischt.

»Nun seien Sie mal nicht zu streng mit sich. Ihre Lara wirkt auf mich nicht wie ein autoritär erzogenes Kind, ganz im Gegenteil. Ehrlich, ich glaube, ihr täten ein paar Grenzen ganz gut. Respekt ist schließlich keine Einbahnstraße. Sie haben ein paar klare Ansagen gemacht, gesagt, was Sie möchten und was nicht, daran ist nichts falsch. Jeder muss früher oder später lernen, dass nicht alles selbstverständlich ist. Dass das eigene Handeln Einfluss darauf hat, wie wir von anderen wahrgenommen werden. Niemand wird ihr später die Wäsche waschen oder ihr Lieblingsessen kochen, wenn sie ihn kurz zuvor kräftig vor das Schienbein getreten hat. Metaphorisch gesprochen. Na ja, es sei denn, sie wird ein Instagramstar oder so was, dann kann sie jemanden dafür bezahlen.«

Ruttig lacht und Sarah kramt in ihrer Handtasche nach einem Taschentuch und putzt sich entschlossen die Nase.

»Sie haben Recht, danke, jetzt fühle ich mich nicht mehr ganz so mies. Wo sind eigentlich Ihre Kinder, wenn Sie am Sonntag Dienst haben?«

»Meine Schwester springt für mich ein, sie ist immer meine Retterin aus allen Notlagen.«

»Wie überaus praktisch. Meinen Sie, sie könnte ihren Einsatz noch für eine Tasse Kaffee verlängern oder wäre das zu viel verlangt? Es sei denn, Sie dürfen sich im Dienst nicht auf einen Kaffee einladen lassen?«

»Also, wenn ich ganz ehrlich sein soll, ich habe überhaupt keinen Dienst. Ich war rein zufällig im Präsidium, als das Ehepaar reinkam. Ich habe dann den Namen Lara gehört und wollte wissen, was los ist. Na ja, und dann habe ich dem Kollegen angeboten, das für ihn zu übernehmen. So war das und daher bin ich völlig privat hier und nehme die Einladung gerne an.«

»Ach so, ich habe mich schon gewundert, dass die Polizei wegen einer solchen Geschichte am Sonntag Hausbesuche macht«, lacht Sarah und wundert sich darüber, dass es sie freut.

Als sie kurz darauf in der Küche sitzen, jeder eine Tasse Kaffee vor sich, sagt Sarah nach einer Weile: »Ist die Angelegenheit damit jetzt erledigt oder kommt da noch was nach?«

»Nein, keine Sorge, es ist ja nichts passiert. Dass ein Teenager mal eine Nacht nicht nach Hause kommt, ist kein Verbrechen und geht die Polizei nichts an. Das ist allein Sache der

Erziehungsberechtigten. Etwas anders liegt die Sache mit dieser Syrergeschichte. Da Lara aber keinen Namen genannt, also niemand Bestimmten beschuldigt hat, können wir das wohl auch unter ›Ich mache mich mal wichtig‹ ablegen. Also, machen Sie sich weiter keine Sorgen, was die Staatsgewalt angeht, haben Sie nichts zu befürchten. Es kann höchstens sein, dass Ihr Mann beim Jugendamt interveniert, aber da Sie sagen, er hätte am Sorgerecht kein großes Interesse …«

»Axel? Im Leben macht er das nicht. Dem reicht es, wenn er mir ein schlechtes Gewissen machen kann. An Verantwortung irgendwelcher Art ist er nicht besonders interessiert. Da mache ich mir keine Sorgen. Danke, jetzt bin ich schon sehr beruhigt. Ich hoffe nur, diese ganze unschöne Geschichte macht nicht in der Schule die Runde.«

»Und wenn, ich denke, die Kids werden das eher cool finden und Lara für die Aktion bewundern. So viel Verstand, die Sorgen der Eltern dahinter zu sehen, hat man in dem Alter noch nicht. Hatte ich jedenfalls nicht, Sie etwa?«

»Ich? Nein, wahrscheinlich nicht, aber ich habe solche Sachen auch nicht gemacht. Ich war in dem Alter noch ein richtiges Kind. Wenn meine Mutter mir etwas verboten hat, dann habe ich mich daran gehalten. Na ja, mit 14 jedenfalls noch, später nicht mehr immer.« Sarah kichert und sieht plötzlich jung und fröhlich aus.

»So«, sagt Ruttig, nachdem er seinen Kaffee ausgetrunken hat, »ich fahre jetzt meine Schwester erlösen, die hat schließlich auch noch ein eigenes Leben. Vielen Dank für den Kaffee und vielleicht darf ich Sie mal anrufen und fragen, wie es mit Lara so läuft? Also, nicht in meiner offiziellen Funktion, mehr so von Elternteil zu Elternteil?«

»Natürlich dürfen Sie, ich würde mich sogar sehr freuen. Sie haben mir heute unglaublich geholfen, mehr, als ich Ihnen sagen kann. Vielen, vielen Dank dafür, bis bald mal.«

Als Ruttig das Haus verlassen hat, bleibt Sarah für einen Moment hinter der geschlossenen Tür stehen und denkt nach.

Dieser Tag war einer der Schlimmsten ihres Lebens, keine Frage, und doch hatte er auch was Gutes, und das hat sehr viel mit diesem Mann zu tun, der gerade gegangen ist. Wann hat sie das letzte Mal mit Axel so reden können, in aller Ruhe, ohne Vorwürfe, ohne Streit? Das ist lange her, Monate, nein, eher Jahre. Ihre Gespräche waren von Anfang an immer auf die gleiche Art verlaufen: Axel hörte sich an, was sie zu sagen hatte und warf ihr dann vor zu übertreiben. Das hatte sie jedes Mal empört und ihre Verteidigung war dementsprechend heftig ausgefallen. Er habe null Interesse an ihr und den Kindern, sei egoistisch, kindisch überhaupt nicht in der Lage, problemorientiert zu diskutieren. In den ersten Jahren waren sie nach Stunden gegenseitiger Anschuldigungen noch im Bett gelandet, aber irgendwann hatte das aufgehört und jeder war verletzt und gekränkt allein schlafen gegangen. Im letzten Jahr hatte sie ihm überhaupt nichts mehr von ihren Problemen mit Lara erzählt, nachdem er ihr Hysterie und maßlose Übertreibung vorgeworfen hatte. Selbst Frigidität hatte er sich nicht verkneifen können, diesen Rundumschlag aller Männer, denen die Argumente ausgegangen waren. Es war während eines der schlimmsten Kräche ihrer Ehe gewesen. Sie hatte gerade erfahren, dass er sie erneut mit einer anderen Frau betrog und alle seine heiligen Eide nur leere Worte gewesen waren. Sie erinnert sich nicht mehr genau, was sie ihm alles an den Kopf geworfen hatte, aber es waren wohl eine Menge sehr unschöne Dinge dabei. Sie wusste noch, dass sie ihn hatte verletzen wollen, da treffen, wo es ihm am meisten weh tat, und offenbar war ihr das gelungen. Nachdem er mit den üblichen Tiraden, mit ihr könne man nur noch über die Kinder und das Geld reden, versucht hatte, ihr die Schuld daran zuzuschieben, dass er erneut fremdgegangen war, hatte er diese letzte vernichtende Waffe gezogen. »Du bist doch frigide, wie soll man da noch einen hochkriegen?« Noch in der Erinnerung fühlt sie den vernichtenden Schmerz, den ihr dieser Satz zugefügt hat. Nur so war es wohl zu erklären, dass sie ihm mit aller Kraft ins Gesicht geschlagen hatte. Das erste Mal in ihrem Leben hatte sie einen Menschen geschlagen. Fassungslos über sich selbst war sie stumm und starr im Raum stehengeblieben. Er hatte sich umgedreht und war aus dem Zimmer gegangen. Am nächsten Morgen war er schon fort, als sie aufgestanden war. Seither wohnte er bei seiner Geliebten, sie hatten nie wieder über diesen Abend gesprochen.

Sarah schüttelt den Kopf, versucht, diese unerfreuliche Erinnerung aus ihrem Kopf zu verscheuchen, und sieht Lars auf der Treppe stehen.

»Komm ruhig runter? Hast du Hunger? Soll ich uns etwas kochen, was meinst du?« 12-jährige Jungs sind schlicht, die kriegt man mit einem Angebot von Nudeln mit Ketchup schnell wieder gewonnen.

»Bist du noch sauer auf Lara? Was hat sie denn eigentlich gemacht, und warum streitet ihr euch in letzter Zeit ständig? Ich finde das echt blöd. Früher, als Papa noch hier gewohnt hat, war das echt besser.«

Sarah seufzt und verabschiedet sich von dem Gedanken, dass 12-jährige Jungs leichter zu behandeln sind. »Stimmt das wirklich? Streiten wir so viel? Das tut mir leid, ich weiß auch nicht, warum das immer wieder passiert, ich werde versuchen, mich zu bessern, okay? Also, was willst du essen?«

»Spaghetti mit Tomatensoße und ganz viel Käse.«

Sarah lächelt, fährt ihrem Sohn durch die Haare, der versucht, das mit einer schnellen Kopfbewegung zu verhindern, und sagt: »Mache ich, gut dass es noch Dinge gibt, die sich nicht ändern.«

-27-

Lara liegt wie so oft auf ihrem Bett, das Handy am Ohr und telefoniert mit Lisa. Haarklein berichtet sie, was in den letzten Stunden alles passiert ist.

»Alter, hätte diese kleine Bitch Anja nicht am Krankenhaus rumgehangen, ich wäre ja wohl nie drauf gekommen, zu der zu gehen. Abgehauen, das ist doch Bullshit, war null der Plan. Die hat krank rumgeheult, dass ich mit zu ihr kommen soll, ich sei doch übel verletzt und so. Aber was bei der zuhause abgeht, kannste dir nicht ausdenken. Das ist so was von krank, ey. Die kriegt ihre Brote geschmiert und in Babystücken serviert. Ist die in ner Krabbelgruppe, oder was? Und bei der im Zimmer sieht es aus wie in einem Kindergarten. Bibi und Tina an den Wänden und Berge von Stofftieren überall. Angeblich kriegt sie aber demnächst alles neu. Als ob die denkt, ich glaub das auch noch. Und wenn die mich nicht so ohne Ende genervt hätte … hast du einen Freund? Erzähl doch mal? Wie heißt der? Wie alt ist der?« Lara imitiert überzogen die Stimme des jüngeren Mädchens. »Heilige Mutter Maria, es war sowas von übel, also habe ich mir eine Story für sie ausgedacht, damit sie endlich mal ihre dumme Fresse hält. Okay, war nicht die geilste Idee, aber ich konnte doch nicht wissen, dass die mir das glaubt und damit auch noch zu ihrer Mami rennt. Ich dachte echt ich träume, als der Bulle da vorhin mit ankam. So was behindertes, wie kann man sone Scheiße auch noch glauben? Wetten, dass das morgen in der Schule rumgeht? Zerreißt sich wieder jeder sein dummes Maul. Ist mir aber egal, sollen die dummen Bitches doch dumm reden.«

»Die blöden Bitches finde ich egal, aber was ist mit Arne?«, will Lisa wissen und Lara verschlägt es für einen Augenblick die Sprache.

»Wie meinst du das, was hat denn dein Bruder damit zu tun?«, versucht sie es schließlich, aber Lisa lacht nur.

»Ach komm, lass stecken. Glaubst du wirklich, ich hätte noch nicht gemerkt, dass du voll auf ihn abfährst? Hältst du mich für dumm, oder was?«

»Quatsch, nee, aber woher, ich meine, hat er was gesagt?« Lara hält die Luft an und wartet auf Lisas Antwort. Woher weiß die das, sie war doch so vorsichtig, hat sich mit keinem Wort verraten. Oder etwa doch?

»Arne? Der ignoriert mich doch voll«, lacht Lisa, »aber laber doch nicht, ich weiß es von dir. Ich habe gesehen, wie du ihn angeglitzert hast mit deinen blauen Augen, wenn er in der Schule an dir vorbeiläuft. Na und, meinen Bruder kenne ich auch. Der gibt dir doch nicht ohne Grund Mathenachhilfe und verpasst deswegen auch noch ein Treffen mit seiner ach so geilen Band. Boa, ihr beide seid so auffällig unauffällig, könntet euch auch gleich ein Schild umhängen: Traumpaar des Jahres oder so was.« Lisa lacht so laut, dass Lara das Handy weit von ihrem Ohr entfernt.

»Na ja, also am Anfang habe ich das gar nicht gecheckt. Echt, ich wollte dir das nicht verheimlichen oder so. Und dann, na ja, ich wusste nicht, ob du dann vielleicht sauer gewesen wärst. Du bist doch meine beste Freundin und Arne ist dein Bruder und so.«

»Ich fand's nur so total scheiße von dir, dass du plötzlich

überhaupt keine Zeit mehr für mich gehabt hast und mir immer nur mit blöden Ausreden gekommen bist. Ich habe gedacht, du hast safe eine andere Freundin und willst mich loswerden. Das war echt ein Scheißgefühl, aber so, na ja, du musst zwar voll übel an Geschmacksverirrung leiden, wer steht schon auf meinen Bruder, aber immer noch besser als das.«

»Du wirst immer meine beste Freundin bleiben, ganz egal, was passiert, schwöre. Hat Arne wirklich nie von mir gesprochen? Was meinst du, wie er mich findet? Boh, die ganze Story macht das alles mega kompliziert. Wenn du mir versprichst, es niemanden, wirklich niemanden zu erzählen, du musst es mir schwören. Schwör!«

»Okay, ich schwöre. Sag schon, was habt ihr gemacht?«

»Also, gestern Morgen, meine Mutter war ja nicht da, ist Arne gekommen. Zum Mathelernen, und da habe ich mir doch meinen Zeh so angestoßen. Das tat krass weh und er hat ihn mir verbunden. Haben da halt auf meinem Bett bissl gechillt, da hat er mich so angeguckt, so ganz komisch und ich hatte plötzlich wie verrückt Herzklopfen und …«

»Jetzt mach's nicht so spannend, sag endlich.«

»Er hat mich geküsst. Also fast geküsst, denn genau in diesem Moment ist meine bescheuerte Mutter reingeplatzt gekommen und hat nen Ausraster gehabt. Als ob ich ihre Scheißküche abgefackelt hätte. Sie hat ihn dann rausgeschmissen und ihm verboten, noch einmal wiederzukommen. Kannst du dir vorstellen, wie krass peinlich mir das war. Echt, in so einem Moment.«

»Klar und was jetzt? Darf er überhaupt nicht mehr zu euch kommen? Dann trefft ihr euch eben hier bei uns, ist doch egal.«

»Ja schon, aber ich weiß doch nicht, was er jetzt von mir denkt. Der muss doch meinen, ich komme aus ner Klapse oder so was und will nix mehr mit mir zu tun haben.«

»Laber keinen Müll, klar will er noch was mit dir zu tun

haben. Schließlich kannst du nichts dafür, wenn deine Mutter so ungechillt ist. Mach dir nicht so´n Kopf, wenn du willst, frage ich ihn.«

»Neiiiiin!«, Lara kreischt vor lauter Entsetzen bei dem Gedanken, wie Lisa zu Arne läuft und fragt: Ey, Lara möchte gern wissen, ob du noch auf sie stehst oder jetzt eher nicht mehr.

»Bloß nicht, echt, versprich mir, dass du das nicht machst, das wäre doch mega peinlich. Nee, ich kriege das schon hin, wirst sehen.«

»Na gut, aber ich will jedes fucking einzelne Wort wissen, was er gesagt hat. Schwör.«

»Ja, versprochen und du hältst deinen Mund, auch versprochen?«

»Oke, bis dann.«

Lara ist erleichtert. Dass ihre Freundin nicht sauer auf sie ist und sie ab jetzt wieder alles mit ihr bequatschen kann, ist ihr mega wichtig.

Sie wirft einen Blick auf ihr Handy. Arne anrufen und cool tun, so als wäre nichts weiter passiert seit gestern oder anrufen und sagen: Keine Ahnung, was du gehört hast, aber … nee, alles Müll. Sie haut mit der Faust auf die Decke, springt auf, geht erst einmal pinkeln und als sie gerade sitzt, hört sie ihr Handy klingeln. Natürlich hört das Klingeln in dem Moment auf, als sie endlich nach dem Telefon greifen kann, aber sie sieht die Nummer von Arne. Im selben Moment kündigt sich schon der Eingang einer WhatsApp an. Mit wild klopfendem Herzen öffnet sie die Nachricht, die nur aus zwei Emojis besteht. 

Du meldest dich nicht, bist du unterwegs oder ich erreiche dich nicht, soll ich mit dem Fahrrad kommen oder was soll das heißen? Lara rätselt eine Weile, kommt aber zu keinem Ergebnis.

»Okay, frage ich dich eben«, murmelt sie, während seine Nummer angewählt wird.

»Hey, habe dich grad angetelt, bist aber nicht drangegangen«, klingt Arnes Stimme gechillt an ihr Ohr.

»Äh, ja, konnte grad nicht, sorry. Was gibt's denn?« Sie hofft, ganz normal zu klingen, so, als wäre überhaupt nichts Besonderes vorgefallen.

»Was es gibt? Machst du Witze? Alle Welt sucht dich wie irre, weil du komplett verschwunden bist, und du fragst mich, was es gibt? Geht's noch? Wo hast du gesteckt und was war das für eine bescheuert Aktion?«

»Lange Geschichte, echt, null Komma null Bock, die zum Millionsten Mal zu erzählen. Ich war auch nicht verschwunden, alles nur ein Missverständnis, ist nix weiter passiert.«

»Das habe ich echt anders gehört. Stimmt es etwa nicht, dass du mit so einem Typ zusammen bist, der …«

»Was? Bullshit, nein, das stimmt absolut nicht. Ich kenne überhaupt keinen solchen Typ. Das war nur eine blöde Geschichte, mehr nicht,« versichert Lara atemlos und verflucht zum wiederholten Mal, sich eine solche Scheißgeschichte ausgedacht zu haben.

»Oke, wenn du das sagst. Ich habe nur keine Lust, meine Freundin mit irgendeinem anderen Typen zu teilen.«

Lara verschluckt sich fast vor Schreck und kann nicht glauben, was sie gerade gehört hat.

»Deine Freundin? Seit wann bin ich denn deine Freundin?«

»Etwa nicht? Warum hast du dich denn sonst gestern von mir küssen lassen? Lässt du dich etwa von jedem küssen?«

»Quatsch, nein, natürlich nicht, was denkst du denn, ich lasse mich überhaupt nie küssen, weil …«

»Immer deine Mam reinkommt?«, Arne lacht laut und scheint das lustig zu finden.

»Ja genau, voll peinlich diese Frau«, geht Lara auf den lockeren Ton ein. »Was machst du eigentlich so? Also, wenn du nicht gerade mit mir telefonierst? Bock auf Radfahren?«

»Klar, aber ich dachte, du darfst mich nicht mehr treffen?«

»Sagt wer? Meine Mutter? Kann sie vergessen, ich lasse mir nichts verbieten. Wann treffen wir uns? Okay, ich komme bei dir vorbei, bis dann.«

Lara ist nicht ganz so locker zumute, wie sie sich Arne gegenüber gegeben hat. Was, wenn ihre Mutter sie nicht gehen lässt, vielleicht sogar die Tür abschließt? So wie die drauf ist, besteht diese Möglichkeit immerhin. Aus dem Fenster ist schwierig mit dem blöden Zeh und das gäbe bestimmt das nächste Drama. Nee, no way. Sie muss sich was anderes einfallen lassen, aber was? Sie hebt den Kopf und schnuppert, es riecht nach Essen und ihr Magen fängt sofort an zu knurren. Sie hat seit einer Ewigkeit nichts mehr gegessen. Ganz gechillt runtergehen, tun als sei alles cool und fragen, was es zu essen gibt? Genau, das muss funktionieren! Lara läuft die Treppe runter und in die Küche. Ihr Bruder sitzt am Tisch, ihre Mutter schüttet gerade Spaghetti in ein Sieb.

»Ich habe voll Hunger«, sagt Lara betont fröhlich und lässt sich auf einen Stuhl fallen.

»Es gibt Spaghetti mit Tomatensoße und ganz viel Käse«, lässt Lars sie wissen und sie zieht eine Grimasse.

»Wäre ich allein nicht draufgekommen, du dummes Kind.«

Ihre Mutter stellt Schüsseln auf den Tisch und setzt sich.

»Hey, krieg ich etwa nichts zu essen«, fragt Lara empört, weil auf ihrem Platz weder Teller noch Besteck zu sehen sind.

»Wir wussten nicht, ob du uns die Ehre geben würdest«, antwortet ihre Mutter, ohne von ihrem Essen aufzusehen. »Wenn du allerdings mit uns essen möchtest, bitte, es reicht für drei. Wo die Teller und das Besteck zu finden sind, weißt du?«

Heilige Mutter Maria, wie ist die denn drauf? Lara ist echt verblüfft, behält aber ihr Ziel im Auge, steht wortlos auf und holt sich, was sie braucht. Sie füllt sich ihren Teller reichlich, beginnt zu essen und ringt sich zu einem »echt lecker« durch.

Obwohl selbst Lars sie daraufhin verblüfft anguckt, reagiert ihre Mutter nur mit einem sehr kühlen »danke«.

Als alle fertig sind, beginnt Lara mit übertriebenen Dehnübungen und sagt schließlich: »Boh, ich habe viel zu viel gegessen, ich glaube, ich brauche dringend Bewegung. Wollen wir ne Runde Fahrradfahren, Lars?«

Der tippt sich nur an die Stirn.

Cool, auf die Bewegungsfaulheit ihres Bruders ist Verlass. »Ach komm schon, sei nicht so faul, ich muss was tun, und allein habe ich null Bock.«

»Wenn du Bewegung brauchst, kannst du die Küche aufräumen«, antwortet anstelle von Lars ihre Mutter.

Lara liegt eine schnippische Antwort auf der Zunge, aber sie schluckt sie runter, steht auf, sammelt die Teller und das Besteck ein und sagt scheinbar fröhlich: »Gute Idee, kann ich machen,« bevor sie damit beginnt, die Spülmaschine einzuräumen.

Aus den Augenwinkeln beobachtet sie ihre Mutter und glaubt, ein Lächeln zu sehen.

»Ich glaube aber, wenn ich mit der Küche fertig bin, fahre ich trotzdem noch eine Runde mit dem Rad. Spricht was dagegen?«

»Nein«, sagt ihre Mutter, »nichts und bestell Arne einen schönen Gruß.«

-28-

Inge versucht, mit allerlei Verrenkungen, in einem viel zu kleinen Spiegel ihr Aussehen zu überprüfen, aber sie sieht immer nur Teile von sich. Mit keinem davon ist sie zufrieden. Ihre Haare sitzen nicht so, wie sie es gern hätte und obwohl sie Augenbrauenstift und Rouge benutzt hat, sieht sie einfach nur alt aus. Falten, wo man hinguckt. Besonders an Hals und Dekolleté, eine einzige Kraterlandschaft. Ach, und selbst ihre einst so klaren blauen Augen sehen nur noch wässrig aus.

»Du hast Augen wie ein Bergsee im Winter«, hat Klaus einmal zu ihr gesagt. »tief und geheimnisvoll.«

Sie hatte gelacht, ihn geküsst und dieses warme Gefühl von da verspürt, das sie in seiner Nähe immer empfunden hat, all die vielen Jahre. Jetzt ist sie nur noch eine alte Frau am Ende ihres Lebens, auch, wenn sie heute ein Rendezvous hat. Sie lacht bei dem Gedanken, es klingt doch zu albern in ihrem Alter. Außerdem heißt das heute Date. Man datet sich, hat Lara ihr erklärt, und dass es dafür sogar Apps gibt und Singlebörsen. Sie hat aber nicht verstanden, wie das funktionieren soll. Es kann doch wohl nicht sein, dass sich da Menschen, die sich nie zuvor gesehen haben, zu einem Treffen verabreden. Eine schreckliche Vorstellung ist das. Es erinnert sie an alte Filme mit ihren Sklavenmärkten. Nein, für sie ist es völlig undenkbar, mit einem Mann, den sie kaum kennt, intim zu werden. Also, früher wäre das undenkbar gewesen, heute ist das ja ohnehin kein Thema mehr für sie. Aber, auch abgesehen vom moralischen Aspekt, findet sie diese Art des Kennenlernens auch überaus gefährlich. Schließlich kann man nicht wissen, ob man sich vielleicht mit einem Serienkiller trifft. Nein, sie beneidet die jungen Menschen heute nicht. Ihre Zeit war da eindeutig romantischer und aufregender gewesen. Man riss sich nicht nach dem ersten Kuss die Kleidung vom Leib und fiel übereinander her, wie das heute offenbar üblich war. Man ließ sich Zeit, viel Zeit. Sah man einen Jungen, der einem gefiel, flirtete man mit ihm, mit den Augen oder einem kleinen Lächeln. Kam man ins Gespräch, redete man über unverfängliche Dinge, verabredete sich zu einem Spaziergang oder zu einem Eis. Gefiel man sich wirklich, ›ging‹ man schließlich miteinander. Man hielt Händchen, aber bis man sich auch nur küssen ließ, verging oftmals geraume Zeit. Ja klar, auch in ihrer Jugend hatte es Mädchen gegeben, deren Hormone stärker waren als ihre Moral. Die warfen dann jede Vorsicht über Bord. Sie glaubten den Schwüren des jungen Mannes und wurden dafür bitter enttäuscht. Sie hatte es mehr als einmal erlebt, dass das einer Mitschülerin passiert war. Am nächsten Tag wollte der junge Mann plötzlich nichts mehr von diesem Mädchen wissen. Dafür prahlte er mit stolz geschwellter Brust mit seiner Eroberung. Wie oft hatte sie von ihrer Mutter gehört: »Inge, denk dran, Jungens wollen immer nur das eine. Ganz egal, was sie dir versprechen. Sie reden von Liebe, aber sie meinen etwas ganz anderes. Wirf dich bloß nicht weg, bewahre dich für den Mann, den du heiraten willst.«. Ihr waren diese ewigen Ermahnungen unangenehm gewesen. Schließlich hatte ihre Mutter keine Ahnung von der modernen Jugend. Sie muss lachen, wenn sie daran denkt, dass das wohl jede Generation von der vorangehenden geglaubt hat. Trotzdem war sie vorsichtig gewesen. Klar, sie hatte sich verliebt, mehrfach sogar. Hatte auf Parkbänken gesessen und geknutscht oder in Partykellern mit Jungens so eng aneinandergepresst getanzt, dass dem armen Kerl fast die Hose geplatzt wäre. Aber ihre Unschuld war intakt geblieben. Inge hält für einen Augenblick inne und überlegt, was das für ein blödes Wort ist: Unschuld. Ist man etwa schuldig, nur weil man kein Hymen mehr hat? Quatsch, das hat sich mit Sicherheit die Kirche ausgedacht und mit genau der gleichen Sicherheit gilt das nur für Frauen. Hat auch ihre Mutter schon gesagt: Denk immer dran, Jungens sammeln Erfahrungen. Sie dürfen sich die Hörner abstoßen, Mädchen dürfen das nicht. Die fallen tief und verlieren ihren guten Ruf. Kein Mann will ein Mädchen zur Frau, dass schon Erfahrungen gesammelt hat. Seltsam, ihr ist nie aufgefallen, wie unsinnig diese mütterlichen Ermahnungen waren. Was für ein frauenfeindliches Weltbild dahinterstand. Aus den Tiefen ihres Unterbewusstseins steigt eine Erinnerung hoch. Susanne, die Freundin ihrer Lehrzeit. Die hatte eine sehr ungewöhnliche Mutter gehabt. Die trug einen Turban und bodenlange, bunte Kleider. Sie rauchte Zigarillos, trank ständig Pernod und pfiff auf das, was die Leute redeten. Außerdem erzählte sie mit verblüffender Offenheit von den ›Kerlen, die sie gekannt hatte‹, da kam Moral nicht vor und Männer wollten auch nichts anderes als Frauen. »Kind, glaub nichts von dem, was man dir erzählt. Genieße dein Leben, solange du jung bist und pfeif auf alle moralinsauren Predigten. Ach ja, und nimm dich vor den Pfaffen in Acht, die predigen Wasser und saufen Wein fässerweise. Ein ganz verlogenes Pack ist das. Das einzig Wichtige im Leben ist die Liebe, merk dir das. Und dazu gehört auch die Sexualität, die macht alle Widrigkeiten erträglicher.« Dann hatte sie ihr lautes Lachen hören lassen, sich einen weiteren Zigarillo angesteckt und Rauchringe in die Luft gepustet. Sie hatte noch nie eine Frau das Wort

Sexualität aussprechen hören. Und aus dem Mund von Brigittes Mutter hörte es sich geheimnisvoll und verlockend an. So sehr sie diese Frau bewundert hatte, so wenig konnte sie die moralischen Schranken ihrer Erziehung über Bord werfen. Auch als die Zeiten freier wurden, die sexuelle Revolution über den Großen Teich geschwappt kam, blieb sie vorsichtig. Sie gab sich modern, hatte lockere Sprüche drauf, schwärmte für Elvis Presley und konnte Rock´n Roll tanzen, wie kaum eine Zweite. Mehr als Petting ließ sie trotzdem nicht zu. Und dann lernte sie in der Tanzstunde Klaus kennen. Den stillen, in sich gekehrten, freundlichen, schüchternen und doch so vertrauenswürdigen Klaus. Er bewunderte sie aus der Ferne. Sie spürte seine Blicke und gab sich Mühe, möglichst lasziv zu tanzen, so, als habe sie alle Erfahrung der Welt. Er forderte sie nie auf, sprach sie nicht an, lud sie zu nichts ein, er schaute sie nur an. Sie hatte begonnen, ihn zu provozieren, knutschte auf der Tanzfläche demonstrativ mit ... wie hatte der noch geheißen? Bernd? Volker? Peter? Keine Ahnung, aber er war auch unwichtig gewesen. Wichtig war ihr Klaus, obwohl sie selbst nicht sagen konnte, warum eigentlich. Vielleicht nur, weil er sich so wenig um sie bemühte, im Gegensatz zu vielen anderen. Oh ja, sie hatte eine Menge Verehrer gehabt, auch wenn Lara sich das heute bestimmt nicht mehr vorstellen kann. Aber es war ein Fremder gewesen, der sie in die Hölle gestoßen, ihr Leben zerstört, sie in zwei Teile zerrissen und liegengelassen hatte.

Inge schüttelt die Erinnerung ab und wirft noch einen letzten Blick in den Spiegel. Ihre Augen sehen jetzt dunkler aus, wie immer, wenn sie über etwas weinen möchte und es nicht kann.

Sie verlässt das Bad, zieht die neuen Schuhe mit dem kleinen Absatz an und hofft, sich darin keine Blasen zu laufen. Sie muss lachen, früher konnte sie mühelos auf den höchsten Absätzen lange Spaziergänge machen, ohne sich über Blasen den Kopf zu zerbrechen. Heute trägt sie fast nur noch Sportschuhe, flach und sicher, weil sie Angst hat, zu fallen. Diese sind eine Ausnahme, schließlich hat sie ja ein Date. Mit einem kleinen Lächeln auf den Lippen nimmt sie ihre Handtasche und macht sich auf den Weg.

Jonathan wartet im Park auf sie und sein Gesicht erhellt sich, als er sie kommen sieht.

»Du siehst toll aus, Inge, hast du dich für mich so in Schale geworfen?«

»Wo habe ich mich denn in Schale geworfen? Dieses Kleid habe ich bestimmt schon zehn Jahre im Schrank hängen. Ja, ich wollte es schon in den Altkleidersack stecken, aber dann dachte ich, für heute geht's schon noch mal.«

Jonathan lacht schallend und bietet ihr seinen Arm.

»Ich liebe deinen Humor, weißt du das? Mehr als alles andere liebe ich deinen Humor. Mit dir kann ich endlich wieder lachen und das tut verdammt gut. Meine Liebe, worauf hast du Lust, was sollen wir unternehmen?«

»Und ich liebe deine Art das Leben zu nehmen, wie es eben ist und das Beste daraus zu machen«, sagt Inge und lächelt zu Jonathan hoch. Er ist mehr als einen Kopf größer. Sie war nie groß, aber jetzt im Alter scheint sie täglich zu schrumpfen, selbst Lara mit ihren vierzehn Jahren, kann ihr schon auf den Kopf spucken.

»Lass uns um den See laufen, dann im Restaurant dort Kaffee trinken und Erdbeertorte essen, was hältst du davon?«

»Dein Wunsch ist mir Befehl, allerdings ziehe ich Apfelkuchen vor, wenn du nichts dagegen hast.«

»Nein, dagegen habe ich nichts, so viel Entscheidungsfreiheit muss man selbst einem Mann zugestehen,« nickt Inge und merkt schon jetzt, dass sich an ihrer rechten Ferse eine Scheuerstelle bildet.

Als sie den See, der nicht wirklich ein See, sondern eher ein Teich ist, zur Hälfte umrundet haben, beginnt sie zu hinken und Jonathan bemerkt es sofort.

»Was ist los? Nein, sag nichts, ich sehe es schon. Du hast neue Schuhe und dir darin jetzt eine Blase gelaufen, stimmt´s? Komm, da drüben ist eine Bank, und wie ich dich kenne, hast du in deiner überdimensionalen Handtasche bestimmt ein Pflaster?«

Inge nickt und humpelt an seinem Arm auf die Bank zu.

»Ich hätte Strümpfe anziehen müssen, dann wäre mir das sicher nicht passiert«, sagt sie und sieht kopfschüttelnd auf die leuchtend rote, bereits blutende Stelle an ihrer Ferse. »Es war mir aber zu warm für Strümpfe, und die neuen Schuhe wollte ich auch unbedingt anziehen, das habe ich nun davon.«

»Frauen!«, murmelt Jonathan, »die werden überhaupt nie erwachsen.« Er nimmt das Pflaster, zieht es vom Papier ab und bückt sich, um es Inge auf die Wunde zu kleben. Sie hält ihr Bein in die Höhe, was auch nicht mehr so einfach ist, wie es früher mal war. »Beeil dich«, stöhnt sie, »meine Zeit als Yogameisterin ist lange vorbei.«

Jonathan kommt mit hochrotem Gesicht in die Höhe und lacht. »Erledigt, du kannst dich entspannen und deinen Schuh wieder anziehen. Kannst ihn aber auch auslassen, dann trage ich dich zur Erdbeertorte.« Er breitet die Arme aus, als wollte er sie hochnehmen und Inge kichert wie ein junges Mädchen, als neben ihr eine anklagende Stimme sagt: »Mutter, was machst du denn hier?«

Inge fährt herum und sieht ihre Tochter Sarah, die mit empörtem Gesichtsausdruck mitten auf dem Weg steht.

Schnell schlüpft sie in ihren Schuh, ignoriert den Schmerz und streicht sich eine Strähne hinter das Ohr, die sich aus ihrem Knoten gelöst hat.

»Oh, hallo Sarah, das ist ja ein Zufall, was machst du hier, äh, und wo willst du hin?«

»Was ICH hier mache, ist wohl weniger die Frage, als was DU hier machst. Besser noch, was IHR hier macht?«

Sarah sieht kämpferisch zu Jonathan, der neben Inge vor

der Bank steht. Die betrachtet für einen Moment aufmerksam ihre Tochter, legt beschwichtigend die Hand auf Jonathans Arm und sagt fröhlich: »Die Gefangenen haben für zwei Stunden Freigang, wusstest du das nicht? Natürlich in Begleitung einer Aufsichtsperson, damit sie sich in der Öffentlichkeit anständig benehmen. Ist das nicht überaus großzügig von der Gefängnisverwaltung?«

»Ja, mach dich nur lustig über mich, Mutter, das ist wieder einmal typisch. Ist ja egal, dass ich dich besuchen wollte und wie eine Idiotin am Empfang zu hören bekam, dass meine Mutter außer Haus ist, weil sie eine Verabredung hat.«

»Das hättest du ganz leicht vermeiden können, mein Kind. Ein Anruf bei mir hätte genügt. Ich wäre gern zuhause geblieben, hätte ich gewusst, dass du kommst.«

»Ich wollte dich eben überraschen. Außerdem konnte ich nun wirklich nicht ahnen, dass meine Mutter in ihrem Alter noch Verabredungen hat.« Sarah ist nicht bereit, auf Inges Friedensangebot einzugehen.

Inge lacht und schaut zu Jonathan hoch. »Also, wenn ich ganz ehrlich bin, hätte ich das vor kurzem auch noch nicht für möglich gehalten. Die Welt ist voller Überraschungen.«

Als Sarah nichts sagt, sich aber auch nicht vom Fleck rührt, rückt Jonathan ein bisschen näher an Inge heran und macht eine einladende Handbewegung. »Möchten Sie sich nicht zu uns setzen, ihre Frau Mutter hat sich eine Blase gelaufen, sie braucht eine kleine Pause.«

Sarah schüttelt energisch den Kopf und antwortet kurz und knapp: »Danke, ich ziehe es vor zu gehen,« dreht sich entschlossen um und läuft den Weg zum Ausgang entlang.

Inge sieht ihr mit einem tiefen Seufzer nach. »Ich werde dieses Mädchen nie verstehen, egal, wie alt sie oder ich noch werden. Sie ist immer so ernst, nimmt alles so schwer, sieht überall Probleme, auch da, wo überhaupt keine sind. Ich verstehe ja, dass sie momentan in einer schwierigen Situation ist. Ihre Ehe, dann die Aufregung mit Lara. Das ist bestimmt nicht schön, aber nichts davon wird besser, wenn man alle Menschen vor den Kopf stößt.«

»Hm«, macht Jonathan und als er nichts weiter sagt, stupst Inge ihn an. »Was ›hm‹? kommt da noch was oder soll ich mir den Rest denken?«

»Ich weiß nicht, ob es dir recht ist, wenn ich mich da einmische, es geht mich ja eigentlich nichts an, aber …«

»Das liebe ich, Sätze anfangen und nicht beenden. Komm schon, wer gackert, muss auch legen.«

»Sie sah für mich nicht so aus, als wäre sie wütend, weil sie uns hier gesehen hat. Für mich sah sie eher ertappt aus. Wie ein Kind, dass bei etwas Verbotenem erwischt wird. Verstehst du, was ich meine?«

»Du glaubst, sie hat uns ihre Empörung nur vorgespielt? Sie wollte mich gar nicht besuchen, sondern war aus einem ganz anderen Grund hier im Park?«

»Genau. Angriff ist bekanntlich die beste Verteidigung. Könnte doch sein oder nicht? Auf alle Fälle hat sie überhaupt nicht damit gerechnet, dich hier zu treffen. Und wenn man ihr angeblich an der Anmeldung gesagt hat, dass du eine Verabredung hast, hätte sie sich doch vielleicht denken können, dass du hier im Park spazieren gehst. Sie wäre nicht so überrascht gewesen.«

»Schon möglich, vielleicht frage ich sie später mal«. Inge lacht leise und sagt dann, mit hektischen, roten Flecken auf den Wangen: »Weißt du, wie ich mich gefühlt habe, als ich plötzlich ihre empörte Stimme gehört habe? Ich habe mich gefühlt, wie mit 16 oder 17. Ich weiß nicht mehr genau, wie alt ich war. Da saß ich in einem ähnlichen Park. Ebenfalls auf einer Bank und allein war ich auch nicht. Ich hatte einen Freund, und wir haben uns geküsst. Am helllichten Tag, an einem Sonntagnachmittag. Skandalös, stell dir das mal vor. Vermutlich nicht nur ein Küsschen, sonst hätte ich meine

Mutter sicherlich kommen sehen. Habe ich aber nicht, erst als sie unmittelbar vor uns stand, und mit dem fast identischen Tonfall von Sarah sagte: ›Wir sprechen uns zuhause, mein Fräulein! ›, sind wir auseinandergefahren.« Inge schüttelt den Kopf, muss aber immer noch lachen. »Na ja, es waren andere Zeiten, und meine Mutter hat mir eine ziemliche Gardinenpredigt gehalten über das, was sich schickt und was nicht. Sie war rechtschaffen empört und sah mich schon in der Gosse enden. Wie du siehst, neigte sie ein bisschen zu Übertreibungen. Hm, mir fällt gerade auf, dass meine Sarah viel von ihr geerbt hat.«

»Tja, die eigenen Kinder kommen eben selten auf andere Leut oder der Apfel fällt nicht weit vom Birnbaum, oder wie heiß das gleich? So, so, du hattest also einen Freund, mit dem du auf Parkbänken geknutscht hast und ich darf dir nur Pflaster auf deine Wunden kleben. Findest du das fair?«

»Jonathan! Was redest du denn? Ich war 17 damals, nicht 77.«

»Na und? Wo steht, dass man mit 77 nicht mehr küssen darf?«

»Jetzt hör schon auf, das ist doch albern«, sagt Inge und erhebt sich energisch. »Los komm, du hast mir Erdbeertorte versprochen und die möchte ich jetzt auch haben.«

»Zu Befehl, meine schöne Dame, aber das Thema ist für mich noch lange nicht beendet, nur für heute.«

Als er sie nach knapp zwei Stunden zurück zur Residenz gebracht hat, ist Inge so in Gedanken, dass sie völlig vergisst, zu fragen, ob Sarah sie tatsächlich besuchen wollte. Erst als sie wieder oben in ihrem Zimmer ist, fällt ihr die Tochter ein. Sie greift nach dem Handy, um sie anzurufen, aber sie meldet sich nicht. Auch gut, denkt sie, vermutlich ist sie gekränkt und braucht erst mal eine Weile, um sich wieder zu beruhigen. Sie zieht ihre Schuhe von den brennenden und schmerzenden Füssen und stöhnt vor Wonne, als sie in ihre Hausschuhe schlüpft. Lieber Himmel, was hat sie nur auf die

Idee gebracht, sich in solche engen Schuhe zu quälen, wie konnte sie nur so dumm sein? Sie holt die Flasche mit dem Eierlikör aus dem Schrank, nimmt ein Glas und trägt beides zu dem kleinen Tischchen an ihrem Fernsehsessel. Sie muss nachdenken. Das geht am besten, wenn sie die Beine hochlegen und einen Eierlikör trinken kann. Jonathan. Es stimmt, sie sind sich die letzten Wochen nähergekommen. Ach was, nah gekommen sind sie sich, so nah, wie sie es niemals mehr für möglich gehalten hätte. Nicht körperlich, natürlich nicht, mehr auf eine besondere Art von Freundschaft. Nur ... war es vielleicht gar nicht Freundschaft? Sie nimmt das Glas mit dem Eierlikör hoch, vergisst aber zu trinken. *Was war das vorhin auf der Bank? Hat er mich wirklich küssen wollen oder war das gescherzt? Inge, du bildest dir da was ein,* ruft sie sich selbst zur Ordnung und trinkt das Glas mit zwei Schlucken leer. Meine Güte, ich bin 77, Jonathan ist zehn Jahre jünger als ich, nein, 12 Jahre sogar. Eine halbe Ewigkeit ist das. *Na ja,* meldet sich eine kleine Stimme in ihrem Inneren, *wäre ich 65 und er 77 wäre das doch völlig in Ordnung, niemand würde etwas dabei finden, oder*? Sie schüttet sich das Glas noch einmal voll und grübelt weiter. *Und selbst wenn das alles niemanden stören würde, was dann? Kann man denn in unserem Alter, in meinem Alter noch eine Beziehung anfangen? Mit allem, was dazu gehört? Wie sollte die aussehen?* Von irgendwoher kommt ihr eine Liedzeile in den Kopf ›Gruppensex im Altersheim, alles tanzt auf einem Bein‹, sie schüttelt sich angewidert und ist froh, dass das Telefon klingelt. »Sarah, schön, dass du dich meldest, ich habe es auch schon bei dir versucht, du hast aber nicht abgenommen.«

»Entschuldige bitte, dass ich nicht rund um die Uhr mein Handy bei mir trage, Mutter.«

»Lieber Himmel, Sarah, so habe ich das doch überhaupt nicht gemeint, ich wollte nur sagen, dass ich ...«

»Ja, ja schon gut, ich habe ja gesehen, dass du angerufen hast. Was wolltest du denn? Hast du dir noch weitere Blasen gelaufen, oder was?«

»Also wirklich, Sarah, was ist nur mit dir los? Ich werde doch noch mit einem Mann einen Spaziergang machen dürfen. Ich bin volljährig, falls du das vergessen haben solltest, gleich mehrfach sogar.«

»Genau das ist das Problem. Du hast dich da wirklich albern benommen, kapierst du das nicht? Weißt du, wie das aussah, als du mit hochgerecktem Bein auf der Bank gehockt hast, während der Typ mit seinem Kopf … nein, darüber möchte ich überhaupt nicht weiter nachdenken. Es war auf alle Fälle im höchsten Maße peinlich.«

»Wer hat es denn gesehen, und wem war es peinlich? Dir oder deiner bösen Fantasie? Meine Güte, Sarah, du glaubst doch nicht wirklich, ich würde …also nein, darüber will ich nicht einmal nachdenken, geschweige denn darüber reden. Das ist krank.«

»War klar, dass du es wieder einmal schaffen würdest, von dir abzulenken und es auf mich zu schieben. Das konntest du immer schon besonders gut. Aber, sag was du willst, ich habe gesehen, was ich gesehen habe und das war nicht schön, kann ich dir sagen.«

»Was du gesehen hast? Hast du den Verstand verloren, oder was? Ich habe auf einer Bank gesessen und weil ich mir in neuen Schuhen eine Blase gelaufen habe, hat mir mein Begleiter ein Pflaster auf die Ferse geklebt. Das hast du gesehen, und sonst gab es auch nichts weiter zu sehen, der Rest entspringt deiner Fantasie.«

»Ach ja? Ich habe dich schon von Weitem kichern hören, aber das ist sicher auch nur meiner Fantasie entsprungen. Ich wusste gar nicht, dass Blasen an den Füssen derart lustig sind.«

»Wir haben darüber gelacht, dass ich mich in meinem Alter noch in neue, zu enge Schuhe gequält habe, noch dazu ohne Strümpfe. Ist das neuerdings in deiner Moralvorstellung auch schon verboten?«

»Schon gut, du hast ja wie immer für alles eine Erklärung.«

»Du offensichtlich auch, mein Kind. Am Empfang wusste niemand etwas davon, dass du mich besuchen wolltest«, schießt Inge den Pfeil ins Blaue und da Sarah schweigt, fährt sie fort. »Könnte es nicht vielleicht eher so sein, dass DU dich ertappt gefühlt hast und jetzt mit aller Gewalt versuchst, mir etwas in die Schuhe zu schieben? Was wolltest du denn dort im Park? Du hattest doch nicht am Ende ein Date?«

»Ein Date? Mutter, wie redest du denn, du hörst dich an wie Lara, lass das bitte. Außerdem ist das lächerlich und natürlich wollte ich dich besuchen, das hat man bestimmt nur vergessen.«

»Natürlich, so wird es wohl sein, wenn du das sagst. Ist sonst alles in Ordnung? Hast du mit Lara noch mal reden können?«

»Ja, habe ich. Ich habe ihr sehr deutlich zu verstehen gegeben, was ich von dieser Aktion halte und dass in Zukunft bei uns ein anderer Wind wehen wird. Ich hoffe, sie nimmt es sich zu Herzen.«

»Wird sie schon, sie ist doch ein gutes Mädchen, nur gerade etwas durcheinander. Das sind die Hormone, sie kann da gar nichts für. Ich habe vor kurzem eine Reportage darüber …«

»Lass gut sein Mutter, ich weiß selbst was Hormone sind, musst du mir nicht erklären. Also, wenn sonst nichts ist?«

»Nein, eigentlich nicht. Mach es gut und grüß die Kinder von mir.«

»Mach ich, also, bis dann.«

Inge legt nachdenklich das kleine Handy weg und denkt über das Gespräch nach. Sie schwankt zwischen Ärger und Trauer. Warum ist es nur so schwer, mit der eigenen Tochter eine ganz normale Unterhaltung zu führen? Zwei erwachsene Frauen, vom gleichen Blut, und doch artet es jedes Mal in Streit aus. Egal, was sie sagt, es ist immer falsch und eben diese schrecklichen Anschuldigungen. Völlig aus der Luft gegriffen und schlicht empörend. Selbst lachen darf sie also nicht mehr, weil ihre Tochter das peinlich findet. Lächerlich ist das und sie wird sich diesen Schuh auch nicht anziehen. »Basta« sagt sie laut, so wie Klaus früher, wenn für ihn etwas endgültig ausdiskutiert war. »Basta, Sarah, ich bin erwachsen und mache zur Abwechslung mal das, was ich will.«

-29-

Zweimal hatte Stefan Ruttig sie angerufen und um ein Treffen gebeten. Einmal wollte er mit ihr ins Kino und danach zusammen Eis essen. Beides hat sie mit albernen Ausreden abgelehnt und sich hinterher über sich selbst geärgert. Zwar redet sie sich ein, den Kopf nicht freizuhaben, keinen neuen Mann in ihrem Leben gebrauchen zu können. Sie muss sich um ihre Kinder, besonders um Lara kümmern. Gleichzeitig weiß sie, dass das alles Unsinn ist. Abends, wenn sie allein in dem großen Boxspringbett liegt, das sie sich erst im vergangenen Jahr geleistet haben, gesteht sie sich ein, dass sie schlicht Angst hat. Was, wenn sich aus einem Treffen mehr entwickelt, vielleicht eine richtige Beziehung? Dann hat sie keinen Grund mehr, Axel ein schlechtes Gewissen zu machen, dann ist sie auch nicht besser als er. Noch ist sie schließlich verheiratet, und es besteht immerhin die Möglichkeit, dass ihr Ehemann zur Vernunft und zu seiner Familie zurückkommt. Sie streckt den Arm zu der leeren Betthälfte neben sich aus und stellt fest, dass Wut, Verzweiflung, ja selbst die Trauer verschwunden sind. Keine großen Gefühle mehr, nichts, nada. Was, zum Teufel, hindert sie also daran, die Einladung eines netten Mannes anzunehmen? Zumal einem, der sich nicht einmal von ihrer pubertierenden Tochter abschrecken lässt? Sie braucht aber noch eine ganze Woche, um den Gedanken zuzulassen, der sich ihr immer wieder aufdrängt und den sie doch um keinen Preis zu Ende denken will. Sie will Axel nicht so einfach davonkommen lassen, das ist der einzige, ziemlich schäbige Grund. Trifft sie sich mit einem anderen Mann, geht vielleicht sogar eine neue Beziehung mit ihm ein, ist ihr untreuer Ehemann moralisch entlastet. Das ist es, was sie nicht zulassen kann, er soll unter seinen Schuldgefühlen leiden, so wie sie unter seinem Verrat gelitten hat. Als sie das begreift, setzt sie sich im Bett auf, knipst die Nachttischlampe an und betrachtet erneut die leere Betthälfte. Sie gibt sich große Mühe, Axel dort liegen zu sehen, aber es gelingt ihr nicht. Es bleibt, was es ist: ein leeres Bett. Am nächsten Morgen hat sie Ruttig angerufen und ihn ins Seerestaurant eingeladen. Ja und dann hat sie ihre Mutter gesehen. Ach was, zuerst hat sie dieses Gekicher von ihr gehört. Wie ein Schulmädchen hat sie dort auf dieser Bank gesessen und ihr Bein hochgehalten, an dem sich dieser Mann zu schaffen gemacht hat, der sich in letzter Zeit oft bei ihr rumtreibt. Mit allem hat sie gerechnet, aber nicht mit ihrer Mutter. Das fehlt noch, dass die mitkriegt, dass sie sich mit einem Mann trifft. Schließlich ist Axel ihr Liebling und natürlich ist sie überzeugt davon, dass ihre Tochter ihn in die Arme anderer Frauen getrieben hat. Nein, ausgesprochen hat sie das nie, aber Sarah weiß genau, dass Inge es denkt. Darum will sie auf gar keinen Fall, dass ihre Mutter davon erfährt, und ist wütend auf sie losgegangen. Zu Recht, wie sie findet. Es gehörte sich einfach nicht für eine Frau ihres Alters, sich in der Öffentlichkeit derart peinlich aufzuführen. Aus ihrem Auto hat sie Ruttig angerufen und was von einem vergessenen Termin erzählt und einen anderen Treffpunkt vorgeschlagen. Na ja, und dann ist es erst so richtig peinlich geworden …

Sie saßen an einem Zweiertisch in einer kleinen Bodega

und sie erzählte fantasievoll vom Anruf ihres Zahnarztes, der angeblich auf sie gewartet hatte. Wie sie sich in aller Eile die Zähne geputzt und dann dort hingerast war. »Keine große Sache, nur ein Kontrollbesuch, aber es war mir doch sehr peinlich«, hatte sie gelacht und an ihrem Rotwein genippt.

»Und Ihr Zahnarzt hat seine Praxis direkt im Humboldpark?«, hatte Ruttig scheinbar harmlos nachgefragt und dabei die Augenbrauen in die Höhe gezogen.

»Im Humbold … nein, also, nicht direkt.« Bevor sie sich weiter in dummen Ausflüchten verstricken konnte, hatte sie ihr Glas abgestellt und gesagt: »Okay, ich bekenne mich schuldig. Ich habe gelogen und leider völlig vergessen, dass ich hier mit einem Polizisten sitze. Ich war nicht beim Zahnarzt, aber woher wissen Sie das?«

»Ich habe Sie gesehen und mich gefragt, warum Sie wie ein aufgescheuchtes Huhn Richtung Ausgang gerannt sind, wo unser Treffpunkt doch in die entgegengesetzte Richtung führte. Kurz nachdem Sie verschwunden waren, kamen Ihre Mutter und Jonathan Brinkmann um die Ecke und hielten Kurs auf das Seerestaurant. Da habe ich eins und eins zusammengezählt, und da kam auch schon Ihr Anruf. Verraten Sie mir kurz, warum Sie nicht direkt gesagt haben, Sie würden gern woanders hingehen? Wozu diese verrückte Story mit dem vergessenen Zahnarzttermin?«

»Ja, tut mir leid, aber mir war das so schrecklich peinlich, ich meine, was hätten Sie gemacht, wäre es Ihre Mutter gewesen?«

»Mich erst gewundert und dann sehr gefreut, sie ist schließlich seit fast 10 Jahren tot. Aber was ist peinlich daran, wenn man seine Mutter trifft? In einem öffentlichen Park, nicht in einer Spelunke auf St. Pauli?«

»Aber Sie haben doch gerade selbst gesagt, dass sie nicht allein war, sondern mit diesem Typ zusammen, der mit ihr angeblich nur Backgammon spielt.«

»Mein alter Freund Jonathan, ja und? Haben Sie was

gegen ihn? Ich kenne ihn seit einer Ewigkeit, er ist der anständigste Kerl unter der Sonne. Ich verbürge mich für ihn.«

»Dann finden Sie es also völlig normal, dass eine 77-jährige Frau mit einem wesentlich jüngeren Mann zusammen auf einer Bank sitzt und so laut kichert, dass man sie schon von weitem hören muss?«

»Nein, normal ist das vermutlich nicht, die wenigsten 77-jährigen haben einen wesentlich jüngeren Begleiter, der sie zum Kichern bringt, leider. Ein Grund zur Flucht ist das für mich aber nicht.«

»Könnte es vielleicht sein, dass Sie sich über mich lustig machen, Herr Oberkommissar?« Sarah hatte ihr Glas leergetrunken und fühlte sich leicht benommen. Der Rotwein war offenbar schwerer, als sie angenommen hatte.

»Ein bisschen vielleicht, Sie sind nämlich sehr hübsch, wenn Sie so empört gucken.«

Sarah winkte ab und hielt Ruttig ihr Glas hin. »Wie sieht's aus, bekomme ich noch etwas zu trinken?«

»Sehr gerne, aber bitte erzählen Sie später nicht, ich hätte Sie erst betrunken und später willenlos gemacht«, lachte er und Sarah starrte fasziniert auf sein Grübchen.

»Mich macht kein Mann willenlos, ich vertrage einen Stiefel«, versicherte sie und nahm einen sehr großen Schluck aus ihrem Glas.

»Sie können sagen, was sie wollen, aber ich finde es nicht normal, dass sich dieser alte Kumpel von Ihnen so bei meiner Mutter einschleimt. Ich meine, was will er denn von ihr? Lieber Himmel, sie ist 77. Eine alte Frau mit einem Herzleiden. Hat er einen Mutterkomplex oder geht's ihm um ihr Geld?«

»Waren Sie immer schon so misstrauisch, Sarah? Ich meine, Sie kennen den Mann doch offenbar überhaupt nicht, haben aber trotzdem eine Menge Vorurteile gegen ihn. Ob er einen Mutterkomplex hat, kann ich nicht beurteilen, aber an Geld ist er sicherlich nicht interessiert. Er hat selbst mehr als genug. Ist Ihnen noch nie der Gedanke gekommen, dass er Ihre Frau Mutter ganz einfach gern hat? Dass sie gemeinsame Interessen haben, sich gut verstehen? Das alles kann doch völlig harmlos sein oder haben Sie Grund zu der Annahme, dass es anders ist?«

»Keine Ahnung, wenn ich das wüsste. Nur, der Anblick da vorhin, ist mir schon ziemlich auf den Magen geschlagen.« Sarah hatte auch ihr zweites Glas geleert und ihre angespannte Haltung fiel langsam von ihr ab. Jetzt begann sie sogar zu kichern, erst leise und verstohlen, dann immer lauter, bis sie sich verschluckte und zu husten begann. »Meine Mutter hat ne Affäre«, keuchte sie zwischen weiteren Hustenanfällen. »Meine 77-jährige Mutter hat sich nen Kerl an Land gezogen, der fast ihr Sohn sein könnte. Ist das nicht wirklich schrecklich komisch?«

Ruttig brachte das leere Glas in Sicherheit und gab der Bedienung ein Zeichen.

»Ich glaube, wir sollten jetzt erst einmal etwas essen. Der schwere Wein auf nüchternen Magen, das geht nicht lange gut. Worauf haben Sie Appetit, Sarah? Hier, werfen Sie einen Blick in die Speisekarte.«

Mit einem glucksenden Geräusch beendete sie ihren Lachanfall, wischte sich eine Träne aus dem Augenwinkel und holte aus ihrer Tasche einen kleinen Schminkspiegel hervor.

»Oh Gott, ich sehe furchtbar aus. Ich muss erstmal, also, so geht das nicht, ich bin gleich wieder da. Bestellen Sie irgendwas, mir ist es egal.« Damit erhob sie sich, hielt sich für einen Augenblick am Tisch fest und steuerte dann, leicht schwankend, die Waschräume an.

Ruttig sah ihr nach, lachte und schüttelte den Kopf. Er wurde nicht recht schlau aus dieser Frau, was aber seiner Sympathie und seinem Interesse an ihr keinen Abbruch tat.

Sarah stand vor dem kleinen Waschbecken und starrte in den Spiegel. Der Mascara hatte Spuren unter ihren Augen hinterlassen. *Du siehst aus, wie ein Panda auf Crack*, würde Lara sicherlich sagen, dachte sie amüsiert. Vorsichtig wischte sie mit einem nassen Papiertuch die schwarzen Flecken weg und schminkte zumindest ihre Lippen neu. Dann hielt sie beide Handgelenke unter fließend kaltes Wasser und ließ es über die Innenseiten laufen, da, wo die Haut zart und dünn und der Puls zu sehen ist. Angeblich sollte das helfen, einen klaren Kopf zu bekommen, wenn man ein bisschen viel Alkohol erwischt hatte. »Jetzt reiß dich mal zusammen«, sagte sie laut in den leeren Raum, »der muss dich doch für komplett bescheuert halten.«

Zurück am Tisch lächelte sie Ruttig an und zeigte auf Brot und Knoblauchmayonnaise. »Dafür würde ich glatt sterben, ich liebe Aioli, woher wussten Sie das?«

»Würde gern für mich in Anspruch nehmen, es erraten zu haben, aber leider gehört das hier zum Service«, lachte Ruttig und reichte ihr den Brotkorb an.

»Da ich bisher noch viel zu wenig über Ihre Vorlieben bzw. Abneigungen weiß, habe ich eine Paella bestellt, ich hoffe, das trifft ihren Geschmack?«

»Gleich nach Aioli kommt Paella«, versicherte Sarah ihm und schloss genießerisch die Augen. »Ich liebe die spanische Küche, mag aber auch die italienische, asiatische und sogar die deutsche, wenn nicht alles in Soßen ertränkt wird.«

Ruttig nickte. »Stimmt, das ist oft zu viel des Guten, obwohl regional sehr unterschiedlich. Allerdings gestehe ich unumwunden, dass ich ein Soßenfreak bin, aber nur da, wo sie auch hinpasst. Soll ich Ihnen mein peinlichstes Geheimnis verraten? Wenn es bei uns früher Sauerbraten gab, hat meine Frau immer eine extra Soßiere neben meinen Teller gestellt. Von der Soße blieb nie etwas übrig.«

Sarah lachte und kaute glücklich auf dem frischen Brot, das sie reichlich mit Aioli bestrichen hatte.

»War Ihre Frau eine gute Köchin?«

»Ja, das war sie, aber wir sind nicht hier, um über meine Frau zu reden. Wie geht es mit Lara? Haben Sie sich wieder vertragen oder herrscht immer noch Eiszeit bei Ihnen zuhause?«

»Eiszeit nicht, eher so eine Art Burgfrieden. Wir lassen uns weitestgehend in Ruhe. Sie erledigt tatsächlich ihre Aufgaben und ist ansonsten mit ihrem Freund beschäftigt. Größere Zusammenstöße gab es nicht mehr.«

»Klingt doch nicht so schlecht, oder?«

»Na ja, ich vermisse die alte Nähe und Vertrautheit, die es früher zwischen uns gegeben hat, davon ist überhaupt nichts mehr da. Wir sind wie zwei Fremde, die zufällig im gleichen Haus wohnen.«

»Vielleicht muss das so sein? Sie muss sich ja abnabeln, vom Kind zur jungen Frau werden? Keine Ahnung, bei uns ist es ja noch nicht ganz so weit. Ich kann nur hoffen, dass es nicht allzu schlimm kommt. Wenn doch, bekomme ich dann bei Ihnen Asyl?«

»Wenn ich dafür eine von Ihren Riesengarnelen bekomme, überlege ich es mir vielleicht«, lachte Sarah und zeigte auf die Paella, die gerade auf einem kleinen Extratisch serviert wurde.

»Nein, der Preis ist mir zu hoch«, Ruttig schüttelte energisch den Kopf. »Essen Sie die auch so gerne? Hätten Sie doch was gesagt, dann hätten wir eine Extraportion bestellt.«

»Ach was, schon gut, war doch nur ein Scherz, aber ja, ich mag sie gern. Immer schon, alles, was aus dem Meer kommt, liebe ich.«

»Sind Sie Krebs oder woran liegt das? Ich habe von Sternzeichen leider so gar keine Ahnung.«

»Ich bin Skorpion, ich steche und vergesse nie, wenn mich jemand verletzt hat.«

»Gefährliche Frau, dann muss ich ja höllisch aufpassen, was ich sage.«

»Das kann ich Ihnen nur raten, mein Stich kann tödlich sein«, nickte Sarah. »Was sind Sie denn?«

»Wie bitte? Ach so, ich bin Fisch, ein kalter, aalglatter

Fisch. Passen wir zusammen oder sollten Sie jetzt umgehend die Flucht ergreifen, damit ich die Paella ganz allein essen kann?«

Ruttig verzieht keine Miene, sieht vollkommen ernst aus und Sarah zieht ihr Smartphone aus der Tasche. »Das könnte Ihnen so passen. Wollen wir erst mal sehen, was diese angeblich ernstzunehmende Parawissenschaft dazu zu sagen hat. Ah, hier: Der Fische-Mann trifft die Skorpion-Frau mitten ins Herz, weil er emotional mit ihr auf einer Wellenlänge schwingt. Der oftmals etwas naive und gefühlshungrige Fisch genießt die tiefe Liebe des Skorpions und lässt sich auch von Gefühlsausbrüchen nicht irritieren. Sind Sie naiv und gefühlshungrig?«

»Im Augenblick eher Paella hungrig und außerdem diese blöde Siezerei leid. Spricht irgendetwas dagegen, wenn wir uns duzen, oder bin ich da schon zu gefühlshungrig?«

»Natürlich nicht, ich heiße Sarah, wie du ja schon weißt und du bist Stefan. Komischer Name für einen Fisch.« Sarah kicherte schon wieder, das dritte Glas war fast leer und sie fühlte sich locker und sehr beschwingt.

»Das stimmt, die heißen sonst Wanda oder Nemo, aber auf keinen Fall Stefan«, lachte Ruttig und hielt ihr sein Glas zum Anstoßen entgegen.

Es war spät, sehr spät, als sie die kleine Bodega verließen. Niemand sagte ein Wort, aber Sarah griff ganz selbstverständlich nach Stefans Arm.

»Ich glaube, ich brauche eine Gehhilfe, die Straße schaukelt hier so furchtbar, merkst du das auch?«

»Ja, ganz schrecklich, wir sollten uns unbedingt gegenseitig festhalten, damit wir nicht fallen«, stimmte Ruttig zu und legte seine Hand auf die ihre.

»Wie kommen wir denn jetzt nach Hause, du Stefan du? Wir haben beide gaaaanz viel Rotwein getrunken, fahren dürfen wir nicht mehr, sonst schimpft die Polizei mit uns.«

Sarah hatte ein bisschen Probleme mit der Aussprache und sprach daher sehr langsam.

»Ich bin die Polizei, hast du das etwa vergessen? Aber du hast natürlich recht, wir lassen die Autos stehen und nehmen uns ein Taxi, ok?«

»Sehr ok, und wohin soll uns dieses Taxi bringen, zu dir oder zu mir?« Sarah schaute von unten zu Ruttig hoch, lehnte ihren Kopf an seinen Arm und klimperte mit den Wimpern.

»Ich denke, wir bringen erst einmal dich nach Hause, du musst ins Bett. Danach bringt der Fahrer dann mich heim, einverstanden?«

»Nein, du Fisch, das will ich nicht, ich will noch nicht nach Hause. Nimmst du Klein-Sarah mit zu dir?«

»Nur zu gerne, aber nicht heute Nacht. Wir haben beide zu viel getrunken und ich will nicht morgen neben einem Kater auch noch Schuldgefühle haben, weil ich deinen Zustand ausgenutzt habe.«

»Du bist ein Fisch, ein kalter Fisch und reden tust du auch viel zu viel, könntest du mich nicht einfach küssen? Nur so ein klitzekleines Küsschen, weißt du?«

Ruttig lachte und winkte einem Taxi, das auf der anderen Straßenseite vorbeifuhr. Der Fahrer sah es und wendete mit quietschen Reifen.

»Komm, unser Taxi ist da, küssen können wir uns noch lange genug. Vorsicht, der Bürgersteig ist hoch«, sagte er und hielt Sarah fest, die unsicher auf ihren hohen Absätzen zum Taxi wankte.

Der Fahrer lachte: »Bisschen Schlagseite, Ihre Frau? Das werden die besten Nächte, ich spreche da aus Erfahrung.«

»Schön für Sie«, antwortete Ruttig, »aber wir bringen die Dame nur nach Hause, anschließend dann mich.«

Der Fahrer nickte, aber man sah ihm deutlich an, was er dachte.

-30-

Lara sieht ihrer Mutter nach, wie sie in ihr Auto steigt und aus dem Carport fährt. Sturmfreie Bude, denkt sie und überlegt, was sie damit anfangen könnte. Nicht viel, fällt ihr ein, da die Nervensäge Lars ja immerhin noch da ist. Sie läuft rüber in sein Zimmer und stellt fest, dass es leer ist. Wo steckt der denn? Sie hat gar nicht mitgekriegt, dass er weggegangen ist. Sie zieht das Smartphone aus der Tasche und ruft ihn an. »Was???«, meldet er sich.

»Wo bist'n und wann kommst'e nach Hause?«

»Was geht'n dich das an??«

»Nur so, also was jetzt?«

»Glaubst du ich bin blöd? Ich weiß, was du vorhast, kostet dich nen Fünfer, sonst erzähl ich's Mama.«

»Du dummes Kind! Von mir aus, also wann denn jetzt?«

»Nicht vor acht, eher etwas später. Mama kommt gegen zehn hat sie gesagt, also mach was draus.«

»So ein blöder Penner«, schimpft Lara vor sich hin und läuft zurück in ihr Zimmer. Sie wählt erneut eine Nummer und ihre Stimme klingt ganz anders, als Arne sich meldet. »Hi, hast du Lust rüberzukommen, ich bin allein und mir ist voll langweilig.«

»Hältst du das für eine gute Idee? Hast du vergessen, wie deine Mom reagiert hat, als wir das letzte Mal allein im Haus waren?«

»Die ist nicht da, hat ein Date mit diesem Bullen, also soll die mal ganz still sein. Kannst du dir das vorstellen? Mit nem Bullen, meine Mutter hat ein Date mit einem Bullen, echt krass, oder?«

»Na ja, sind auch Menschen, irgendwie. Okay, ich habe nichts vor, wann soll ich da sein?«

»Jetzt«, sagt Lara und beendet das Gespräch.

Sie schafft es gerade noch, die neue Jeans mit dem bauchfreien Top anzuziehen, da klingelt es auch schon und Arne steht mit rotem Gesicht vor der Tür.

»Hey, bist du geflogen oder wie hast du das so schnell geschafft?«

»Fast, aber jetzt ist mir echt heiß, ich brauche was zu trinken. Hast du ne Cola oder so?«

»Klar, geh schon vor, ich hole was.«

Mit Cola und Chips bewaffnet öffnet sie die Tür zu ihrem Zimmer. Arne liegt lang ausgestreckt auf ihrem Bett.

»Was ist los? Warum rast du denn bei der Hitze auch wie ein Gestörter? Hier, die ist saukalt.« Sie reicht ihm die Dose rüber und sieht zu, wie er sie hastig leert.

»Geht's besser?«

»Klar, war nur durstig, keinen Stress. Komm, setzt dich zu mir, du bist viel zu weit weg.«

Lara wartet, ob er etwas zu ihrem neuen Outfit sagt, aber das tut er eigentlich nie. Darum lässt sie sich nach einem Augenblick langsam an seiner Seite nieder. Sie haben sich die letzten Wochen oft getroffen, zum Fahrradfahren oder zum Abhängen, waren aber nie allein. Alle wissen, dass sie ein Paar sind, aber irgendwie hat Lara sich das anders vorgestellt. Arne sind seine Kumpels wichtiger, vor allen seine Band, und er scheint kein großes Interesse daran zu haben, mit ihr allein zu sein. Lisa behauptet, sie hätte es ihr gleich gesagt, dass ihr

Bruder ein Arsch ist, aber das will sie eigentlich nicht hören. Jetzt sind sie allein, aber auch das fühlt sich plötzlich strange an.

»Hast du heute keine Probe?«, fängt sie an, um die eigene Unsicherheit zu überspielen.

»Doch, später, jetzt noch nicht. Komm mal näher, du bist immer noch zu weit weg.«

Lara rutscht an ihn heran und ihr Herz beginnt wieder heftig zu klopfen. Er nimmt sie an der Schulter, dreht sie zu sich um, und legt dann völlig unvermittelt eine Hand auf ihren Busen.

»Spinnst du????«, Lara springt vom Bett auf, »was soll das denn jetzt, du kannst mich doch nicht so antouchen!«

»Hey, chill mal, ich dachte wir sind nen Paar, oder was?«

»Ja, schon, aber …«

»Was aber? Wir sind zusammen, aber anrühren darf ich dich nicht? Bist du ein Baby, oder was?«

»Quatsch Baby, deine Hand war eiskalt von der Cola und na ja, mich plötzlich so antouchen, wo wir uns noch nicht mal geküsst haben oder so …«

»Tja, wer wollte das denn nie, wenn irgendwer dabei war? Du bist schon strange, weißt du das?«

»Ich bin strange? Was bist du denn dann? Andauernd sind deine blöden Kumpels wichtiger als ich. Dann hau doch gleich ab, Vollpfosten, ich brauche dich nicht.«

Arne springt auf, zuckt die Schultern und sagt auf dem Weg zur Tür: »Wenn du meinst, dann gehe ich eben. Du bist halt wirklich noch ein Baby. Rufst mich, weil deine Mutter nicht da ist, und dann machst du auf … ach, was weiß ich? Ganz schön uncool, meinst du nicht?«

Lara steht da und starrt ihm nach, bis die Tür unten ins Schloss fällt. Erst dann schmeißt sie sich auf ihr Bett und bricht in bittere Tränen aus. Wie konnte das so scheiße laufen? Hätte sie doch bloß den Mund gehalten. Morgen wird die ganze Schule wissen, wie peinlich sie ist. Und Arne hat sie für immer verloren, der ist fertig mit ihr, das steht fest. Sie schluchzt heftig, nimmt aber Lisas Anruf an.

»Ey, was ist los, warum heulst du?«, fragt die Freundin erschrocken.

»Ich bin soooo dumm«, Lara schluchzt heftiger. »Arne war hier und er wollte, er hat …boh ne, ich bin so ne blöde Kuh, das gibt es gar nicht Jetzt ist es aus, er ist gegangen und will nichts mehr mit mir zu tun haben.«

»Ich verstehe kein Wort, echt. Was wollte er und warum bist du ne blöde Kuh?«

»Wir lagen so auf meinem Bett und haben geredet. Plötzlich hat er mich angetouched. Einfach so, weißt du, was ich meine? Ich wollte das so nicht, habe mich halt voll erschreckt und er hat gesagt, ich wäre voll das Baby und dann ist er gegangen. Was soll ich denn jetzt machen?« Lara schluchzt erneut heftig und schnieft verzweifelt.

»Mein Bruder ist ein Arsch, habe ich dir doch gesagt. Lohnt sich echt nicht, sich um den nen Kopf zu machen. Komm, hör auf zu heulen, der beruhigt sich schon wieder und wenn nicht, scheiss auf ihn. Sein Problem, nicht deins.«

»Du hast ja keinen Plan, ich liebe den doch voll und wenn der jetzt überall rumerzählt, wie strange ich mich aufgeführt habe …«

»Macht er nicht, sonst kriegt er's mit mir zu tun, versprochen. Er kommt übrigens grad, sieht irgendwie angepisst aus.«

»Sag bloß nichts, Lisa, bitte, bitte, sag ihm nicht, dass ich dir was erzählt habe, versprich's mir.«

»Nee klar, mach ich nicht, der ist außerdem schon wieder weg, hat Bandprobe.«

»Was mache ich denn jetzt morgen in der Schule?«

»Ganz gechillt bleiben und so tun, als ging's dir super. Mach auf cool. Lass den Hirni bloß nicht merken, dass du geheult hast. Häng mit Ole ab, der steht doch mega auf dich. Ja, genau, tu so, als wäre alles super und beachte ihn nicht.«

»Aber dann denkt er bestimmt, ich scheiss auf ihn, das will ich doch nicht.«

»Süße, mein Bruder is‹ viel zu blöd zum Denken. Also, ich würde es genau so durchziehen, wie ich gesagt hab. Ich muss jetzt zum Klavierunterricht, wir sehen uns morgen, fahr runter und hör auf zu heulen.«

Lara schmeißt das Handy wütend zur Seite. Jetzt ist sie sauer, weil Lisa ihren Kummer überhaupt nicht schnallt. Sie kann sich safe nicht vorstellen, wie das ist, wenn man so mega verknallt ist. Da hängt man nicht mal so easy mit diesem Ole ab und macht auf gechillt. Als das Handy erneut klingelt, ist sie sicher, dass Lisa auch gemerkt hat, dass das eine Scheißidee war.

»Hast du's endlich kapiert?«, schluchzt sie, aber der Anrufer ist nicht Lisa, es ist Oma Inge, die natürlich sofort schnallt, dass was nicht stimmt.

»Kind, was ist passiert? Hat dir jemand was getan, oder hast du Schmerzen? Sag doch was. Lara, nun wein doch nicht so, es wird bestimmten alles wieder gut. Hast du Streit mit deiner Mama gehabt, Ärger in der Schule oder vielleicht Liebeskummer? Ja genau, wenn ich mich richtig erinnere, weint man in deinem Alter nur so schrecklich, wenn man Liebeskummer hat, stimmt's?«

»So ein Müll, ich habe keinen Liebeskummer, der soll sich doch verpissen, mir egal.«

»Und weil er sich verpissen soll, weinst du dir die Augen aus?«, fragt Inge liebevoll nach.

»Nee, deswegen nicht, nur weil der so ein dummes Arschloch ist.«

»Ja, Männer sind manchmal etwas sonderbar, das stimmt. Sie denken anders als wir Frauen. Wie heißt er denn, dieser Junge, um den du so weinst?«

»Arne, und er ist auf jeden Fall ein dummes Arschloch, du hast ja keinen Plan.«

»Das kann schon sein, zumindest ist es ziemlich lange her, dass ich mal um einen Jungen geweint habe.«

»Und? Was hast du dann gemacht?« Lara ist nur mäßig interessiert, aber die Ablenkung tut ihr grad gut.

»Das weiß ich gar nicht mehr. Du kannst dir das jetzt bestimmt nicht vorstellen, aber irgendwann wirst du auch nicht mehr wissen, warum du heute so traurig warst. Als ich so alt war, wie du jetzt, war das, was zwischen Jungen und Mädchen so passiert, noch mit allerlei Verboten belegt. Ein Mädchen musste zum Beispiel immer schön abwarten, bis der Junge den ersten Schritt machte. Egal, um was es ging. Sie konnte nur versuchen, irgendwie seine Aufmerksamkeit zu erregen und dann hoffen und beten. Ich erinnere mich an meine Tanzstundenzeit. Geht ihr heutzutage eigentlich noch in die Tanzstunde? Eher nicht, oder? Aber damals war das üblich, man musste tanzen lernen. Dann stand man sich gegenüber, natürlich mit ordentlichem Abstand. Auf ein Zeichen vom Tanzlehrer stürzten die jungen Männer sich auf das Mädchen, das ihnen am besten gefiel. Für die Hübschen und die, die schon Busen hatten, war das ein Triumph, weil sich gleich drei oder vier Kavaliere vor ihnen versammelten. Für alle anderen eine eher traurige Angelegenheit, sie waren immer die 2. Wahl.«

»Als ob ich bei sowas mitgemacht hätte, so ein Scheiß.«

»Doch, hättest du. Man hatte gar keine Wahl, man musste den Mund halten und hoffen, dass sich ein Junge deiner erbarmte. Und dann gab es den Mittelball und den Abschlussball, beides wichtige Ereignisse, in die man viel investierte. Es gab ein Mittelballkleid und natürlich ein Abschlussballkleid, auf keinen Fall durfte es das gleiche sein. Die Jungs wurden in dunkle Anzüge und Fliege gesteckt, und den meisten sah man an, wie unwohl sie sich darin fühlten. Vor allem wir Mädchen wurden wie die Pfingstochsen geschmückt. Alles schon im Hinblick auf einen künftigen Ehemann. Ja und dann mussten wir trotzdem wieder warten, ob und wer uns einlud, mit ihm zum Mittel – oder Abschlussball zu gehen. Fragte dich keiner, musstest du mit demjenigen gehen, der übrigblieb, weil die von ihm gefragten Mädchen allesamt abgelehnt hatten. Vermutlich war das für diese Jungens auch eine schlimme Erfahrung, aber darüber habe ich damals nicht nachgedacht. Ich hatte großes Glück, kann ich dir sagen. In meinem Jahrgang war Rolf, ein Kerl wie aus dem Bilderbuch. Groß, schlank, dunkle Haare, braune Augen, Typ Rhett Butler, aber den kennst du bestimmt nicht mehr. Alle Mädchen kriegten weiche Knie, wenn Rolf sie nur ansah. Wirklich wahr, Rolf hatte die absolut freie Auswahl. Er war der Hahn im Hühnerhof, und keine Henne hätte seine Einladung abgelehnt. Ja, was soll ich dir sagen, er fragte mich. Ich erinnere mich gut, dass ich vor lauter Aufregung fast tot umgefallen wäre. Rolf, der Schwarm aller Mädchen, wollte mit mir zum Mittelball gehen, ich konnte mein Glück kaum fassen. Zu Hause habe ich stundenlang Frisuren ausprobiert, Kataloge nach dem richtigen Kleid durchwühlt, kaum noch geschlafen. Ich war krank vor lauter Liebe zu Rolf. Es störte mich nicht, dass er mich eigentlich kaum beachtete, nicht mit mir sprach, nur mit seinen Freunden rumhing. Ich würde mit Rolf zum Mittelball gehen, das war alles, was zählte. Nun gehörte es allerdings auch zur Tradition, dass der junge Mann die Mutter des Mädchens zu einem Tanz auffordern musste, und ich ahnte Schlimmes. Ich kannte ihre Art und fürchtete sie, sie würde etwas finden, was ihr nicht gefiel, da war ich mir sicher. Als der große Tag hereinbrach, war ich so aufgeregt, dass ich weder essen noch trinken konnte. Meine Mutter hatte mir ein Kleid genäht, und unsere Nachbarin kam rüber, um mir die Haare zu machen. Das war ein Akt, das kannst du dir heute nicht mehr vorstellen. Unser aller Vorbild war Farah Diba, die Frau, die mit dem Schah von Persien verheiratet war. Heute ist das der Iran. Und besagte Dame trug eine sehr komplizierte Hochsteckfrisur, die wir alle nur mit einem künstlichen Haarteil erreichen konnten.

Natürlich besaßen alle Mädchen so ein Ding, dass mit einer Unmenge an Haarnadeln auf dem Kopf befestigt werden musste. Ich fand mich toll, auch wenn du heute wahrscheinlich einen Lachanfall bekommen würdest. Ich war ja nicht sehr groß, und wirkte daher mit dieser überdimensionalen Haarpracht völlig unproportioniert, was mir nicht auffiel. Anderen auch nicht, weil alle so aussahen. Natürlich holte Rolf uns ab, mit einem Blumenstrauß für meine Mutter. Auch der geübte Diener samt Handkuss für sie fehlte nicht. Wir nahmen tatsächlich ein Taxi, eine Seltenheit zur damaligen Zeit, aber mit meinen hohen Absätzen hätte ich den Ballsaal zu Fuß nie erreicht. Ich schwebte also am Arm von Rolf über das Parkett und war im siebten Himmel. Ich fühlte mich großartig, bildschön und durch nichts zu erschüttern. Ich hatte meine Mutter vergessen, sie schaffte es mühelos, dieses Gefühl zu zerstören. In einer Tanzpause gingen wir zusammen zur Toilette und natürlich fragte ich aufgeregt: ›Und, wie findest du ihn?‹ Sie schaute mich an, lächelte und sagte: ›Er ist sehr nett und wohl erzogen, von ihm geht zum Glück keine Gefahr für dich aus.‹

›Ach Mama, natürlich ist er nicht gefährlich, das habe ich dir doch schon ganz oft gesagt. Du machst dir immer viel zu viele Sorgen um mich.‹ Ich sehe sie noch heute vor mir, wie sie da steht in ihrem schwarzen Kleid, leicht vorgebeugt, und sich vor dem Spiegel die Lippen nachzieht. Sie presste sie aufeinander, kontrollierte, ob nichts auf ihren Zähnen war und sagte, wie nebenbei: ›Er sollte allerdings gut aufpassen, sonst kommt ihn über kurz oder lang die Polizei besuchen.‹ Ich glaube, ich habe noch gelacht, weil mir dieser Satz so absurd vorkam, aber im Grunde genommen wusste ich bereits, was sie damit sagen wollte. Ich hatte es immer geahnt, von Anfang an. Rolf sah zu gut aus, war zu höflich, zu perfekt, er war kein Mann für mich. Dass er für überhaupt kein Mädchen der richtige Mann war, hatte ich nicht begriffen. Verstehst du, was ich damit sagen will.«

»Der war wohl schwul, oder? Na ja, schon dumm für dich, aber warum gleich die Bullen?«

»Zu meiner Zeit gab es noch den § 175 und der stellte die Liebe zwischen zwei Menschen gleichen Geschlechts unter Strafe. Darum nannte man Homosexuelle damals 175er. Sie mussten sich immer verstecken, durften nicht auffallen, verstehst du? Darum hatte Rolf vermutlich mich ausgewählt. Ich war ein wohlerzogenes, zurückhaltendes Mädchen, dass sich nicht über seine mangelnden Bemühungen es zu verführen, wundern würde. Ich dachte, ich müsste den Rest meines Lebens in dieser Toilette verbringen, so sehr habe ich mich geschämt, nicht bemerkt zu haben, was da los war. Ich war mir sicher, dass alle anderen da draußen wussten, was für eine Idiotin ich war. Alle. Meine Mutter ließ nicht zu, dass ich mich versteckte, ihre Devise war immer: Kopf hoch und durch. So überstand ich den Abend irgendwie. Rolf bemerkte natürlich mein verändertes Verhalten, fragte mich aber nicht nach dem Grund. Vermutlich konnte er sich den denken. Ich war dann froh, als der Ball zu Ende war und ich nach Hause und in mein Bett flüchten konnte. Ich glaube, ich habe die ganze Nacht durchgeheult. Ich war sicher, dass ich nie wieder glücklich werden würde, nie wieder. Es hat sehr weh getan, daran erinnere ich mich noch heute. Erst nach der nächsten Tanzstunde, als Rolf mich als mein Tanzstundenherr zum Bus zu bringen hatte, sprach er es an. Den genauen Wortlaut habe ich längst vergessen, aber er hat es geschafft, dass ich weiterhin mit ihm getanzt und auch den großen Abschlussball besucht habe. Und stell dir mal vor, ausgerechnet auf dem Abschlussball habe ich dann deinen Opa kennengelernt. Er hat mich abgeklatscht.«

»Hä? Wie abgeklatscht?«

»Kennst du das nicht? Man tanzt mit jemandem und dann kommt ein anderer, klatscht in die Hände und dann tanzt du mit ihm.«

»Wie bescheuert ist das denn? Was, wenn du den mega uncool fandest?«

»Dann hattest du Pech und konntest nur darauf hoffen, dass noch mal ein anderer klatschen kam.« Inge lacht und Lara hat zumindest aufgehört zu weinen.

»Wie komisch war das denn bitte? Ja und dann? Dann hast du Opa kennengelernt und geheiratet?«

»Oh nein«, lacht Inge, »so schnell schossen die Preußen damals nicht. Ich war ja auch erst 16, also noch zu jung zum Heiraten, außerdem hat er mir nichts besonders gefallen.«

»Warum hast du ihn denn dann geheiratet? Warst du schwanger?«

»Was? Um Himmels Willen, wie kommst du denn auf so was? Nein, ich war nicht schwanger und bis ich ihn geheiratet habe, sind noch viele Jahre vergangen. Wir haben uns nur ein oder zweimal getroffen, aber bei mir wollte der Funke nicht so recht überspringen, was er natürlich gemerkt hat. Daraufhin hat er sich zurückgezogen und es hat Jahre gedauert, bis wir uns wiedergetroffen haben. Aber lassen wir mal meine alten Geschichten ruhen, die sind nicht so spannend. Magst du mir nicht erzählen, warum du geweint hast. Was hat dieser Arne dir getan?«

»Wenn du das Mama erzählst, gibt es wieder einen sau Anschiss, also lass es, okay? Also, weil sie doch nicht da war und ich Arne trotzdem reingelassen habe, verstehst?«

»Ja, verstehe ich, wir nannten das früher ›sturmfreie Bude‹.«

»Ah gut, ja also, Lars war auch nicht da und Arne kam und war ziemlich platt, weil er so schnell gefahren ist. Also, mit dem Fahrrad meine ich. Er hat sich auf mein Bett gelegt und ich habe gedacht, der fällt in Ohnmacht oder so was. Habe ihm eine Cola gebracht und er wollte, dass ich mich neben ihn lege. Habe ich gemacht und dann hat der mich plötzlich so angetouched. Das fand ich voll blöd und ich habe ihm gesagt, er soll sich verpissen oder so. Er hat dann gemeint, ich wäre voll das Baby und ist gegangen. Jetzt erzählt der das morgen bestimmt in der Schule und das nervt mich voll.«

»Also, ich weiß jetzt nicht genau, was antatschen ist, aber ich vermute mal, er hat dich irgendwo angefasst, wo du es nicht wolltest?«

»Jo, hab ich doch gesagt.«

»Einfach so, ohne vorher mit dir zu reden, ein bisschen zärtlich zu sein? Das war aber sehr ungeschickt von dem jungen Mann. Ich glaube nicht, dass er viel Erfahrung hat. Er weiß vermutlich gar nicht, wie man´s richtig anfängt mit einem Mädchen. Und darüber wird er ganz gewiss nicht reden, wäre doch peinlich für ihn.«

»Doch, der schiebt das voll auf mich, wirste sehen.«

»Wenn er nicht nur ungeschickt, sondern auch noch dumm ist, ist er deine Tränen nicht wert. Lass dir bloß nicht einreden, dass du komisch oder kindisch bist, weil du etwas nicht willst, was ein Junge gern möchte. Hör auf dein Bauchgefühl, dann bist du meist gut beraten. Und mach dir keine Sorgen, der wird schön den Mund halten, wirst schon sehen.«

»Oke, danke, passt schon. Was wolltest du eigentlich, warum hast du mich angerufen?«

»Ich wollte dich um etwas bitten, aber lach mich nicht aus. Würdest du vielleicht mit mir einkaufen gehen? Also, ich brauche ein paar neue Sachen und ich bin so unsicher, was mir steht, was ich in meinem Alter noch tragen kann und so. Deine Mama ist mir dafür zu ungeduldig, ich bin ja nicht mehr so schnell mit dem An und Ausziehen. Also, du sollst das auch nicht umsonst machen, du darfst dir für dich auch etwas Schönes aussuchen.«

»Cool. Klar mache ich das. Wann denn und wo willst du hin? Ich meine, richtig in ein Geschäft oder online?«

»Um Gottes Willen, online doch nicht. Nein, nein, ich muss das sehen, anprobieren, die Qualität prüfen und so. Ich möchte in die Stadt und in Geschäfte gehen, jetzt, wo alles wieder auf hat.«

»Oke, wann denn?«

»Hast du vielleicht am Samstag Zeit? Wir könnten uns dann in der Stadt treffen, gehen einkaufen und dann lade ich dich noch schön zum Essen ein, wenn du magst.«

»Klar mag ich. Wann denn und wo genau?«

»Bist du um 10 Uhr ausgeschlafen? Dann könnten wir uns vor dem Kaufhof treffen.«

»Geht klar, Samstag um 10 am Kaufhof. Bin da.«

»Das freut mich sehr und nun weine auch nicht länger und mach dir nicht zu viele Sorgen.«

»Mache ich nicht, also bis dann.«

Lara wundert sich, dass das Gespräch mit Oma Inge heute gar nicht so übel war und shoppen gehen findet sie auch mega. Sie wird versuchen, ihr die neue Jeans abzuschwatzen, die ihrer Mutter mal wieder zu teuer ist. Vielleicht noch ein passendes Shirt dazu, mega Aussichten und wenn Arne morgen in der Schule rumtönt, wird sie ihm den Mittelfinger zeigen und fertig. Was hat Oma gesagt? Dass Arne vielleicht nicht viel Erfahrung hat und nicht weiß, wie er sich verhalten soll? Kann das sein? Hatte der noch nie eine Freundin? Ist sie vielleicht die Erste? Sie muss unbedingt Lisa danach fragen, dann ist vielleicht er das Baby und nicht sie. Haha, das wär's doch, wenn der gar keinen Plan hätte, was er machen soll. Sie guckt auf die Uhr, erst kurz nach sechs, da ist Lisa noch in ihrer blöden Klavierstunde und nicht erreichbar. Okay, nicht zu ändern, dann später, und jetzt erst mal was essen. Mal gucken, was es im Kühlschrank so gibt.

Kurz nach 20 Uhr erreicht sie die Freundin endlich und fällt gleich mit der Tür ins Haus. »Sag mal, könnte es vielleicht sein, dass der Arne vor mir noch nie eine Freundin hatte? Ich meine, so blöd wie der sich anstellt, könnte das doch sein, oder?«

»Keinen Plan, ich glaube nicht, habe jedenfalls nichts

davon mitgekriegt. Bisher hatte der nur seine blöde Band und Fußball im Kopf, Mädchen fand er voll langweilig. Ja, wenn ich so drüber nachdenke, könntest du recht haben. Ich glaube, der braucht dringend Nachhilfe.« Lisa will sich ausschütten vor Lachen und gluckst und kichert eine ganze Weile.

»Dann soll der bloß still sein, von wegen ich bin noch ein Baby, ey. Langt mir voll blöd an die Möpse und ist beleidigt, dass ich das nicht cool finde. Ich wette, der kann nicht mal richtig küssen.«

»Keine Ahnung, ich kann's ihm schlecht beibringen und fragen tue ich ihn das besser auch nicht. Käme safe nicht so gut.«

»Nee, der würde mega ausrasten«, kichert Lara und fühlt sich schon wieder sehr viel besser als am Nachmittag.

»Ey, ich gehe am Samstag mit meiner Oma shoppen. Die braucht Klamotten, aber ich kriege bestimmt die Jeans, du weißt schon, die ich dir gezeigt habe, und noch ein Shirt. Ich wollte ja online, aber Oma will unbedingt in die Stadt. Die wird stundenlang das langweilige Zeug anprobieren, voll öde, aber was tut man nicht alles für eine angesagte Jeans?«

»Meine Oma ist da voll modern, echt. Die trägt auch Jeans und Boots und so. Na ja, keine mit Löchern, aber normale eben. Kannste deiner doch auch mal zeigen.«

»Die hat immer voll die langweiligen Klamotten an, Strickjacken und Röcke und so was eben. Ich glaube nicht, dass die jemals eine Jeans getragen hat, kann ich mir nicht vorstellen. Egal, ich gehe mit und mache die Modeberatung und sag deinem dummen Bruder, dass er das Baby ist, nicht ich.«

-31-

Inge steht pünktlich um zehn Uhr vor dem Kaufhof und wartet auf Lara. Sie hat bequeme Laufschuhe angezogen und nur die kleine Umhängetasche genommen, damit sie die Hände frei hat. Sie war lange nicht mehr einkaufen. Das letzte Mal noch zusammen mit Klaus. Nach seinem Tod hat es ihr keine Freude mehr gemacht. Sie hätte auch nicht gewusst, wozu. Jetzt plötzlich erscheint ihr alles, was in ihrem Kleiderschrank hängt, schrecklich spießig. Vieles ist ihr auch zu weit, sie hat recht viel Gewicht verloren, weil ihr selbst das Essen allein keinen Spaß mehr macht. Aus diesem Grund muss jetzt eine völlig neue Garderobe her, sie will seit langer Zeit endlich wieder einmal gut aussehen. Als sie Lara von Weitem kommen sieht, ist sie entsetzt über die zerrissene Jeans, die das Mädchen trägt. Sie nimmt sich vor, ihr heute gleich zwei heile Hosen zu kaufen. Sarah muss wohl doch mehr knapsen, als sie zugibt. Sie wird ihr etwas Geld überweisen, die Kinder sind ja im Wachstum und brauchen ständig neue Sachen.

»Guten Morgen, mein Kind, wie schön, dass du es einrichten konntest, wo gehen wir denn hin, was meinst du? Ich möchte aber nicht in so einen modernen Laden, die spielen da immer so schreckliche Musik, das macht mich nervös.«

»Na ja, H&M und der New Yorker sind eher nicht so geil für dich, aber ich glaube, im Kaufhof könnte man anfangen. Wenn es da nichts Gescheites gibt, gehen wir eben weiter. Gibt ja sau viele Läden.«

»Gut, dann machen wir das so. Später kaufst du dir dann auch zwei schöne neue Hosen und die«, Inge zeigt kopfschüttelnd auf Lara hippe Jeans, »die kannst du ja nicht mal mehr der Kleidersammlung spenden.«

Lara stutzt einen Moment, bis sie kapiert, dass ihre Oma das wirklich ernst meint, und lacht dann los. »Geht´s noch? Die Hose ist voll geil, und by the way, die Löcher sind Absicht.«

»Absicht?«, fragt Inge verblüfft. »Man trägt heute Hosen, die aussehen, als gehörten sie dringend in den Müll? Nun, ich bestimmt nicht, ich möchte schon gern heile Garderobe haben.«

»Klar, für alte Leute ist das ja auch nichts. Für mich aber geil, haben in meiner Klasse alle. Trotzdem könnte ich noch ein oder zwei neue gebrauchen, wenn du die sponsern willst.«

»Was will ich?«

»Kaufen, wenn du mir die kaufen willst, meinte ich.«

»Ach so, ja natürlich, das habe ich doch gesagt.«

In der Damenabteilung steht Inge unschlüssig vor dem riesigen Angebot und weiß nicht, womit sie beginnen soll.

»Gibt es hier niemanden mehr, der einem hilft?«, will sie von Lara wissen.

»Die chillen vermutlich alle ne Runde. Egal, dafür hast du doch mich als Beraterin mitgenommen, oder?«

»Ja, ja, Kind, aber ich weiß noch überhaupt nicht, was ich eigentlich will.«

»Äh, ich hab auch keinen Plan, wo willst du es denn

anziehen? Ich meine, willst du sportlich aussehen oder auf elegant machen?«

»Eher wohl sportlich. Es soll aber auch praktisch sein und chic. Nicht so knittern, ich hasse bügeln und natürlich soll es nicht nach der ersten Wäsche auseinanderfallen.«

»Oke, bleib mal hier sitzen, ich suche mal was. Welche Größe brauchst du denn?«

»Ach, das weiß ich gar nicht genau, früher habe ich 42 getragen, aber seither habe ich wohl sehr abgenommen. Vielleicht 40?«

»Jo, warte hier auf mich.«

Lara verschwindet aus Inges Blickfeld und eilt auf eine Verkäuferin zu. »Können Sie mir mal helfen, bitte. Meine Oma braucht neue Klamotten, ich habe aber keinen Plan, was die so trägt, also, in dem Alter und so.«

»Wie alt ist die Oma denn, und was für ein Typ ist sie?«

»Na ja, alt halt und sie hockt da vorne auf dem Stuhl.«

»Ah ja, nun sie ist schlank und hält sich gerade, das macht es einfacher. Schauen Sie mal dort, die Marke wird von den älteren Herrschaften gern getragen. Gute Qualität zu einem angemessenen Preis.«

»Also nee, ich habe überhaupt keinen Plan, können Sie nicht kurz mitkommen und meine Oma beraten, bitte.«

»Natürlich, dafür bin ich ja da.«

»Oma? Ich habe mal eine Verkäuferin mitgebracht, die sucht dir jetzt Klamotten aus, die dir passen und ich berate dich dann, ob sie gut sind oder nicht. Oke?«

»Ja, ja«, sagt Inge und lächelt unsicher in Richtung der Verkäuferin.

»Ich brauche eigentlich eine völlig neue Garderobe und damit bin ich ein bisschen überfordert.«

»Das kriegen wir schon hin, wir fangen mal mit einem Hosenanzug an, der gern gekauft wird. Ich denke, Sie tragen eine 40, einen Moment bitte.«

»Also nee, der geht ja mal gar nicht.« Lara schüttelt energisch den Kopf, als Inge sich in dem Teil präsentiert. »Viel zu warm für den Sommer und die Farbe ist echt Scheiße. Haben Sie nicht was fröhlicheres?«

Inge betrachtet sich kritisch in dem großen Spiegel und muss Lara zustimmen. Sie sieht aus wie eine alte Gouvernante. Dafür muss sie nicht 380,- Euro bezahlen.

Der Nächste findet Gnade vor Laras kritischem Blick.

»Jo, der ist ganz oke, aber da fehlt noch irgendwas, damit es geiler aussieht. Ein Top oder ein Tuch, irgendwas halt.«

»Da hat Ihre Enkelin völlig recht, warten Sie. Ich weiß genau, was sie meint, bin gleich wieder da.« Wenige Augenblicke später ist sie mit einem tiefblauen Top zurück, hält es Inge in den Ausschnitt und schaut fragend zu Lara rüber: »Perfekt, oder?«

»Na ja, geht so, auf jeden Fall besser als vorher.«

Einen weiteren Hosenanzug lehnt Lara kategorisch ab.

»Heilige Mutter Maria, haben Sie denn nicht was weniger Hässliches? Meine Oma arbeitet nicht in einer Bank und muss darum auch nicht so rumlaufen. Als Nächstes bitte eine schicke Hose, eine passende Bluse oder ein Shirt und einen Blazer oder so was.«

Sie gibt ihre Zustimmung dann zu einer weißen und einer blauen Leinenhose mit passenden Oberteilen und flüstert eine Weile mit der Verkäuferin. Die guckt zuerst ein bisschen skeptisch, nickt dann aber und läuft los.

»Nein Kind, also wirklich, das ist doch nichts mehr für mich, dafür bin ich zu alt.«

»So nen Müll, für eine Jeans ist man nie zu alt. Probier sie doch mal an. Was hast du für eine Schuhgröße, Oma? 38? Heilige Makrele, die hatte ich mit zehn. Haben Sie Sneakers in dieser Größe? Super, Ton in Ton würde ich vorschlagen. Oma, vertrau mir, probier sie an.«

»Meinst du wirklich, Kind? Ist das nicht zu jugendlich für mich? Ich will mich nicht lächerlich machen.«

»Chill doch mal, Oma und guck in den Spiegel. Also, was

siehst du? Du siehst tausendmal besser aus als in allen deinen alten Klamotten, echt.«

Inge dreht sich langsam vor dem großen Spiegel hin und her und betrachtet sich kritisch.

»Nun, ich weiß nicht, vielleicht bilde ich es mir ja auch nur ein, aber ich finde, ich kann das noch tragen«, lacht sie. »Lara, mein Kind, ich habe gewusst, dass du die beste Klamottenberaterin aller Zeiten bist.«

Zweieinhalb Stunden später, selbst Lara hat Schweißperlen auf der Stirn, die Verkäuferin den halben Laden hin und her transportiert, besitzt Oma Inge einen neuen Hosenanzug, vier Blusen, drei Pullover, zwei Röcke, zwei Leinenhosen, zwei Blazer und eine ausgesprochen teure Designer-Jeans, samt farblich passender Sneaker.

»Wie kriegen wir das ganze Zeug denn nur getragen?«, fragt sie erschrocken, als sie an der Kasse den Berg Tüten sieht. »Wir wollten doch auch noch essen gehen, aber mit diesem …«

»Wir lassen es zur Sammelkasse bringen, dort wird es für Sie aufbewahrt, das ist überhaupt kein Problem«, beeilt sich die Verkäuferin zu versichern. »Gehen Sie in aller Ruhe mit ihrer Enkelin essen und holen Sie Ihre Sachen später ab.«

»Ja, schönen Dank, nur sind die später auch nicht leichter und ich habe ja kein Auto, ich bin mit dem Bus gekommen. Aber lassen Sie's gut sein, mir fällt schon was ein. Vielen Dank für Ihre Hilfe und auf Wiedersehen.«

»Boh, Oma, du bist doch safe mega fertig, oder nicht?«

»Was bin ich? Ich verstehe dich nicht, mein Kind, außerdem brauche ich jetzt eine Pause«, stöhnt sie. »Vor allen Dingen etwas zu trinken, aber etwas zu essen wäre auch nicht schlecht. Diese Maske die ganze Zeit zu tragen, macht das Einkaufen auch nicht gerade leichter. Aber hilft leider nichts. Nun, dann lass uns gehen, aber bitte woanders hin als zu diesem Fastfood-Laden, den du so gern magst?«

»Klar, Pizza mag ich auch. Ich kenne sogar eine Pizzeria,

die ist nicht weit von hier. Wenn du was anderes willst, da gibt´s auch Nudeln und so was.«

»Oh, kein Problem, ich esse sehr gern Pizza. Dann komm, lass uns sehen, dass wir schnell dahin kommen.«

Die Pizzeria ist an diesem Samstagmittag gut besucht und sie müssen eine Weile warten, aber dann wird ein kleiner Tisch frei und Inge lässt sich aufseufzend auf ihren Stuhl fallen.

»Ich werde alt«, lacht sie, »früher hat mir so ein Einkaufsbummel mal Spaß gemacht und war nicht so anstrengend. Wie kriegen wir denn bloß unsere Beute zu mir nach Hause? Oh, ich könnte natürlich ein Taxi rufen oder, nein warte, ich habe eine Idee.« Sie kramt in ihrer Handtasche, holt das Handy raus und sucht eine Nummer.

»Hallo? Jonathan? Ja, ich bin's. Ich habe da ein Problem, bei dessen Lösung ich deine Hilfe gebrauchen könnte. Ich habe den halben Kaufhof leergekauft und keine Ahnung, wie ich das alles transportieren soll. Könntest du mir dabei behilflich sein? Ja? Oh, im Augenblick sitze ich mit meiner Enkelin in einer Pizzeria. Wie die heißt? Keine Ahnung, oh doch, Moment, steht auf der Karte. ›Da Angelo‹, ist schräg gegenüber vom Kaufhof. Kennst du? Prima. Sollen wir etwas für dich mitbestellen? Ja gut, natürlich, wir warten auf dich. Bis gleich.«

»So, erledigt, mein Freund kommt hierher. Nach dem Essen schleppt er mir die ganzen Sachen zu seinem Auto und bringt mich sogar nach Hause. Was sagst du dazu?«

»Äh, dein was? Freund?« Lara glaubt, sich verhört zu haben, aber Inge nickt ganz gelassen und lacht: »Tja, stell dir nur vor, ich habe auf meine alten Tage noch mal einen Freund, kann es selber kaum glauben, ist aber wohl so. Du kennst ihn übrigens schon, es ist Jonathan, der mit dir Tavla spielen wollte, erinnerst du dich?«

»Ja, schon, aber, na ja, ich meine … ach, keine Ahnung, ist ja dein Ding, aber weiß Mama das schon?«

»Na ja, sie hat uns neulich mal gesehen und war nicht so wirklich begeistert, wie du dir vorstellen kannst. Hat sie nichts erzählt?«

»Nö, nicht dass ich wüsste, und nicht, dass es mich interessiert, was die so labert. Außerdem ignoriert die mich ja voll zurzeit. Aber, geht die ja eigentlich auch nichts an, oder? Ist ja dein Ding, außerdem soll die ganz ruhig sein, hängt die ganze Zeit mit diesem Bullen ab.«

»Welchem Bullen … du meinst, deine Mama hat einen neuen Mann in ihrem Leben?« Inge kriegt ganz große Augen, das war das Letzte, was sie sich hätte vorstellen können.

»Keinen Plan, auf alle Fälle war sie letztens mit dem weg und ist sauspät nach Hause gekommen. Ich schwöre, die hatte bestimmt drei Flaschen Wein alleine gekillt. Wie sie aussah, voll creepy.«

»Du meinst, sie war betrunken? Deine Mama? Übertreibst du da nicht ein bisschen?« Inge kann nicht glauben, was Lara erzählt. Sarah betrunken? Das passt so überhaupt nicht zu ihrer Tochter, die zwar hin und wieder zu besonderen Anlässen ein Glas Sekt oder Wein trinkt, aber dass sie sich jemals betrunken hätte, daran kann sie sich nicht erinnern. »Hat sie sich schon öfter mit dem Mann getroffen oder nur dieses eine Mal?«

»Kann sein, vielleicht, keine Ahnung, juckt mich auch nicht. Im Gegensatz zu meiner Mutter, bin ich kein Kontrollfreak.«

»Ich dachte nur. Es ist ja bestimmt auch ganz harmlos, vielleicht hilft er ihr bei irgendwas, bei der Steuer oder so. Vielleicht ist es auch ein Arbeitskollege? Ach nein, du sagtest ja, er sei Polizist, oder? Na ja, sie wird schon wissen, was sie tut. Hast du denn deinen Papa in letzter Zeit mal getroffen?«

»Warum sollte ich, der Arsch, der kann mich mal, braucht bei mir nicht mehr anzutanzen und jetzt hör auf mit dieser Fragerei, das nervt.«

Der Ober kommt, um ihre Bestellungen aufzunehmen,

und mit Lara scheint eine Verwandlung stattzufinden. Auf dem gerade noch finsteren Gesicht erscheint ein liebliches Lächeln. Selbst die Stimmlage verändert sich. »Also, ich hätte gern die mittlere Pizza Quattro Stagioni, aber ohne Pilze, Oliven und Artischocken. Dafür lieber ein bisschen mehr Schinken und Käse, ginge das vielleicht?« »Naturalmente, Signorina, no problemo«, kommt umgehend die höfliche Antwort, und wird mit einem charmanten Augenaufschlag bedacht. »Und dann hätte ich gern eine große Cola.«

Inge schaut dem Schauspiel stumm zu und freut sich, dass hinter der pubertierenden Rotzigkeit ihrer Enkelin offenbar ein höfliches, gut erzogenes Mädchen versteckt ist.

»Ich nehme die Lasagne und einen kleinen Salat, bitte«, gibt sie dann ihre Bestellung auf. »Ach so, bringen Sie mir bitte einen halben Liter Chianti und ein weiteres Glas, ich erwarte noch jemanden.« »Pronto Signora«, der nette Ober dreht sich zum Nebentisch und entnimmt ihm noch ein Weinglas.

»Weißt du was, Oma, du müsstest noch was mit deinen Haaren machen, die sehen irgendwie … na ja, nicht so geil aus.«

»Mit meinen Haaren? Was ist mit denen, die sind frisch gewaschen, auch wenn vielleicht die Spitzen mal geschnitten werden müssten. Das ging ja jetzt eine Weile nicht. Was meinst du denn genau, was ich mit ihnen machen sollte?«

»Ach, keine Ahnung, irgendwas halt, abschneiden, andere Farbe, irgend sowas.«

»Ich soll mir die Haare abschneiden lassen und auch noch färben? Aber warum denn nur, was ist falsch an meinen Haaren?«

»Sehen halt mega langweilig aus.«

Inge schaut sie einen Moment lang an und beginnt dann leise zu lachen. »Dein Opa hat immer gesagt: Wo man hinsieht, nur Weißkopfadler. Der mochte keine weißen Haare und als wir noch jünger waren, habe ich ihm immer im Spaß gedroht, sie mir später fliederfarben färben zu lassen.« Für Ironie hat Lara, wie viele Mädchen in ihrem Alter, kein Verständnis, sie nimmt es wörtlich.

»Das sieht bestimmt mega scheiße aus, das habe ich auch nicht gemeint. Weiß nicht, aber ich würde mir die abschneiden lassen und beim Friseur fragen, welche Farbe dir stehen könnte. Vielleicht Strähnchen oder so. Und dann brauchst du ne andere Brille, die ist echt grauenhaft.« Lara zeigt mit spitzem Zeigefinger in Inges Gesicht.

»Du bist also dabei, meine schöne Inge noch weiter zu verschönern?« Lara hebt den Kopf, am Tisch steht Jonathan und lacht, weil er den letzten Satz gehört hat. Er klopft mit den Fingerknöcheln auf den Tisch: »Guten Tag, die Damen, darf ich mich ein Weilchen zu Ihnen setzten?«

»Natürlich, mein Lieber, setzt dich, ich habe auch Wein für dich mitbestellt, da du nichts essen wolltest, dachte ich.«

»Danke, das war sehr aufmerksam von Dir. So, so, ihr habt also den Kaufhof leergekauft, habe ich gehört?«

»Ja und stellt dir nur vor, meine Lara hat mich doch tatsächlich zu einer Jeans überredet. Kannst du dir das vorstellen? Ich und eine Jeans. Also, nicht so eine, die aussieht, als wären die Motten schon drin gewesen, aber doch eine richtige Jeans. Ich weiß gar nicht, wie lange es her ist, dass ich so etwas das letzte Mal getragen habe. Jahrzehnte bestimmt.«

»Tatsächlich? Warum? Ich trage fast ständig welche, es gibt doch nichts Praktischeres und heutzutage kann man sie auch überall tragen. Ich weiß aber noch, in meiner Jugend durften wir zur Arbeit nicht in ihnen erscheinen, das war verpönt.«

»Oh ja, jetzt, wo du davon anfängst, erinnere ich mich auch. Ich muss so 16 oder 17 gewesen sein, da habe ich mich mitsamt meiner neuen Jeans in die volle Badewanne gesetzt. Anschließend musste die am Körper trocknen, nur so wurde sie ganz hauteng, wie man sie gern haben wollte. Meine

Mutter hat die Hände über dem Kopf zusammengeschlagen und gemeint, ich kriegte bestimmt eine Blasenentzündung.« Inge lacht fröhlich, während Lara stumm und peinlich berührt mit gesenktem Kopf dasitzt. »Doch, doch, jetzt weiß ich es wieder, es war eine richtige Revolution. Von heute auf morgen haben wir alle unsere Petticoats im Schrank gelassen und nur noch diese ›Arbeiterhosen‹ getragen, wie meine Mutter sie nannte. Aber, so im Nachhinein betrachtet, meine schwingenden Kleider mit den gestärkten Unterröcken waren auch sehr Schick. Ja Lara, auch wenn du dir das überhaupt nicht vorstellen kannst, wir waren auch mal jung und wollten mit der Mode gehen. Und nicht nur ihr habt bauchfreie Oberteile, die gab es in meiner Generation auch schon. Hosen, die tief auf den Hüften saßen und Oberteile, die unter dem Busen endeten. Nannte sich St. Tropez – Mode.«

Lara tippt auf ihrem Smartphone herum und verzieht dann entsetzt das Gesicht. »Sag nicht, du bist mal so rumgelaufen?«

Inge und Jonathan beugen sich synchron vor und fangen wieder an zu lachen. »Doch, genau so oder ähnlich. In ganz kurzen Röckchen, die gerade den Popo bedeckten oder in langen Wallekleidern, je nach Lust und Laune. Da war ich aber schon älter als du jetzt, such doch mal in dem Teil da«, Inge zeigt auf Laras Smartphone, »nach ›Courrege‹, da wirst du dich aber wundern, wie Schick das war.«

Lara schüttelt zwar den Kopf, sucht aber tatsächlich und täuscht dann Würgen vor. »Als ob, so was Hässliches hast du getragen?«

»Das vielleicht nicht, aber ich hatte einen roten Rock mit schwarzem Streifen und dazu einen schwarzen Rollkragenpullover. Totschick, kann ich dir sagen. Das Problem war, ich besaß nur einen davon und der war aus ziemlich dicker Wolle. Wenn ich ihn abends gewaschen habe, musste er unbedingt am nächsten Morgen wieder trocken sein, ohne ihn wollte ich nicht aus dem Haus. Es war schon sehr schwierig.« Inge wischt sich Lachtränen aus den Augen und nimmt einen Schluck vom Chianti, den der Ober mittlerweile gebracht hat.

»Kennst du das Wort Trockner? Anscheinend nicht«, sagt Lara und löst einen erneuten Lachanfall bei Inge aus.

»So was hatten wir doch noch gar nicht, Kind. Wir hingen die Wäsche noch auf die Leine. Im Sommer, im Winter stellte man sie auf einem Wäschereck ins Wohnzimmer vor den Ofen, später dann vor die Heizung.«

»Wie komisch«, kommentiert Lara knapp und strahlt den Ober an, der gerade ihre Pizza vor ihr abstellt.

»Na, dann lasst es euch mal schmecken, Shoppen ist bekanntlich sehr anstrengend. Und was habe ich da vorhin aufgeschnappt? Du rätst deiner Oma zu einer neuen Frisur?«

»Klar, auf alle Fälle was weniger Altmodisches. Letztens habe ich auf Tik Tok mal so was gesehen. Da haben die auch so ein Oma-Umstyling gemacht, also neues Outfit, neue Friese und so. War echt krass, die sah danach echt relativ gut aus. Neue Brille muss auch.«

»Könnten wir darüber vielleicht später sprechen, jetzt würde ich nur gern mit euch hier sitzen und meine köstlich duftende Lasagne genießen. Du willst wirklich gar nichts essen, Jonathan? Na gut, selber schuld, es ist wirklich ausgesprochen lecker. Möchtest du probieren? Auch nicht? Na gut, dann stoß jedenfalls noch mal mit mir an. Auf dein Wohl, mein Lieber und danke, dass du herbeigeeilt bist, mich und meine neue Garderobe zu retten.«

»Ja, so haben sich die Zeiten geändert. Früher retteten edle Ritter ihre Dame vor feuerspeienden Drachen, und heute? Vom Jäger zum Träger, aber es ist mir ein Vergnügen, schöne Frau«, lacht Jonathan und zieht Inges Hand an seine Lippen.

Lara beobachtet die beiden aus den Augenwinkeln und weiß nicht, was sie davon halten soll. Die benehmen sich peinlich, und sie nimmt sich vor, niemals so zu werden, wenn sie mal alt ist.

»Äh, wie machen wir das denn jetzt mit meinen Klamotten, Oma? Du hast doch safe keinen Bock auf H&M, oder?«

»Ach ja, das hätte ich jetzt fast vergessen, tut mir leid, mein Kind. Ja, tut mir sehr leid, aber ich glaube, noch mehr Einkäufe schaffe ich heute nicht. Was ich jetzt, nach Lasagne und Chianti, brauche, ist einen ausgiebigen Mittagsschlaf. Wärst du mir sehr böse, wenn ich dir jetzt Geld gebe, und du gehst dir deine Hosen allein kaufen?«

»Nee Oma, ist egal, ich gehe dann mit meiner Freundin Lisa shoppen.«

»Nun, das ist vielleicht auch besser, weil die in deinem Alter ist. Ich wäre kaum die richtige Beraterin für dich. Wusstest du«, wendet sich Inge an Jonathan, »dass heutzutage schon Löcher in den Hosen sein müssen, bevor man sie überhaupt getragen hat? Das ist mal eine praktische Mode, man muss nichts mehr mühsam flicken.«

»Ich habe es hier und da schon gesehen und mich darüber gewundert, wie Eltern heutzutage ihre Kinder rumlaufen lassen«, staunt Jonathan. »Dass das eine Mode ist, wusste ich allerdings nicht. Danke für die Aufklärung.«

»Na ja, jede Generation hat eben ihre Besonderheiten. Das war so und wird wohl immer so bleiben. Liebe Lara, stell dich darauf ein, in 20 Jahren gucken sich deine Kinder deine kaputten Hosen an und es ihnen schrecklich peinlich, dass ihre Mutter damit jemals auf die Straße gegangen ist.«

Inge lacht, aber Lara zuckt nur gelangweilt die Schultern.

»Mir doch egal, heute sind sie stylisch und alle haben sie. Wieviel darf ich denn ausgeben?«

Inge greift nach ihrem Portemonnaie, in dem immer noch etliche Scheine stecken, zieht einen 100 Euroschein raus und reicht ihn Lara. »Reicht das, was meinst du?«

»Jo, wird schon reichen«, nickt Lara und lässt das Geld schnell in ihrer Tasche verschwinden. »Also, dann war's das hier, oder? Du kannst dir das mit der neuen Friese noch überlegen. Scheiße, dass du kein Smartphone hast, sonst könnte ich dir mal Bilder schicken. Na ja, also danke fürs Essen und das Geld. Tschüss.«

»Auf Wiedersehen, mein Kind, danke, dass du mir geholfen hast und wegen der neuen Frisur, das muss ich mir noch ein bisschen überlegen. Ich rufe dich an, wenn ich mich entschieden habe.«

»Oke, kein Stress.« Lara nickt beiden zu und verlässt das Lokal.

Kaum ist sie außer Sichtweite, schlägt Inge sich die Hand vor den Mund. »Ach je, jetzt habe ich vor lauter Einkaufstress doch völlig vergessen, das Kind zu fragen, wie es mit diesem Arne weitergegangen ist. Ach, das tut mir jetzt richtig leid, sie muss ja denken, es interessiert mich überhaupt nicht. Ob ich sie schnell noch mal anrufe?«

»Ich weiß zwar nicht, was dieser Arne ausgefressen hat, aber wenn sie dir was hätte erzählen wollen, hätte sie das sicher getan. Lass sie selber entscheiden und warte einfach ab. So, jetzt holen wir erst einmal deine Einkäufe und laden sie ins Auto. Anschließend bringe ich dich nach Hause, damit du dich endlich ein bisschen hinlegen kannst. Was hältst du davon?«

»Eine Menge, ich bin wirklich erschöpft, bin das alles gar nicht mehr gewöhnt.«

»Meinst du, du hast dich bis heute Abend wieder erholt? Dann würde ich gern auf ein Spiel vorbeikommen und natürlich, um deine neue Garderobe zu bewundern. Machst du Modenschau für mich?«

»Aber ja, sehr gern sogar. Neue Sachen machen doch gar keinen Spaß, wenn niemand sie bewundert. Ich freue mich, wenn du kommst.«

Als Inge aufwacht, ist es fast Abend. Sie hat drei Stunden fest geschlafen und ahnt schon jetzt, dass sie die kommende Nacht lange wachliegen wird. Sie denkt an ihren Einkauf mit Lara und wie sie die vielen Tüten mit Jonathan zusammen zum Auto gebracht haben. Er ist wirklich ein ganz besonderer

Mensch, immer hilfsbereit und guter Laune. Natürlich kennt sie ihn noch nicht lange, erst wenige Wochen, aber sie kann sich ein Leben ohne ihn kaum noch vorstellen. Trotzdem fragt sie sich, was für eine Art Beziehung sie eigentlich haben. Sie sind Freunde, das ist klar, sie verbringen gern Zeit miteinander, und langweilen sich zusammen nie. Sie haben den gleichen Humor und können über die gleichen Dinge lachen, lieben gutes Essen und guten Wein. Nicht einmal über die Coronamaßnahmen streiten sie sich. Sie stimmen darin überein, dass die zwar lästig, aber notwendig sind. Auch ihre politischen Ansichten decken sich in großen Teilen und sie sind sich einig, dass dringend etwas für das Klima und gegen den Hunger in der Welt unternommen werden muss. Sie passen so gut zusammen, wie es zwei Menschen überhaupt möglich ist. Bis auf den großen Altersunterschied, und der macht Inge zunehmend Sorgen. Auch Jonathans erste Frau war acht Jahre älter gewesen als er, aber jetzt trennen sie immerhin 12. Das ist eine Menge, fast eine Generation. Sie hat es einige Male erwähnt, aber er hat nur gelacht und gesagt, sie solle sich über Unwichtiges doch nicht den Kopf zerbrechen. Allerdings hat er bis heute nie eine Grenze überschritten. Er ist höflich, liebevoll, macht ihr Komplimente, hält ihre Hand und küsst sie manchmal, mehr nicht. Nichts, was ein guter Freund nicht auch tun könnte. Ob sie darüber froh oder besorgt sein soll, weiß sie selber nicht so genau. Egal wie oft sie über das ›Was wäre, wenn‹ nachgrübelt. Will Jonathan mehr von ihr als eine nette, aber rein platonische Freundschaft? Und wenn, wie sollte das aussehen? Sie hat seit Jahrzehnten keinen anderen Mann mehr angeschaut als Klaus. In den 45 Jahren ihrer Ehe war sie ihm eine gute Frau gewesen. Wenn auch vielleicht weniger aus Liebe als aus Dankbarkeit. Für sie war es nie die romantische, aufregende Liebe gewesen, von der sie als junges Mädchen geträumt hatte. Dazu waren die Umstände zu tragisch, die Verletzungen, die sie erlitten hatte, zu groß. Klaus hatte sie mit seiner Sicherheit, seiner Großherzigkeit und seiner Freundschaft vom Abgrund zurück ins Leben geholt. Das hatte sie ihm nie vergessen und sich mit dem zufriedengegeben, was sie verband. Und jetzt, am Ende ihres Lebens, begegnete ihr noch einmal ein Mann, der ihr Herz schneller schlagen lässt. War das möglich, konnte das funktionieren oder machte sie sich lächerlich, wie Sarah es genannt hat. Versuchte sie mit einer neuen Garderobe und am Ende vielleicht noch einem neuen Haarschnitt, so zu tun, als sei sie nicht alt und krank? Machte sie sich selbst etwas vor? Dachte Jonathan überhaupt an eine solche Beziehung? War sie für ihn vielleicht nur eine alte, einsame Frau, der er Gesellschaft leistete? Interpretierte sie in seine Gesten, sein Lächeln, seine Worte etwas hinein, was überhaupt nicht da war? Sie erhebt sich mühsam und setzt sich auf die Bettkante. Bevor sie aufsteht, dehnt sie sich langsam und gründlich. Im Alter muss man achtsam sein, die müden Knochen gehorchen nicht mehr sofort. »Sei vernünftig, Inge«, sagt sie leise, »mach keine Dummheiten. Deiner Familie würden solche Eskapaden überhaupt nicht gefallen.« Ihr Blick fällt auf die vielen Tüten, die sie achtlos neben der Tür abgestellt hat, und ein kleines Lächeln erhellt ihr Gesicht. »Mir gefällt auch manches nicht, was meine Familie macht, also, was soll's? Einen Vorteil hat mein Alter immerhin, ich muss niemanden um Erlaubnis fragen. Und heute Abend werde ich Jonathan etwas fragen und ich will eine ehrliche Antwort von ihm.«

-32-

Lara stürmt aus der Pizzeria und ruft als erstes Lisa an. »Hi, Lust auf Shoppen, habe nen Huni von meiner Oma.«

Lisa lacht: »Dein Schmerzensgeld fürs Shoppen mit ihr? Wie war's denn so?«

»Sau anstrengend, die hat gefühlt 3 Millionen Teile anprobiert, hat jedes Mal 3000 Jahre gedauert, bis die die anhatte. Dann hat sie bald nen Herzinfarkt bekommen, als ich mit ner Jeans und nen Paar Sneakers ankam. Rettet die jetzt auch nicht so wirklich, alt ist sie trotzdem, aber besser als ihre Röcke aus der Steinzeit und Kohle gab's ja auch - also was ist jetzt? Kommst du?«

»Klar, wo treffen wir uns?«

»Vor dem New Yorker, komm schnell da hin.«

Lara schlendert langsam die Einkaufsstraße entlang, checkt noch ein paar Posts auf TikTok und achtet nicht wirklich auf ihre Umgebung. Erst als er schon fast vorbei ist, erkennt sie Arne und ihr verschlägt es den Atem: An seinem Arm hängt Larissa, diese hirnlose Bitch und schmachtet ihn an. Fehlt nur noch, dass die vor lauter Begeisterung sabbert. Sie drückt auf Wiederwahl und kreischt los, noch bevor Lisa versichern kann, schon unterwegs zu sein. »Arne ist grad mit dieser dummen Bitch Larissa an mir vorbei, ich gehe hinterher, will wissen, was die machen.«

»Warum das denn? Du hast doch gesagt, er interessiert dich nicht mehr, die Nummer wäre durch!?«

»So isses ja auch, aber dass er ausgerechnet mit dieser Dummen auf Zusammen macht …«

»Jo, die Nummer, die du da mit Ole abgezogen hast, war vielleicht doch ein bisschen zu strange für meinen Bruder, was meinst du?«

»What?? War doch deine scheiß Idee, ich wollte das ja alles überhaupt nicht. Ich wollte ihn ignorieren und nix weiter. Erst als der mich voll übersehen, und dauernd mit Larissa rumgemacht hat, ist mir das mit Ole eingefallen.«

»Dafür, dass du das nicht wolltest, hast du dich aber mega ins Zeug gelegt«, lacht Lisa, »echt, jeder hätte dir das voll abgenommen. Und mein Bruder hat das safe nicht geschnallt, dass das Show war.«

»Jo, ist klar, und nur deswegen ist der jetzt mit dieser Bitch hier? Shit, wo sind die? Ich glaube, ich habe sie verloren. Lisa? Die sind in irgend so ein Geschäft rein, keine Ahnung, war zu weit weg. Wo bist du? Nee, ist oke, ich komme zum New Yorker, die sind mir doch eh scheißegal.«

Lisa lacht und überlegt einen Augenblick, bevor sie ihren Bruder antelt. »Hi, ich bin's. Hat geklappt, sie hat euch gesehen. Ach Gott, ist die vielleicht angepisst. Wir treffen uns jetzt beim New Yorker, also mach was draus und bring mir den Zwanziger mit. Tschüss.«

Lara stopft sich die EarPads in die Ohren und dreht voll auf. Sie muss den Kopf freikriegen, nicht ständig an Arne denken, der sie 100 pro längst vergessen hat. Ausgerechnet Larissa, diese dumme Kuh, die wird wie eine Trophäe mit ihrer Eroberung rumlaufen und einen auf: ›Ich habe der kleinen Lara den Freund ausgespannt.‹ machen. Scheiße, die Nummer mit Ole war echt voll daneben. Am Ende klebt ihr dieses Hohlbrot noch wie ne Klette am Hintern, weil der Blödi sich sonst was einbildet, und Arne geht sie jetzt am Arsch vorbei. Vielleicht hätte sie doch mit ihm reden sollen, aber wieso eigentlich? Hätte sie halt nicht so blöd antouchen sollen, mal ehrlich, wer hätte da anders reagiert? Geht schließlich gar nicht so ne Nummer.

Lara kommt zu keinem Ergebnis, außer dass ihr die Tatsache, dass er mit dieser Kuh unterwegs ist, schwer gegen den Strich geht. *Egal, dumm gelaufen, nicht mehr zu ändern. Jetzt ist erst mal shoppen angesagt,* versucht sie sich selbst zu beruhigen.

»Hey Lisa, hier bin ich.« Die beiden Freundinnen laufen die Treppe hoch und Lara marschiert geradewegs auf den Ständer mit den Jeans los.

Mit einem Stapel auf dem Arm marschiert sie dann in eine freie Umkleide. Die Erste passt nicht, die Zweite sieht scheiße aus, aber die Dritte ist genau das, was sie haben will. Sie reißt den Vorhang auf und stolpert um ein Haar Arne in die Arme. Von Lisa ist weit und breit nichts zu sehen.

»Hä? Was suchst du denn hier und wo hast du deine Larissa verloren?« Lara bemüht sich, möglichst cool und desinteressiert zu wirken, obwohl ihr fast das Herz stehenbleibt.

»Die ist mit meiner Schwester Eis essen, ich suche dich, noch nicht gemerkt?«

»Nö, wieso, das mit Larissa schon wieder vorbei?«, erwidert Lara pampig. Sie kann sich selber nicht erklären, welcher Teufel sie reitet, aber sie ist nicht bereit, so zu tun, als sei alles easy, nur weil der anscheinend doch noch weiß, wer sie ist. Pah, wäre ja noch schöner! Kann sie in ihrer Lieblingsserie eh nicht nachvollziehen, warum die dummen Hühner das gefühlt ständig so machen. Sie stemmt eine Hand in die Hüfte und lehnt sich betont lässig an die Kabinenwand.

Arne grinst sie an, anscheinend unbeeindruckt von ihrer Show.

»Hör zu, ich weiß aus guter Quelle, dass wir beide offensichtlich die gleiche Scheißidee hatten, ich mit Larissa und du mit diesem Ole. Wie Kindergartenkinder, so dumm, und ich dachte, wir könnten jetzt mal drüber reden. Zumal ich dir da noch was anderes erklären müsste. Nicht der optimale Ort hier, gebe ich zu, aber ich wollte nicht länger warten und immerhin, deine Mutter kann hier nicht ohne weiteres reinplatzen.«

Bevor Lara nachfragen, oder protestieren kann, nimmt Arne sie an beiden Armen und schiebt sie zurück in die enge Kabine.

Diesmal ist es nicht Sarah, die reinplatzt, nur eine ältliche Verkäuferin, aber die ist mindestens genauso empört. »So geht das aber nicht, das ist eine Umkleidekabine und kein … kein, also knutschen könnt ihr woanders. Obendrein habt ihr mehr als drei Teile hier reingenommen. Das geht ebenfalls nicht, steht ja überall.«

»Nun chillen Sie mal wieder. Wir haben doch überhaupt nichts gemacht, nur geredet. Die beiden Hosen passen mir sowieso nicht, nehmen Sie sie mit, dann sind nur noch drei Teile hier drin. Die Jeans hier nehme ich außerdem schon mal.«

»Nun gut, aber der junge Mann wartet draußen, damit das klar ist.«

Arne grinst, hebt einen Daumen und verlässt die Kabine. Durch den geschlossenen Vorhang sagt er leise: »Da fand ich deine Mom aber netter «

»Wenn du das sagst …«, erwidert Lara wenig überzeugt.

Arne lacht: »Ok, Vorschlag: Wenn du alle Klamotten beisammen hast, lade ich dich auf einen fetten Eisbecher ein und wir können in Ruhe reden, einverstanden?«

Hinter dem geschlossenen Vorhang strahlt Lara über das ganze Gesicht, erwidert aber betont lässig: »Oke, ich bezahle die eine Jeans und gehe ein anderes Mal shoppen. Warte draußen auf mich.«

Nicht viel später sitzen sie draußen vor dem Eiscafé und löffeln hingebungsvoll eine riesige Portion Spaghettieis.

»So gut, dafür könnt ich sterben«, lacht Lara und schiebt sich einen vollen Löffel in den Mund.

»Sieht man«, nickt Arne, »du hast es sogar noch auf deiner Nase verteilt.«

Lara zerrt die dünne Papierserviette unter der Schale hervor und reibt sich hektisch über die Nase.

»Weg?«, fragt sie und Arne grinst. »Da war gar nichts, war nur ein Witz.«

»Haha, wie lustig«, schimpft Lara, muss sich aber auch das Lachen verkneifen. Arne ist echt zu süß, wenn er sie so ansmiled.

»Was wolltest du mir eigentlich erklären? Ich meine, du hast doch vorhin gesagt, du wolltest mir auch noch was erklären. Und dann will ich wissen, wer diese Quelle ist, von der du gelabert hast? Ich kann's mir schon denken, eh, bestimmt Lisa, oder? Sie ist die Einzige, die wusste, dass ich heute beim New Yorker shoppen war. Blöde Bitch, die kann vielleicht was erleben.«

»Jetzt chill mal, meine Schwester wollte dich nicht verraten. Sie wollte nur, dass wir, also, sie hat natürlich mitgekriegt, dass da was nicht so optimal gelaufen ist mit uns und na ja ...«

»Schon klar, verstehe, bin ja nicht blöd, aber wenn das alles nur Show war mit dir und Larissa, wieso warst du heute schon wieder mit der unterwegs?«

»War ich gar nicht«, Arne legt eine Hand auf Laras und guckt sie an. »Jetzt werde bloß nicht gleich wieder sauer, aber es war so: Lisa sollte ausspionieren, in welchen Laden du zum Shoppen gehen würdest. Wir haben dich und deine Oma dann schon im Kaufhof beobachtet. Später sind wir euch zu der Pizzeria gefolgt und haben gewartet. Na ja, alles andere war dann easy. Ich bin mit Larissa am Arm möglichst nah an dir vorbeigegangen. Dreimal, genauer gesagt, bis du es endlich geschnallt hast. Hätte beinahe gar nicht geklappt, so vertieft wie du in irgendwas auf deinem Handy warst.«

»Ja und wozu der ganze Scheiß, warum hast du mich nicht eben mal angetelt oder bist direkt zum New Yorker gekommen? Du erzählst doch Müll.«

Lara zieht ihre Hand unter Arnes weg, sie ist von seiner Story nicht überzeugt.

»Das fragst du mich allen Ernstes?« Arne ist irritiert. »Hey, selbst Lisa wusste am Ende nicht mehr, wie du wirklich denkst. Wir wollten doch nur sicher sein, dass ich dir nicht am Arsch vorbeigehe, dann hätte ich mir den ganzen Stress hier doch gleich sparen können. Du kannst verdammt überzeugend sein, das kannst du mir safe glauben.«

»Ihr wolltet mich mit dieser blöden Bitch eifersüchtig machen?« Lara kriegt kugelrunde Augen. »Na warte, Lisa, darüber reden wir noch. Ihr saht auf alle Fälle überzeugend aus, voll einen auf zusammen. Sah schon krass aus, echt.«

»Du und Ole wart aber auch nicht schlecht. Larissa musste mich ständig zurückhalten, damit ich nicht losstürme und dem eine reinhaue.«

Lara kichert vergnügt und leckt an ihrem Löffel herum.

»Oke, wir waren beide dumm, aber was das angeht, sind wir jetzt quitt. Ich wollte dir aber noch was anderes erklären. Also, damals, also das, was da in deinem Zimmer passiert ist, tut mir voll leid. Ich wollte das eigentlich überhaupt nicht, keine Ahnung, ich war mega nervös und wusste nicht, was du von mir erwartest. Immer, wenn ich dich küssen wollte, hast du voll abgewehrt, da dachte ich, du stehst da vielleicht nicht drauf und darum …, jetzt sag doch schon was, lässt mich hier endlos rum stottern und schweigst dich aus.«

»Kann ich verstehen«, nickt Lara, »vergessen wir's. Aber dass ich dich nicht küssen wollte, stimmt nicht, ich will das nur nicht, wenn deine Kumpels alle blöde glotzen.«

»Aha«, Arne sieht einigermaßen erstaunt aus. »Soll das heißen, dass ich dich immer nur küssen darf, wenn wir alleine sind?«

»Genau das war die Message«, nickt Lara, »ist doch eigentlich voll klar.«

»Geil, dann haben wir das ja jetzt geklärt. Wäre überhaupt mega, wenn

du mir in Zukunft sagen würdest, was du willst und was nicht. Bin ja jetzt auch nicht direkt der Experte in Sachen Frauen.«

»Oke«, antwortet Lara und lächelt zufrieden.

-33-

Sarah sitzt am Küchentisch, vor sich eine Tasse Kaffee. Sie hat ihr Telefon in der Hand, tippt eine Nummer ein und bricht wieder ab, bevor die Verbindung aufgebaut ist. Über eine Woche ist seit dem Abend vergangen, an dem sie offenbar volltrunken von Stefan Ruttig nach Hause gebracht wurde. Niemand kann sich vorstellen, wie ihr zumute war, als sie am nächsten Morgen mit dickem Kopf und schlechtem Geschmack im Mund aufgewacht ist. Ein erschrockener Blick zu Seite hatte Gott sei Dank ihre Befürchtungen nicht bestätigt. Das zweite Bett war unbenutzt. Außerdem war sie vollständig bekleidet, bis auf die Schuhe, die standen säuberlich nebeneinander vor ihrem Bett. Auch im übrigen Schlafzimmer konnte sie keine Spuren eines nächtlichen Besuchers feststellen. Immerhin, diese Peinlichkeit war ihr erspart geblieben. Seit diesem Morgen zerbricht sie sich den Kopf darüber, was sie ihm alles erzählt haben könnte. In ihrer Erinnerung klafft ein riesiges Loch. Sie weiß noch, dass sie Rotwein getrunken und Paella gegessen haben, aber was danach noch passiert ist, weiß sie nicht mehr. Wie ist sie nach Hause in ihr Bett gekommen? Haben die Kinder etwas von ihrem Zustand bemerkt? Was mag Ruttig über sie denken, hat sie sich sehr peinlich benommen? Jeden Tag legt sie sich Sätze zurecht, die sie sagen will, wenn sie ihn anruft, aber dann kann sie sich doch nicht dazu durchringen. Er selbst hat bestimmt schon ein dutzend Mal angerufen, aber sie hat das Gespräch jedes Mal weggedrückt. Der muss doch glauben, dass sie eine total durchgeknallte Familie sind. Erst diese Geschichte mit Lara, dann ihre peinliche Mutter und als Krönung gibt sie sich beim ersten Treffen derart die Kante, dass sie nicht mehr weiß, was sie tut. Entsetzlich peinlich das Ganze. Andererseits, warum ruft er sie immer noch an? Unwahrscheinlich, dass er ihr irgendwelche Vorwürfe machen will. Offenbar hat er noch Interesse. Oder er ist einfach so verzweifelt auf der Suche nach einer neuen Mutter für seine Kinder, dass ihm alles egal ist? Nein, das ist Quatsch. Völlig egal, was er will, das Beste wird sein, sie vergisst ihn ganz schnell und sieht ihn nie wieder. Nimmt sie sich jeden Tag aufs Neue vor, und trotzdem geht er ihr nicht aus dem Kopf. Seine Nummer kann sie längst vorwärts und rückwärts auswendig. Nun sitzt sie also schon wieder hier und tippt auf dem Telefon herum. Sie ist derart in Gedanken versunken, dass sie erschrickt, als die Tür aufgeht und Lara in der Küche erscheint.

»Lieber Himmel, hast du mich erschreckt. Was machst du so früh hier, es ist doch erst halb acht.«

»Jo und Sonntag, ich weiß. Ich und meine Freunde, gehen ein Picknick machen. Haben wir zufällig irgendwas Passendes da?«

»Ein Picknick? Und das fällt dir jetzt schon ein? Hättest du mir das nicht gestern sagen können, dann hätte ich euch Muffins gebacken und einen Salat vorbereitet.«

»Passt schon, irgendwas werden wir ja wohl haben, was ich einpacken kann, oder?«

»Ich überlege mir was. Wann willst du denn los? Setz dich doch ein bisschen zu mir. Soll ich dir einen Kakao machen, magst du etwas frühstücken?«

»Nö, ich brauch nix. Ich muss noch duschen und so was halt, aber ein Kakao geht immer.«

Lara hockt sich umgekehrt auf einen Stuhl und Sarah springt auf. Sie reißt den Kühlschrank auf und holt die Milch raus. »Wir haben noch Kartoffelsalat. Leider nur gekauften, nicht selbstgemacht, den könntest du mitnehmen, und vielleicht eine Dose Würstchen.«

»Hm«, macht Lara und gähnt mit weit aufgerissenem Mund herzhaft.

»Bist du wieder so spät ins Bett gegangen? In deinem Alter braucht man seinen Schlaf noch. Du bist doch noch im Wachstum.«

»Jetzt nerv nicht gleich wieder, oder ich bin weg. Ich bin noch nicht ausgeschlafen, mehr nicht. Kennst du safe auch.«

»Ich? Wie meinst du das denn? Ich schlafe immer meine sieben bis acht Stunden, darum bin ich morgens auch munter.«

»Als ob. Es sei denn, du fällst nachts um 12 durch die Tür rein.« Lara unterstreicht ihren Satz mit schaukelnden Bewegungen.

»Wie bitte?« Sarah dreht sich entsetzt zu ihrer grinsenden Tochter um. Genau darauf hat die Milch gewartet, um überzukochen und den Herd mit einer weißen Welle zu fluten. »Verdammt noch mal …« Sarah reißt den Topf zur Seite und Papierberge von der Küchenrolle ab. Die drückt sie auf das Ceranfeld, von dem bereits der Gestank von verbranntem Eiweiß hochsteigt. »Das kommt davon, wenn du mir solche Märchen auftischt, während ich Milch aufkoche.«

»Von wegen Märchen, du weißt schon, dass man vom Fenster aus Leute beobachten kann. Du warst voll und konntest nicht mal allein stehen, ohne die Hilfe dieses Bullen. Scheiße, warum habe ich kein Foto gemacht?«

»Mein Gott, Lara, das tut mir leid. Ich weiß wirklich nicht, wie mir das passieren konnte. Wir waren essen und ich habe ein Glas Rotwein …«

»Bist du sicher, dass es keine Flasche war?«, unterbricht Lara ihre Mutter, die noch auf dem Ceranfeld rumputzt.

»Wie auch immer, ich hatte ausnahmsweise ein bisschen viel getrunken, aber mehr auch nicht. Wenn du gesehen hast, wie ich nach Hause gekommen bin, dann weißt du ja auch, dass ich allein ins Haus gegangen bin. Ich meine, ich habe niemanden mit reingenommen. Außerdem, ich bin erwachsen und muss mich vor dir nicht rechtfertigen. Ich habe auch mal ein bisschen Spaß verdient, davon hatte ich in letzter Zeit nicht sehr viel.«

»Mach doch was du willst, aber dann laber auch keinen Müll, von wegen, ich gehe früh ins Bett. Ich dachte, Eltern sollten immer Vorbild für ihre Kinder sein.« Wieder schaukelt sie demonstrativ auf ihrem Stuhl hin und her.

»Ja, schon gut, vielen Dank für dein Verständnis«, sagt Sarah bitter und schüttet die restliche Milch in den Ausguss, und beginnt den Topf zu spülen. »Hast du eigentlich in der letzten Woche Oma angerufen? Ich bezahle dich nicht dafür, dass du dich nicht bei ihr meldest.«

»Hallo? Ich habe sie nicht angerufen, ich habe sie getroffen. Sie brauchte neue Klamotten und wollte, dass ich sie berate.«

»Sie brauchte neue Sachen? Wieso das denn, sie hat einen übervollen Kleiderschrank und zieht das meiste sowieso nie an.«

»Keinen Plan, vielleicht will sie sich für diesem Jonathan in Schale schmeißen, was weiß ich?«

»Diesen Jonathan? Das ist der Typ, der immer bei der Oma rumhängt und mit ihr Backgammon spielt, oder? Hat sie was über den erzählt, was der so von ihr will?«

»Jo, sie hat gesagt, dass das ihr neuer Freund ist und dass sie abends Modenschau für ihn machen wird.« Laras Augen funkeln vor Begeisterung. Sie spürt, dass sie damit ein Thema hat, mit dem sie ihre Mutter ärgern kann und das macht ihr sichtlich Spaß.

»Sie will sich wohl auch die Haare abschneiden lassen und vielleicht eine neue Farbe …«

»Was will sie? Das ist doch nicht mehr normal, hat die vielleicht vergessen, wie alt sie ist? Und dann dieser Kerl, was will der von ihr? Wie war denn der Umgang zwischen den beiden? Ich meine, duzen sie sich oder sind sie per sie?«

»Äh, nee, die duzen sich und er küsst immer ihre Hand und sagt ›meine Liebe‹ zu ihr oder so was Dummes eben.«

»Das ist doch unglaublich, das geht doch nicht, da muss man etwas tun. Ich werde Onkel Sven anrufen, dass der sich da kümmert, auf mich hört sie ja sowieso nicht.«

»Lass sie doch in Ruhe, die sind doppelt so alt wie du oder so. Die kann wohl selbst entscheiden.«

»Das verstehst du nicht. Man muss alte Menschen manchmal vor sich selber schützen, die wissen oft nicht mehr, was gut für sie ist.«

»Aber du denkst, dass der Bulle so prickelnd für dich ist, oder was? Aber du weißt ja immer, was für andere gut ist. Ich bin dann jetzt mal weg, kannst allein weiter überlegen, was für die Menschheit gut ist.«

Sarah schmeißt den Schwamm, mit dem sie den Milchtopf gesäubert hat, heftig auf die Arbeitsplatte. Es ist wie immer gewesen. Wenige Sätze mit Lara reichen zur Eskalation. Und dann haut sie ab und lässt sie stumm, verletzt und wütend zurück. Dabei hatte sie sich doch fest vorgenommen, ihr diese Frechheiten nicht mehr durchgehen zu lassen. Was hat sie davon abgehalten, dieses Vorhaben auch in die Tat umzusetzen? Ruttig! Natürlich, anfangs hat sie nur viel an ihn gedacht. An seine Art, mit Lara umzugehen, wie er von seinen Kindern erzählt hat. Dann das erste Treffen mit ihm … das erste, dass auch das letzte sein wird. Lara hat sie in ihrem betrunkenen Zustand gesehen, und das hätte nicht passieren dürfen. Das geht nicht, dafür gibt es keine Entschuldigung. Ihre Tochter hat Recht, sie als Mutter muss ein Vorbild sein. Dann fällt ihr Inge ein und das, was Lara ihr erzählt hat. Die benimmt sich auch nicht gerade wie ein Vorbild, denkt sie. Wie kann sie nur in aller Öffentlichkeit, noch dazu im Beisein ihrer Enkelin, so ein Benehmen an den Tag legen. Sich von einem fast Fremden die Hand küssen lassen und von gefärbten Haaren fantasieren. Das spricht doch eindeutig dafür, dass ihre Mutter langsam, aber sicher den Verstand verliert. Auch wenn sie selbst vermutlich nichts ausrichten kann, weil Inge noch nie auf sie gehört hat, wird sie nicht dabei zuschauen, wie ihre alte Mutter in ihr Unglück läuft. Sie nimmt sich vor, am späten Vormittag ihren Bruder anzurufen, um mit ihm zu besprechen, wie man in dieser peinlichen Angelegenheit verfahren soll. Bis dahin wird sie allerdings schon einmal Kontakt mit der Heimleitung aufnehmen, um sich über diesen Jonathan zu beschweren. Offensichtlich wird er von der Residenz beschäftigt, um die Bewohner zu unterhalten, aber nicht, um mit ihnen in aller Öffentlichkeit Händchen zu halten. Ein Blick auf die Uhr zeigt ihr, dass es mittlerweile 8:30 Uhr geworden ist. Nicht mehr zu früh dort anzurufen. Sie greift zum Handy, scrollt die Nummern durch und lässt dann wählen.

»Senioren-Residenz am Park, Tobias Leitner am Apparat.«

»Guten Morgen, hier spricht Sarah Hellwig. Meine Mutter, Inge Berger, wohnt bei Ihnen im Haus, und ich möchte bitte in einer dringenden Angelegenheit jemanden von der Leitung sprechen.«

»Das tut mir leid, Frau Hellwig, aber am Sonntag ist leider niemand erreichbar. Vielleicht kann ich Ihnen helfen?«

»Sagt Ihnen der Name Jonathan etwas? Meine Mutter scheint mit diesem Mann seit einiger Zeit einen sehr innigen Kontakt zu pflegen, der mir ehrlich gesagt überhaupt nicht gefällt.«

»Das wird Jonathan Brinkmann sein, und was meinen Sie genau? Ist irgendetwas vorgefallen? Kann ich mir ehrlich gesagt überhaupt nicht vorstellen, Herr Brinkmann hat einen ausgezeichneten Leumund.«

»Das mag ja sein, das will ich auch gar nicht in Abrede stellen. Doch mir erscheint es suspekt, dass er in aller Öffentlichkeit mit meiner Mutter sozusagen Händchen hält, beziehungsweise ihr die Hände küsst. Finden Sie das nicht auch merkwürdig, zumal er dazu doch wohl kaum eingestellt worden sein dürfte?«

»Nun, Herr Brinkman ist bei uns überhaupt nicht angestellt. Er ist ein ehrenamtlicher Mitarbeiter, der als ehemaliger Polizeibeamter über einen tadellosen Ruf verfügt. Hat sich Ihre Frau Mutter bei Ihnen über sein Verhalten beklagt? Ist er ihr in irgendeiner Weise zu nahe getreten?«

»Nein, das wohl nicht. Nein, nein meine Mutter hat sich nicht bei mir beklagt, ganz im Gegenteil. Ihr scheinen diese Art von Avancen das Gefühl zu geben, plötzlich wieder 20 zu sein. So verhält sie sich zumindest in der Öffentlichkeit. Nun müssen Sie mir aber wohl zustimmen, wenn ich sage, dass das nicht angemessen ist. Meine Mutter ist 77 Jahre alt, und wenn ich richtig informiert bin, ist der Herr Brinkmann deutlich jünger. Also sagen Sie mir bitte, was will er von meiner Mutter?«

»Das kann ich Ihnen leider nicht beantworten, Frau Hellwig. Wäre es nicht überhaupt besser, Sie würden sich darüber mit ihrer Frau Mutter unterhalten, gegebenenfalls auch mit Herrn Brinkman? Die Heimleitung ist da auf alle Fälle der falsche Ansprechpartner. Unsere Gäste sind freie Menschen. Darum entscheiden sie selbst, mit wem sie sich treffen möchten und mit wem nicht. Sofern es nicht gegen die im Augenblick herrschenden Hygienebestimmungen verstößt.«

»So sehen Sie das also? Ich hatte doch tatsächlich angenommen, Sie hätten eine Sorgfaltspflicht ihren Bewohnern gegenüber. Das heißt also, Sie lassen sie unter Umständen in ihr Unglück laufen, ohne dass es sie auch nur im geringsten interessiert?«

»Nein, Frau Hellwig, das heißt es ganz sicher nicht. Im Gegenteil. Uns liegt das körperliche und seelische Wohl unserer Gäste sehr am Herzen, das kann ich Ihnen versichern. Nur sehe ich, im Gegensatz zu Ihnen, im Hinblick auf die Freundschaft zwischen ihrer Frau Mutter und Herrn Brinkman keine Gefahr, daher verstoßen wir auch nicht gegen unsere Sorgfaltspflicht.«

»Nun gut, dann muss ich das so akzeptieren, und werde mich selbst um die Angelegenheit kümmern. Sie werden auf alle Fälle von mir hören. Ich wünsche Ihnen noch einen schönen Sonntag. Auf Wiederhören.«

Empört über ihren mangelnden Erfolg, legt Sarah das Telefon zur Seite und überlegt, was sie jetzt tun könnte. Vielleicht doch ihre Mutter anrufen und versuchen, ihr ins Gewissen zu reden? Nein, verwirft sie diesen Gedanken gleich wieder, die wird nicht auf mich hören. Sie wird mir Panikmache vorwerfen. Behaupten, dass ich Gespenster sehe, immer alles maßlos übertreibe und überhaupt immer vom Schlimmsten ausgehe. Das hat also keinen Sinn, das kann ich mir ersparen. Also doch Sven. Der war schon immer ihr Liebling, vielleicht hört sie auf ihn. Er kann ja sagen, dass er sich Sorgen um sie macht.

.

»Berger«, meldet er sich verschlafen nach dem dritten Klingelton.

»Hallo? Hier ist Sarah, hast du etwa noch geschlafen? Tut mir leid, aber es ist ja schon neun Uhr, da dachte ich …«

»Schon gut, ist was passiert?«

»Na ja, passiert wohl noch nicht, es geht um unsere Mutter. Auf mich hört die ja nicht und ich dachte, du könntest sie mal anrufen und ihr ins Gewissen reden.«

»Was hat sie verbrochen? Hat sie die Sonntagsmesse geschwänzt?«

»Musst du immer alles ins Lächerliche ziehen? Nein, darum geht es nicht. Es geht um die Tatsache, dass sie seit kurzem einen Freund hat. Einen wesentlich jüngeren neuen Freund. Ich meine, Mutter ist 77, das geht doch nicht.«

»Was geht nicht? Dass sie 77 ist oder dass sie einen Freund hat? Entschuldige Sarah, ich bin noch nicht ganz wach. Was genau willst du mir sagen, und was genau soll ich tun?«

»Du musst mit ihr reden, Sven. Du musst ihr klarmachen, dass das so nicht geht. Dass sich das nicht gehört. Eine Frau in ihrem Alter, kann sich nicht plötzlich eine neue Garderobe kaufen, sich die Haare färben, und sich in aller Öffentlichkeit aufführen wie ein Teenager. Sven, ich habe die beiden beobachtet. Mutter hat auf einer Bank gesessen und laut gekichert. Stell dir das nur einmal bildlich vor.«

Sarah hört Sven durchs Telefon heftig gähnen. »Und, was weiter? Nur weil sich Mutter ein paar neue Klamotten kauft und auf einer Bank sitzt und kichert, soll ich ihr ins Gewissen reden? Sarah, ehrlich, dazu habe ich absolut keine Lust.«

»Aber darum geht es doch gar nicht. Du verstehst mal wieder überhaupt nichts. Was, wenn dieser Mann ein Heiratsschwindler ist? Wenn er sie um ihr Geld bringen will? Was dann?«

»Ach so«, sagt Sven langsam. »Hm, für diesen Verdacht hast du noch sicherlich Gründe? Liegt irgendetwas gegen den Mann vor? Ist er polizeibekannt?«

»Nein«, räumt Sarah ungern ein, »aber das muss ja nichts heißen. Es gibt doch für alles immer ein erstes Mal.«

»Und für dieses erste Mal sucht sich der Mann ausgerechnet eine Frau aus, die in einem gut behüteten Seniorenstift lebt. Außerdem Familie hat, nicht einsam und unbekannt irgendwo im Plattenbau wohnt. Obendrein lässt er sich mit ihr in aller Öffentlichkeit auf Bänken sehen? Also, wenn du mich fragst, ist es dann auch sein letztes Mal, so doof wie der sich anstellt.«

»Typisch für dich, nie etwas ernst zu nehmen, was mal eine Aktion von dir erfordern würde. Hätte mir denken können, dass du so reagierst.«

»Warum hast du mich dann am frühen Sonntagmorgen geweckt, wenn du es dir denken konntest? Mensch Sarah, entspann dich doch mal, Mutter ist nun wirklich erwachsen und so weit ich weiß, klar im Kopf. Was ist denn daran so schlimm, wenn sie sich auf ihre alten Tage noch ein bisschen Spaß gönnt? Was soll passieren, schwanger wird sie ja kaum noch werden.« Sven lacht schallend über seinen Witz, aber Sarah ist sauer.

»Gut, dann guck zu, wie unsere Mutter in ihr Unglück läuft, ich werde das nicht tun, ich werde diesen Mann aufhalten, da kannst du aber sicher sein.« Wütend beendet sie das Gespräch und stürmt aus der Küche. Lara kann sich gerade noch hinter die Wohnzimmertür flüchten, um nicht beim Lauschen ertappt zu werden.

Kaum ist ihre Mutter im Bad verschwunden, schleicht sich Lara in ihr Zimmer zurück, wirft sich auf ihr Bett und schnappt sich das Handy. Lisa meldet sich nach dem ersten Klingeln und Lara lästert: »Alter, hast du dein Handy geheiratet, oder was? Schlimmer als ich, ey! Egal, ich muss Dir was erzählen, ich glaub bei der hackt´s wohl. Die denkt auch, sie ist der Herrscher der Welt. Geht ja gar nicht, ist ja schlimmer als bei der Stasi oder wie das da hieß.«

Bevor sie Luft holen und ihre Tirade fortsetzen kann, unterbricht Lisa sie: »Stopp mal, ich hab keinen blassen Dunst, was Du da schwallerst! Bei wem hackt´s, wer treibt was und wer ist die Stasi?«

»Oh man, das ist doch jetzt scheißegal, wer die fucking Stasi ist, es geht um meine Kontroll-Freak-Mutter!! Also pass auf, ich hab die sozusagen aus Versehen belauscht, als die meinen Onkel angerufen hat…«

»Aus Versehen?«, hakt Lisa nach.

»Klappe jetzt, oder willste nicht wissen was Sache ist?«, schneidet Lara ihr das Wort ab und verdreht genervt die Augen. Ohne eine Antwort abzuwarten, erzählt sie Lisa, was sie gehört hat.

»Das ist ja voll Mittelalter wie die

denkt«, regt sich jetzt auch Lisa auf, als Lara ihren Bericht damit beendet hat, dass sie sofort angerufen hat, um ihr das zu erzählen.

»Ich meine, eigentlich ist das doch voll cute, das mit deiner Oma und dem Typen. Deine Mutter kann sich da doch nicht so krass einmischen, am Ende verpisst der Typ sich, und deine Oma gammelt wieder alleine im Altenheim vor sich hin.«

»Mich regt voll auf, dass die meint, über alles und jeden bestimmen zu können. Meint die vielleicht, sie ist Gott, oder was? Dabei ist die doch auch nicht besser mit dem Bullen-Date neulich, als die mit gefühlt 3 Flaschen Wein intus hier reingetorkelt kam.«

Lara ist jetzt richtig in Rage.

»Ey, chill mal, Fakt ist ja wohl, dass wir irgendwas machen müssen, oder?«, fragt Lisa und klingt jetzt auch aufgeregt.

Lara hat sich mittlerweile von ihrem Bett erhoben und tigert durch ihr Zimmer. Sie überlegt angestrengt und beginnt dann breit zu grinsen. »Weißt du was? Du hast absolut Recht, der muss man mal richtig nen Denkzettel verpassen!«

»Äh, du denkst aber daran, dass wir uns nicht sehen können, wenn du für das – was immer grade in Deinen Gehirnwindungen vor sich geht – 200 Jahre Hausarrest kassierst, oder?« Lisa klingt jetzt besorgt; schließlich kennt sie Lara lange genug.

»Jo, chill mal!«, antwortet diese vergnügt. »Ich habe nur vor, meiner Oma noch ein bisschen mehr zu helfen. Ich will sie sozusagen ins 21. Jahrhundert befördern. Also, die braucht mehr als nur die paar neuen Klamotten, und einen neuen Haarschnitt mit Farbe und so. Sie ist übrigens schon an einer neuen Brille dran. Was die aber dringend noch braucht, ist nen richtiges Handy, nicht so´n altes Teil ohne Internet. Dann schicke ich der mal ne schöne Nachricht auf WhatsApp. Sie wird mir umgehend antworten, und dann lasse ich mein Handy gaaaanz aus Versehen auf dem Küchentisch liegen. Meine Mutter wird ausrasten, wenn die darauf ne Whats-

App von ihrer Mutter sieht! Die glaubt echt, ich merke nicht, dass sie ständig heimlich versucht, meine Privatsphäre auszuspionieren! Soll sie mal, wird ihr dieses Mal bestimmt nicht gefallen, was sie da alles findet.« Damit beendet Lara ihren kriegerischen Bericht.

»Den Plan find ich echt genial, aber wie willst du deine Oma dazu kriegen, sich ein neues Handy zuzulegen?«, fragt Lisa nicht ganz so euphorisch.

Als ob Lisa sie sehen könnte, winkt Lara lässig ab.

»Was? Als ob meine Oma mir was abschlagen könnte. Man muss das bei der nur richtig angehen, dann geht das fast von alleine. Ich erzähle ihr, dass ich so gerne mehr mit ihr quatschen würde, wir über ein neues Handy aber voll besser in Verbindung bleiben könnten. Ich sie auch viel eher beraten könnte, indem ich ihr Styling Tipps als Bilder schicke. Und dass der Jonathan safe auch kein so altes Schrotteil hat wie sie. Das volle ›Blablabla-Programm‹ halt.«

»Könnte klappen«, erwidert Lisa nach kurzer Überlegung.

»Sag ich doch«, lacht Lara, sichtlich mit sich zufrieden. »Du, ich muss jetzt auflegen, Projekt ›Grandma and Lara gegen Kontrollfreak-Monster‹ startet genau jetzt!«

-34-

Inge wacht auf und starrt verwundert auf ihren Wecker. Es ist tatsächlich fast acht Uhr. So lange hat sie seit einer Ewigkeit nicht mehr geschlafen. Sie schlägt die Bettdecke zurück und beginnt mit ihrer Morgengymnastik. Die ist ein Muss, sonst plagen sie über Tag die Arthroseschmerzen noch stärker als gewöhnlich. 100-mal ›Radfahren‹, Knie an die Brust ziehen, Beine abwechselnd lang ausstrecken, na ja, was eben noch geht in ihrem Alter. »Meine Güte, Inge«, denkt sie, »früher konntest du mal Spagat, hast Rad geschlagen und einen Salto aus dem Stand gemacht. Heute kriegst du schon bei ein bisschen Gymnastik im Bett Schnappatmung.« Nachdenklich betrachtet sie die faltige Haut an der Innenseite ihrer Oberschenkel, zieht dann ihr Nachthemd in die Höhe und inspiziert ihren Bauch. ›Germanys next Top Modell‹ werde ich damit nicht mehr, das steht mal fest. Immerhin bin ich schlank, vielleicht sogar ein bisschen zu dünn. Trotzdem, schön finde ich mich nicht mehr, und wenn ich selber das schon sage, wie soll's da erst einem Mann gehen? »Inge, ist gut jetzt!«, sagt sie laut. »Was sind das nur für alberne Gedanken?« Mühsam dreht sie sich auf die Seite, um rückenfreundlich aufzustehen. Auf der Bettkante bleibt sie sitzen und lässt den gestrigen Abend in Gedanken noch einmal Revue passieren. Jonathan hat gegen halb acht geklopft, in einer Hand eine Tragetasche, aus der der Korken einer Champagnerflasche herausragte, in der anderen eine langstielige Rose. Liebe Güte, wann hat ihr das letzte Mal ein Mann Rosen geschenkt? Ja, Klaus hat ihr schon ab und an Blumen geschenkt. Zum Geburtstag, Hochzeitstag, sehr selten auch mal einfach so, aber langstielige Rosen waren das nie. Sie hatte verwundert den Kopf geschüttelt und ihn hereingebeten.

»Du sollst mich doch nicht so verwöhnen, machst du das etwa mit allen Frauen so, die du betreust?«, hat sie ihn gefragt.

Jonathan, der gebeugt über dem kleinen Tisch stand und seine Tasche auspackte, hatte erstaunt den Kopf gehoben und lachend geantwortet: »Ich betreue dich nicht, ich verehre dich. Ich mache dir den Hof. Hast du das etwa noch nicht bemerkt? Dann muss ich mich wohl mehr ins Zeug legen, bevor dich mir ein anderer wegschnappt. Schau her, meine Liebe, ich habe Sushi mitgebracht und Erdbeeren. Ich weiß, dass du beides gern isst. Dazu trinken wir Champagner und du zeigst mir, wie schön du in deinen neuen Sachen aussiehst. Wenn ich dann nicht vor lauter Begeisterung ohnmächtig geworden bin, können wir auch noch eine Partie Tavla spielen. Klingt das nach einem Plan?«

»Du machst WAS?«, hatte sie nachgefragt, ohne auf etwas anderes einzugehen. »Du machst mir den Hof? Sag mal, weißt du eigentlich, was du da sagst? Ich bin doch viel zu alt für dich, oder du viel zu jung für mich, je nachdem. Auf alle Fälle geht das nicht. Nein, das geht unter gar keinen Umständen.«

»Und warum geht das bitte unter keinen Umständen? Hast du einen anderen? Das wäre für mich das einzige Argument, das ich akzeptieren würde, alles andere ist Unsinn.«

»Nein, natürlich habe ich keinen anderen. Ich habe überhaupt keinen, also, seit mein Mann gestorben ist, habe ich keinen Mann auch nur angeguckt.«

»Reine Zeitverschwendung, auch wenn das jetzt ein Vorteil für mich ist. Meine Liebe, wir sind keine Teenager mehr, das weiß ich auch. Wir haben schon ein gutes Stück Weg zurückgelegt, aber wir leben noch. Also, warum sollten wir so tun, als wären wir schon tot? Das ist doch wirklich dumm. Wir werden alle immer älter, machen aber nichts aus diesen geschenkten Jahren. Im Gegenteil, wir verschwenden sie mit Nichtstun, Jammern über vermeintliche Krankheiten und dem Warten auf unser Ende. Da mache ich nicht mit, und du solltest das auch nicht tun. Komm her zu mir, iss was. Das Sushi ist köstlich, trink Champagner, und lass dir die Erdbeeren schmecken. Lebe einfach.«

»Ach Jonathan, als wenn das alles so leicht wäre …«

»Es ist so leicht, Inge. Komm erst einmal her und setz dich hin. So, hier probier, ist das nicht köstlich?« Er hatte ihr ein Stück Sushi in den Mund geschoben und sie hatte brav gekaut.

»Oh ja, das ist wirklich lecker, ich esse ja ohnehin sehr gern Lachs.«

»Siehst du, schon wieder eine Gemeinsamkeit, und Champagner magst du auch. Los lass uns anstoßen und auf unser schönes Leben trinken. Auf dass es noch lange nicht zu Ende gehen möge.«

Ach, was hatte sie alles an Bedenken vorgebracht. Ihre Kinder, Enkelkinder, ihr Alter, ihr krankes Herz, Jonathan hatte sich das alles angehört, den Kopf geschüttelt oder darüber gelacht.

»Ich hätte wirklich nicht gedacht, dass du so ein Hasenfuß bist. Du willst auf Glück verzichten wegen deiner Kinder? Hallo? Die sind aus dem Gröbsten raus, lange erwachsen und leben ihr eigenes Leben. Was sollten die dagegen haben, wenn es ihrer Mutter gutgeht? Na und, deine Enkelkinder interessiert das mit Sicherheit nicht, für die leben wir doch längst auf einem anderen Planeten. Dein krankes Herz? Das ist nur krank, weil es sich schrecklich langweilt und ihm die Liebe fehlt, glaube ich. Ach ja, und dann dieser Altersunterschied, der dich ja besonders zu beschäftigen scheint. Ich werde nächsten Monat 67, du bist gerade 77 geworden, richtig? Also trennen uns 10 Jahre. Wäre es für dich mit 67 ein Problem gewesen, mit einem 77 Jahre alten Mann liiert zu sein? Halt, halt, komm mir jetzt nicht und sag, das sei was ganz anderes. Dieses Argument zählt heute nicht mehr. Das stammt aus längst vergangenen Zeiten, als die Ehe eine reine Versorgungsangelegenheit war. Du bist finanziell unabhängig und ich bin es auch. Ich habe ein großes, viel zu leeres Haus hier in der Stadt. Außerdem eine wunderschöne Finca auf Teneriffa. Da komme ich kaum noch hin, weil es mir allein keinen Spaß macht. Wann warst du das letzte Mal im Urlaub? Soll ich raten? Das war noch zu Lebzeiten von Klaus, richtig? Also, spricht nicht wirklich etwas dagegen, es sei denn, du magst mich nicht. Wenn es so ist, dann sag es, und ich höre sofort auf, dich überzeugen zu wollen. Also? Was ist, ich warte?«

»Doch, ich mag dich«, hatte sie leise geantwortet und gemeint, ihren eigenen Herzschlag zu hören. »Ich mag dich sogar sehr, aber trotzdem …«

»Ha, ich habe es doch gewusst, ich wusste, dass ich mich nicht irre. Ich mag dich nämlich auch, ach was, mögen ist ja viel zu wenig. Ich bin wie ein Pennäler in dich verknallt, kannst du dir das vorstellen? Ich genieße jede Minute, die ich in deiner Nähe bin. Du bist eine tolle Frau, was spielt da das Alter schon für eine Rolle? Wir können zusammen lachen, leben und genießen. Lass uns nach Teneriffa auswandern, zusammen in der Sonne liegen, Wein trinken, aufs Meer hinausschauen, und uns an den Händen halten. Na, wie klingt das? Ach, noch was, solltest du moralische Bedenken haben, ich würde dich vorher auch heiraten.«

Sie hatte alle Bedenken beiseitegeschoben, überwältigt von Jonathans Begeisterung und dann hatte er sie geküsst. Kein Küsschen auf die Wange, nein, es war ein richtiger Kuss gewesen, und nichts war ihr daran peinlich erschienen. Sehr merkwürdig. Trotzdem, mehr hatte sie nicht gewollt und Jonathan hatte sofort verstanden und sich zurückgezogen.

»Wir müssen nichts überstürzen, wir haben Zeit«, hatte er gesagt und dann lachend gefragt, wann sie denn mit der Modenschau beginnen wolle.

Letztendlich hatte sie ihm nur die neue Jeans vorgeführt und die hatte er toll gefunden. Müde vor Aufregung, vom Essen und dem vielen Champagner war sie schließlich nach Mitternacht in ihr Bett gefallen. Jonathan hatte sich mit einem Kuss auf die Stirn verabschiedet und war gegangen. Nun saß sie hier, betrachtete sorgenvoll ihren faltigen Körper und fragte sich, ob das wirklich eine gute Idee gewesen war. Kann man mit 77 Jahren noch ein Liebesleben haben?

Ein Anruf von Lara unterbricht ihre frustrierenden Grübeleien.

»Guten Morgen, mein Kind, du bist aber sehr früh auf. Ich hoffe, es ist nichts passiert?«

»Nö, alles gut, ich bin zum Picknick verabredet, darum. Ich wollte mal hören, ob du dir das mit der neuen Frisur überlegt hast?«

»Du meinst mit meinen Haaren? Na ja, ich bin noch gar nicht richtig zum Überlegen gekommen, aber wenn du meinst, dass das sein müsste …«

»Jo, denke schon. Ich habe da aber noch eine andere Idee. Du hast doch nur so´n vorsintflutliches Telefon, das nix kann. Also, du brauchst safe ein Handy mit Internet. Das hat heute jeder, damit kannst du fotografieren, dir auf YouTube Stylingvideos und so was angucken. Weißt, was ich meine? Außerdem können wir dann WhatsApp schreiben, geht viel schneller als telefonieren. Du kannst sogar Videos damit machen und mir schicken, dann kann ich dich immer beraten, das wär doch mega, oder?«

»Ach Kind, diese modernen Dinger, damit kenne ich mich

doch überhaupt nicht aus. Außerdem haben die auch so kleine Tasten, da sehe ich ja selbst mit Brille nichts.«

»Kann man alles einstellen, ist kein Ding, das zeige ich dir dann. Ich würde dir eins über eBay Kleinanzeigen besorgen, dann ist es auch nicht so teuer.«

»Aha, aber meinst du wirklich, ich sollte mich jetzt auf meine alten Tage noch an so ein modernes Teil gewöhnen?«

»Jo, unbedingt, dann könnten wir uns immer Bilder schicken und WhatsApp, so was eben. Ich käme bei dir vorbei und würde dir zeigen, wie das so geht und alles. Ich suche schon mal, und wenn ich eines gefunden habe, rufe ich dich wieder an. Oke? Du wirst sehen, es gefällt dir bestimmt. Du kannst dir dann auf YouTube auch Schminkvideos für Alte angucken.«

»Schminken soll ich mich jetzt auch noch? Was denn noch alles?«

»Musst ja nicht, ich dachte nur, weil du dir doch neue Klamotten gekauft hast und so.«

»Nun gut, du kannst mir das ja mal zeigen, was du meinst. Wie viel Geld brauchst du denn dafür?«

»Vielleicht so 400,-?«

»Vierhundert Euro? Für ein so kleines Telefon? Ist das nicht sehr teuer?«

»Du brauchst schon was Vernünftiges, nicht wieder so ein Schrottteil, vielleicht kriege ich auch eins für 300,-. Mal schauen.«

»Na gut, dann mach mal, wenn du meinst, dass ich das wirklich unbedingt brauche.«

»Brauchst du, vertrau mir. Und dann stylen wir dich um. Tschüss, bis dann.«

Inge sitzt noch immer in ihrem Nachthemd auf dem Bettrand, als auch noch Jonathan anruft.

»Hallo, meine Liebe, hast du gut geschlafen? Wie geht es dir heute Morgen?«

»Oh danke, ich habe sehr gut geschlafen, bis um acht Uhr,

stell dir das nur einmal vor. Gerade hat mich Lara angerufen, ganz ungewöhnlich von ihr. Sie will unbedingt, dass ich mir ein neues Telefon kaufe, so ein modernes, weißt du? Damit kann man Bilder verschicken und Frisuren angucken.«

»Ein Smartphone? Ja, warum nicht? Ich habe auch eins, das ist wirklich sehr praktisch. Ich kann dich gern in seine Geheimnisse einführen, ist gar nicht so kompliziert.«

»Das hat Lara auch gesagt, aber ich weiß nicht so recht, ich war technisch nie sonderlich begabt.«

»Keine Angst, musst du dafür auch nicht sein. Die Dinger machen alles von allein, du musst nur auf den richtigen Knopf drücken. Bis auf bügeln können die auch fast alles. Pass auf, ich mache dir einen Vorschlag. Ich komme nachher vorbei, und zeige dir schon mal die wichtigsten Funktionen auf meinem. Danach lade ich dich zum Mittagessen ein. Was hältst du davon?«

»Ich bin noch nicht einmal angezogen, sitze immer noch auf dem Bett rum. Aber gut, wenn du meinst. Nur bitte nicht vor 11 Uhr, ich muss mich jetzt erst einmal stylen«, lacht Inge und trifft dabei Laras Tonfall perfekt. Langsam quält sie sich in die Höhe und stöhnt ein bisschen. »Das ist doch wirklich zu albern«, sagt sie und presst die Hand auf ihr heftig klopfendes Herz. »Kaum allein vom Bett hochkommen, aber mit einem Mann reingehen wollen.«

Sie schafft es nicht bis ins Band, ihr Telefon klingelt erneut.

»Was ist denn heute nur los«, murmelt sie, »so viele Anrufe kriege ich sonst in einem Monat nicht.«

»Hallo, Mutter, hier ist Sven. Ich habe gehört, du hast dir einen Lover zugelegt und wollte mal hören, was an dem Gerücht dran ist.«

»Was habe ich? Ja sagt mal, seid ihr denn alle miteinander verrückt geworden? Kann ich nicht mal mit einem Mann spazieren gehen, ohne dass meine ganze Familie in Aufruhr gerät? Habt ihr vergessen, wie alt ich bin?«

»Mach mich nicht an, bitte. Hätte mich nicht Sarah heute

in aller Herrgottsfrühe aus dem Bett geschmissen, wüsste ich ja gar nichts davon. Also komm, sag schon, was ist dran an ihren Befürchtungen?«

»An ihren Befürchtungen? Was hat sie denn für welche?«

»Du kennst doch Sarah, die hört immer die Flöhe husten. Jetzt macht sie sich halt Sorgen, du könntest vielleicht einem Heiratsschwindler auf den Leim gehen, der dich nur um dein Geld bringen will.«

»Das ist doch absurd. Jonathan ist ein pensionierter Kriminalhauptkommissar mit einer guten Pension. Außerdem besitzt er ein großes Haus und eine Finca auf Teneriffa.«

»Oha, dann bist also du die Heiratsschwindlerin und bringst ihn um sein Geld?«

»Unsinn, niemand bringt hier irgendjemanden um sein Geld, aber …«

»Ja Mutter? Beichte mir deine unmoralischen Gedanken, ich höre.« Sven lacht laut und auch Inge lacht mit.

»Das ist alles so lächerlich, warum macht Sarah nur aus allem immer gleich ein Drama? Warum fragt sie nicht mich, anstatt dich damit zu behelligen?«

»Sie sagt, du würdest nicht auf sie hören und dich in aller Öffentlichkeit lächerlich machen.«

»Ja, so was in der Art hat sie mir auch vorgeworfen. Ungeheuerlich ist das, ich habe nur auf einer Bank gesessen und gelacht. Das war mein ganzes Verbrechen.«

»Gekichert, Mutter, du hast, nach ihren Angaben, auf einer Bank gesessen und gekichert wie ein Teenager. Das fand sie peinlich und nun denkt sie, dass du …«

»Dass ich was? Langsam verkalke? Den Verstand verliere und dement werde? Mach dir darüber nur keine Sorgen, ich bin völlig klar im Kopf. Und ja, ich habe einen sehr netten Mann kennengelernt, der sich für mich interessiert, und ja, er ist 11 Jahre jünger als ich, und auch ja, ich überlege ernsthaft, mit ihm zusammenzuziehen.«

Inge hat hastig geredet, und als sie den letzten Satz ausgesprochen hat, erschrickt sie über sich selbst. Hat sie das wirklich vor oder hat nur Sarah, mit ihren albernen Ängsten, sie dazu getrieben, so etwas zu sagen?

»Na, das sind ja wirklich mal Neuigkeiten. Wann hattest du denn vor, deine Familie darüber in Kenntnis zu setzen? Ich meine, das geht uns ja schließlich alle an, oder etwa nicht?«

»Es ist doch noch ganz neu, ich hatte kaum Zeit, mich selber mit diesem Gedanken auseinanderzusetzen. Jonathan hat mir das erst gestern Abend vorgeschlagen, und ob euch das alle was angeht, das weiß ich ehrlich gesagt nicht so recht.«

»Was soll das denn bedeuten, Mutter? Du willst in deinem Alter zu einem Mann ziehen, den wir noch nicht einmal kennen, und glaubst, das ginge uns nichts an?«

»Ach komm, jetzt werde du nicht auch noch dramatisch. Du klingst, als wollte ich nach Timbuktu auswandern. Hat doch nur Vorteile für euch. Ihr müsst mich nicht mehr wöchentlich anrufen und einmal im Vierteljahr sogar besuchen kommen. Wann genau warst du eigentlich das letzte Mal hier, mein Sohn? Ja, ja, schon gut, ich weiß, Corona, es durfte mich niemand besuchen. Das Verbot ist allerdings schon seit vier Wochen aufgehoben.«

»Mutter, jetzt sei nicht ungerecht. Du weißt, wie viel ich zu tun habe, und ich habe dich doch jede Woche angerufen.«

»Anrufen kannst du mich überall. Außerdem mache nicht ich dir Vorwürfe, sondern ihr mir. Ihr habt eine Menge Vorurteile, aber keiner kommt auf die Idee, mich zu fragen, was ich eigentlich will. Was ich an diesem Mann finde oder er an mir. Ihr denkt immer nur so schreckliche Sachen.«

»Na ja, du musst doch aber auch zugeben, dass es etwas ungewöhnlich ist, wenn die eigene Mutter, mit immerhin 77 Jahren, plötzlich mit solchen Ideen ankommt.«

»Wäre es anders, wenn es nicht die eigene Mutter wäre? Junge, du bist über 40, hast selber eine Frau und zwei Kinder. Die Zeit, als du mich als Mutter gebraucht hast, ist lange vorbei. Die meiste Zeit vergisst du wahrscheinlich sogar, dass ich überhaupt noch existiere. Nein, lass mich ausreden! Das sollte kein Vorwurf sein, so ist eben das Leben, das ist ganz normal. Aber, dass ihr plötzlich alle, wie ein aufgescheuchter Ameisenhaufen reagiert, weil ich aus meiner Unsichtbarkeit auftauche, das ist sehr bezeichnend für euch. Du und Sarah, ihr habt nach dem Tod eures Vaters beschlossen, dass es für mich das Beste wäre, in diese Seniorenresidenz zu ziehen. Ihr habt das entschieden, ohne mich überhaupt zu fragen. Keiner ist auf die Idee gekommen, dass ich das vielleicht gar nicht gewollt habe. Dass ich nur nicht die Kraft hatte, mich dagegen zu wehren. Auch ist niemand auf die Idee gekommen, mich zu fragen, ob ich vielleicht zu einem von euch ziehen möchte. Keine Sorge, das hätte ich gewiss nicht gewollt, aber es hätte mich gefreut, gefragt zu werden. Seither sitze ich hier in diesem Haus rum, baue immer mehr ab und verblöde langsam. Für euch bin ich eigentlich längst tot, aber für Jonathan, für den lebe ich noch. Als ich das begriffen habe … na ja, da habe ich auch begriffen, dass ich noch etwas mehr mit meinem Leben anfangen will, als auf einen Anruf oder einen dieser seltenen Besuche meiner Kinder zu warten.«

»Also Mutter, jetzt bist du aber wirklich unfair, wir haben doch getan, was wir für das Beste hielten.«

»Ja, ihr, ich wurde ja nicht gefragt. Und jetzt frage ich euch nicht, sondern tue, was ich für das Beste halte … das Beste für mich. Was ist daran unfair?«

»Ja, wenn du meinst, ich will dir da ja auch gar nicht reinreden, aber ich fände es schon gut, diesen Jonathan zumindest vorher mal kennenzulernen.«

»Natürlich, das ist sicherlich kein Problem, ich werde mit ihm darüber reden. Jetzt muss ich aber endlich unter die Dusche, Jonathan wird mich um 11 Uhr zum Mittagessen abholen und mir vorher sein Smartphone erklären. Mach's gut, mein Junge und bestell allen schöne Grüße.«

-35-

»Sie hat WAS gesagt? Sie will zu diesem Kerl ziehen, den sie seit wann kennt? Seit fünf Wochen oder so? Daran siehst du doch, dass unsere Mutter den Verstand verloren hat. Sie weiß nicht mehr, was sie tut.« Sarah ist fassungslos, als Sven ihr von seinem Gespräch mit Inge berichtet.

»Den Eindruck hatte ich nicht. Ganz im Gegenteil, sie war recht kämpferisch. Hat mir so Einiges an den Kopf geworfen, kann ich dir sagen.«

»Da siehst du es, das ist doch vollkommen ungewöhnlich für Mutter. Ich bin sicher, dass dieser Kerl sie gegen uns aufhetzt. Sie von uns isolieren will, damit sie umso mehr von ihm abhängig ist. Das dürfen wir nicht zulassen, Sven, wir müssen etwas dagegen unternehmen.«

»Und was hast du dir da so vorgestellt? Du kannst ihr schlecht Hausarrest geben wie deinen Kindern.«

»Nein, natürlich nicht, aber wenn's hart auf hart kommt, kann man sie vielleicht unter Vormundschaft stellen lassen. Also nur, wenn sie überhaupt nicht auf uns hören will.«

»Entmündigen? Unsere Mutter? Bist du von allen guten Geistern verlassen, Sarah? Weißt du eigentlich noch, was du sagst? Du kannst doch unsere Mutter nicht für verrückt erklären lassen, nur weil sie einen Freund hat. Abgesehen davon, dass du das nicht durchkriegen würdest, wäre das auch menschlich verdammt schäbig. Nein, das sage ich dir gleich, da mache ich nicht mit. Ich bin bereit, dem Mann auf den Zahn zu fühlen, und wenn ich den Eindruck habe, dass mit dem was nicht koscher ist, dann rede ich gern noch mal persönlich mit Mutter. Bis dahin halt um Gottes Willen den Ball flach.«

»Ja, ja, schon gut, aber lass dich von dem bloß nicht einwickeln. Stell dir nur mal vor, was das für Konsequenzen hätte, wenn Mutter ihren Heimplatz aufgibt, um zu dem zu ziehen. Dann geht das nicht gut, sie will wieder weg, und was dann? Willst du sie vielleicht bei dir aufnehmen?«

»Ich? Wieso ich? Du bist doch die mit dem viel zu großen Haus. Und jetzt, wo Axel ausgezogen ist, hast du doch noch mehr Platz.«

»Bist du verrückt? Mutter und ich unter einem Dach, das gäbe Mord und Totschlag. Außerdem sind da ja noch Lara und Lars und ich kann dir sagen, Lara ist momentan wirklich die Pest. Warte ab, bis deine in dieses Alter kommen, dann weißt du, wovon ich rede.«

»Okay, noch ist ja überhaupt nichts passiert. Warten wir jetzt erst mal ab, bis sie sich meldet, wann und wo ich diesen geheimnisvollen Jonathan kennenlernen kann, dann sehen wir weiter.«

»Halt mich unbedingt auf dem Laufenden und lass dich von den Beiden bloß nicht beschwatzen.«

»Wenn du so gut weißt, worauf ich achten muss, warum führst du eigentlich dieses Gespräch nicht gleich selbst? Ich verstehe das sowieso nicht, du bist doch diejenige, die hier Panik schiebt und alle Welt verrückt macht.«

»Du weißt doch ganz genau, dass sie auf mich nicht hören würde. Nein, nein, wenn jemand sie noch von ihren verrückten Plänen abbringen kann, dann du.«

»Ich kann das Reden übernehmen, aber ich erwarte

trotzdem deine Anwesenheit. Du kannst nicht alle Welt verrückt machen, dich aber dann aus allem raushalten wollen. Ich gebe dir Bescheid, wenn ich etwas weiß und bis dahin versprichst du mir, überhaupt nichts mehr zu unternehmen. Versprochen?«

»Na gut, ich warte ab, bis du weißt, wann und wo.«

-36-

»Oh Jonathan, schön, dass du da bist, komm bitte herein, ich muss ganz dringend mit dir reden. Komm schon, setz dich!«

»Ich freue mich auch, dich zu sehen«, lacht Jonathan, verwundert über Inges ausgefallene Begrüßung. »Was ist passiert?«

»Mein Sohn hat mich vorhin angerufen und wollte wissen, ob es stimmt, was Sarah ihm erzählt hat. Meine Tochter macht offenbar alle Welt verrückt mit ihren Ängsten und Verdächtigungen. Sie ist felsenfest davon überzeugt, dass du nur ein Heiratsschwindler sein kannst, der es auf mein Geld abgesehen hat. Was anderes kommt in ihrem Weltbild gar nicht vor. Sven ist nicht so, aber auch er hat angefangen zu fragen, ob ich das alles vernünftig finde, dass dich niemand kennt und so weiter. Ich habe mich darüber sehr geärgert und ein paar Sachen gesagt, die besser ungesagt geblieben wären. Am schlimmsten ist aber, dass ich in meinem Ärger behauptet habe, ich würde demnächst zu dir ziehen. Das war Wasser auf seine Mühlen. Alles viel zu überstürzt sei das. Niemand hätte dich bisher auch nur zu Gesicht bekommen. Ich habe ihm dann gesagt, wenn das sein einziges Problem sei, dem könne man abhelfen und sich demnächst mal treffen.«

»Natürlich, das finde ich sehr verständlich. Deine Kinder machen sich bestimmt nur Sorgen um dich. Was hältst du davon, wenn wir sie am kommenden Wochenende zu mir einladen, zum Kaffeetrinken. Dann können sie mich alles fragen, was ihnen auf dem Herzen liegt, und ich kann sie hoffentlich beruhigen.«

»Das würdest du wirklich machen? Oh, das beruhigt mich jetzt aber sehr. Weißt du, ich habe natürlich nicht vor, morgen bei dir einzuziehen, ich habe ja so schon Angst, dass wir das alles zu sehr überstürzen, so gut kennen wir uns ja wirklich noch nicht.«

»Zwischen überstürzen und etwas auf die lange Bank schieben, gibt es einen Unterschied, meine Liebe. Tatsache ist, wir haben keine Zeit mehr zu vergeuden, jeder Tag zählt und jeder Tag ohne dich, zählt doppelt. Zieh heute zu mir, je eher, je besser.«

»Ach, du bist ein Charmeur, mein Lieber, aber gut, dann lass mich schnell noch meinen Sohn anrufen und ihm sagen, dass du einverstanden bist.«

»Nein Inge, so würde ich das nicht formulieren. Das klingt ja, als hättest du mich um Erlaubnis gefragt. Ruf ihn an und lade ihn für den kommenden Sonntag um 15:30 Uhr zu uns zum Kaffeetrinken ein. Er kann gern seine Familie mitbringen. Was ist mit deiner Tochter? Wird sie auch kommen?«

»Sarah? Das glaube ich eher nicht, aber vielleicht kann ich Lara überreden, die ist mit Sicherheit ganz erfrischend in dieser Inquisitionsrunde.«

»Gut, dann mach das und denke dran, wir tun nichts Verbotenes, wir entscheiden nur selbst, was für uns gut und richtig ist.«

Inge nickt und streicht ihm liebevoll über die Wange. »Mit dir erscheint mir alles so einfach zu sein, das tut richtig gut.«

Sie hebt die Hand, weil Sven sich am Telefon meldet.

»Hier ist Mutter, also, wir würden uns sehr freuen, wenn ihr, gern auch Maren und die Kinder, am Sonntag zu uns zum

Kaffeetrinken kommen könntet. 15:30 Uhr wäre eine gute Zeit. Da du dich ja sicherlich mit Sarah austauscht, richte ihr doch bitte aus, dass die Einladung selbstverständlich auch für sie gilt.«

»Äh, Sonntag, 15:30 Uhr, gut, aber ob Maren und die Kinder mitkommen, weiß ich noch nicht. Ich rufe dich deswegen aber noch mal an. Schön, dann mach's gut und bis Sonntag. Ach halt, ich weiß ja gar nicht, wohin ich eigentlich kommen soll. Aha, ja, kein Problem, das finde ich, mein Auto hat ein Navi.«

»Prima hast du das gemacht, ich bin stolz auf dich und gespannt auf deine Familie. Mach dir nur keine Sorgen, schließlich habe ich nichts zu verbergen, nicht die kleinste Leiche im Keller.«

»Gott sei Dank, denn sei sicher, die würde Sarah sofort ausbuddeln«, lacht Inge. »So, und jetzt versuch mal bitte, mir den Gebrauch dieser Teufelsmaschinen zu erklären.«

Nach einer Stunde raucht Inge der Kopf. »Von wegen, man muss nur auf den richtigen Knopf drücken, den Rest macht das Telefon alleine«, lacht sie. »Immerhin, telefonieren ist nicht schwierig, aber der Rest?«

»Du kriegst das hin, wirst sehen, außerdem kann Lara es dir auch noch mal erklären. Jetzt lass uns erst mal was essen gehen. Worauf hättest du denn heute Lust?« Sie einigen sich auf den Besuch in einem Brauhaus, bestellen trotz der warmen Temperaturen Sauerbraten mit Knödeln und jeder ein großes Bier.

»Hör mal«, beginnt Jonathan nach dem ersten Schluck, »was du da vorhin gesagt hast, also, dass du zu mir ziehen würdest … ja, ja, ich weiß, das hast du nur so dahingesagt, aber lass mich mal ausreden. Also, die Idee ist doch gar nicht schlecht. Ich habe wirklich ein großes Haus, ebenerdig, du musst keine Treppen steigen, und für den Garten habe ich auch jemanden. Ich würde es dir gern zeigen, ganz ohne jede Verpflichtung. Wenn es dir nicht gefällt, verkaufen kann ich es jederzeit. Hättest du Lust, es dir nachher einmal anzuschauen? Es würde mich sehr freuen. Außerdem wäre es auch vernünftig, denn, wenn du Sonntag die Gastgeberin bist, wäre es zumindest gut, wenn du wüsstest, wo die Küche ist.«

Inge umklammert ihren Bierkrug, als wollte sie sich an ihm festhalten. »Ich weiß nicht, Jonathan, es ist das Haus, in dem du mit deiner verstorbenen Frau gelebt hast. Viele Jahre gelebt hast, ich würde mich wie ein Eindringling fühlen.«

»Ich habe mir gedacht, dass du so was sagen würdest, aber hör mir erst mal zu. Als meine Frau gestorben ist, habe ich lange in einer kleinen Pension gewohnt, weil ich es in dem Haus nicht ausgehalten habe. Zu viele Erinnerungen, du verstehst? Erst nach über einem Jahr war ich in der Lage etwas zu tun und habe es komplett neu einrichten lassen. Das hatten wir uns schon lange vorgenommen, es aber immer wieder aufgeschoben. Damals habe ich es umgesetzt und daher erinnert mich nichts, was heute dort steht oder liegt, noch an meine Frau. Es ist nur das Mauerwerk geblieben, alles andere ist neu. Von der Küche bis zum Schlafzimmer. Hat mich ein kleines Vermögen gekostet, aber ich glaube, es hat sich gelohnt. Schau es dir an und dann urteile du.«

»Gut, wenn das so ist. Aber jetzt freue ich mich erst mal auf etwas zu essen, ich habe einen Mordshunger.«

Als sie später im hübsch angelegten, recht großen Garten von Jonathans Haus stehen, ist Inge überwältigt von den üppig blühenden Rosen, deren Duft schwer in der Luft liegt.

»Du musst einen tollen Gärtner haben, so schöne Rosen habe ich selten gesehen.«

»Deren Gärtner bin ich«, lacht Jonathan. »Ich mag es, mich mit ihnen zu beschäftigen, und die Rosen mögen es, wenn man sich mit ihnen beschäftigt. Win-win sozusagen.«

»Alles ist wunderschön, das Haus und natürlich der Garten, ich kann verstehen, dass du dich hier sehr wohl fühlst«, nickt Inge, nachdem sie vom Rundgang wieder zurück in der kleinen Eingangshalle stehen.

»Ja, das tue ich, aber es ist nur ein Haus, kein Zuhause und das fehlt mir. Ich werde dich nicht drängen und schon gar nicht zu etwas zwingen, aber du sollst wissen, dass es mich sehr glücklich machen würde, mit dir hier zu leben. Den Sommer über, den Winter hauen wir dann ab nach Teneriffa. Wie klingt das?«

»Wie ein Märchen«, lacht Inge, »und wo sind die böse Stiefmutter, die Hexe, der Wolf? Jedes Märchen, das etwas auf sich hält, hat so was.«

»Das waren doch nur Metaphern für die Angst vor der verbotenen Versuchung, so was haben wir längst hinter uns. Einen Vorteil muss das Alter schließlich haben«, antwortet Jonathan, nimmt Inges Kopf in beide Hände und küsst sie herzhaft auf den Mund.

-37-

»Oma? Ich bin's, Lara. Ich habe für dich einen Termin bei Mamas Friseur gemacht, ist das ok? Also, am Freitag, 14: 30 Uhr. Ich komme mit, damit das nicht kaka wird. Und ein geiles Handy habe ich auch gefunden, würde nur 325,- Euro kosten. Habe meine super Verhandlungsqualitäten dafür ausgepackt.«

»Am Freitag? Ja, na gut, wenn du drauf bestehst, ich hoffe nur, ich sehe anschließend nicht ganz schrecklich aus. Was ich heute manchmal an Frisuren sehe, gefällt mir nämlich so gar nicht. Ich mag auch die alten Frauen mit kurzen Haaren nicht, die am Hinterkopf immer so ein Liegeloch haben.«

»Chill mal, ich passe schon auf, dass das nicht zu krass wird. Was ist jetzt mit dem Telefon? Ich muss das kaufen, bevor es weg ist.«

»Gibt es davon denn so wenige?«, will Inge wissen und versteht nicht, warum Lara das lustig findet.

»Ja, Oma, das gibt's grad nur einmal, darum müssen wir uns beeilen. Das muss dann auch sofort bezahlt werden, sonst haben wir Pech.«

»Ach so, ich verstehe, ja, wie machen wir das denn. Wie

viel? 325,- Euro? So viel habe ich wohl hier, aber wie kommst du an das Geld?«

»Du hast kein PayPal, oder?«

»Was habe ich?«

»Vergiss es, ich hole es mir nachher, und mache ne Überweisung. Oke?«

»Ja, wenn du meinst, natürlich, ich bin ja hier. Aber ich wollte dich noch um etwas anderes bitten. Also, nur wenn du Zeit hast, natürlich. Es ist so, dass deine Mama und Onkel Sven sich Sorgen machen, dass der Jonathan, also der Herr Brinkmann, es mit mir vielleicht nicht ehrlich meint. Dass er so was wie ein Heiratsschwindler ist, der nur mein Geld will. Das ist natürlich völliger Unsinn, aber sie wollen ihn eben kennenlernen. Darum haben wir am Sonntag die ganze Familie zum Kaffeetrinken eingeladen. Also, ich weiß nicht, aber ich glaube, ich würde mich ein bisschen wohler fühlen, wenn du dabei wärst. Du glaubst doch nicht auch, dass ich langsam meinen Verstand verliere und verblöde, oder?«

»Was? Nee, aber meine Mutter glaubt das. Ich habe doch schon immer gesagt, dass die nen Kontrollfreak ist. Ja, sorry Oma, aber das geht ja mal gar nicht. Kann die sich nicht um ihren eigenen Scheiß kümmern? Boh ey, die nervt so krass. Wann denn Sonntag? Fuck, da wollte ich eigentlich schon was mit Arne unternehmen, aber wenn ich den mitbringen könnte? Ja? Cool, dann geht das klar. Wir sehen uns erst mal heute Nachmittag.«

Lara läuft in ihrem Zimmer hin und her, vergewissert sich, dass die Tür fest geschlossen ist, bevor sie Arne anruft.

»Jo, hör mal, du musst Sonntag mit mir zu diesem Typ von meiner Oma kommen. Die Spießer machen die sonst voll fertig, total krass, echt. Geht ja mal gar nicht so was, dagegen muss man was tun.«

»Seit wann interessiert dich denn deine Oma, ich dachte, die nervt dich voll?«

»Jo, tut sie auch, aber meine Mutter muss mal einer bremsen, die geht mir so was von auf die Nerven. Schlimmer als in jedem Horrorfilm, wie die drauf ist.«

»Oke, und wie willst du das anstellen? Ich meine, wenn deine gesamte Family da aufschlägt, was willste tun?«

»Zuerst mal gehe ich Freitag mit Oma zum Friseur, die kriegt nen Schnitt, der nicht so nach Mittelalter aussieht, außerdem besorge ich ihr grad ein neues Handy, das was kann. Das allein dürfte schon reichen, meine Mutter völlig ausrasten zu lassen. Wenn ich dann noch mit dir da aufschlage und auf best friend mit Oma und Jonathan mache, das knallt dann so richtig. Das gibt ihr den Rest, vertrau mir und komm mit.«

»Oke, ich komm mit, gibt bestimmt Kuchen, oder? Aber sag mal, wenn deine Oma jetzt nen Neuen am Start hat, ist das dann dein Opa, oder wie?«

»Was laberst du? Opa, nee, keine Ahnung, glaub ich nicht. Ist mir auch voll egal. Ich fahre nachher mit dem Bus in die Stadt, Geld für Omas neues Telefon holen und einzahlen. Hast du Lust mitzukommen?«

»Na klar, welchen nimmst du denn? Oke, bis dahin.«

Lara reckt eine Faust gegen die Zimmerdecke. Sie freut sich, dass sie Arne heute ganz unverhofft sehen wird. Seit der Eisdiele haben sie sich nur in der Schule kurz gesehen, sonst nicht. Es stehen vor den Sommerferien noch ein Haufen Klassenarbeiten an und sie müssen beide lernen. Dann hat er noch seine Band und sie will Lisa nicht im Stich lassen, kompliziert eben. Umso cooler, dass sie ihn gleich sehen wird und dass er am Sonntag mitkommen will, ist auch mega, ihre Mutter wird bestimmt ausrasten.

Oma Inge ist überrascht, dass Lara in Begleitung kommt, besteht aber darauf, sie mit Kakao und Keksen zu bewirten.

»Setzt euch doch, ihr Zwei, warum habt ihr jungen Leute es nur immer so furchtbar eilig? Wie war noch gleich dein Name? Arne, ach ja, ich meine, den hätte Lara schon mal erwähnt, oder? Bist du nicht der junge Mann, der meiner

Enkelin bei ihren Matheaufgaben hilft? Ja, genau und aus irgendwelchen Gründen durftet ihr euch dann nicht mehr sehen und Lara ist deswegen weggelaufen.«

»Oh nee , Quatsch Oma, ich bin doch nicht abgehauen, ich habe nur bei Anja geschlafen und meine Mutter hatte das mal wieder nicht kapiert. Das ist alles.«

»Ach so, na, ist ja auch egal, jetzt seid ihr offenbar wieder zusammen, das ist doch schön. Wie sagt man denn heute dazu? Wir ›gingen‹ früher miteinander und haben uns in der Schule so Zettelchen zugesteckt. Auf denen stand dann ›Willst du mit mir gehen? Ja, nein, vielleicht › und man musste das Entsprechende ankreuzen.« Inge lacht, aber da sich Arne und Lara sichtlich unwohl fühlen, fügt sie schnell hinzu: »Nun, da waren wir natürlich viel jünger als ihr jetzt.«

»Oma, ich muss dir jetzt mal was erzählen, du musst es aber 100 pro für dich behalten oder von mir aus deinem Jonathan erzählen, aber auf keinen Fall Mama. Oke?«

»Ja sicher, Kind, was ist denn passiert?«

»Ich habe zufällig mitgekriegt, wie Mama mit Onkel Sven telefoniert hat. Das klang nicht so toll, echt. Die kommt nicht darauf klar, dass du einen Freund hast, und sie will das wohl irgendwie verhindern. Genau weiß ich nicht, was sie vorhat, aber so wie ich die kenne, kann das ja auf jeden Fall nichts Gutes sein. Sie hat auch schon mit jemandem hier aus dem Heim gesprochen, mit wem weiß ich auch nicht. Die hat nur irgendwas von Verantwortung gegenüber den Heimbewohnern gelabert, oder so. Sie macht eine Riesenwelle und wird am Sonntag bestimmt echt Stress machen. Darum haben Arne und ich uns überlegt, dass es gut wäre, wenn wir beide kommen. Dann hast du Unterstützung.«

»Das ist wirklich sehr lieb von euch, vielen Dank. Ich weiß aber gar nicht, ob deine Mama überhaupt kommt. Vielleicht kommt ja nur Onkel Sven und mit dem kann man gut reden.«

»Hä? Ich dachte, da schlägt gleich der ganze Trupp auf,

um euch fertigzumachen.« Lara klingt fast ein bisschen enttäuscht.

»Möglich wäre es, ich weiß es eben nicht genau, aber es wäre trotzdem sehr lieb von euch beiden, wenn ihr kommen könntet.«

»Oke, machen wir und jetzt müssen wir los, bevor die Sparkasse zu macht. Und übrigens, Arne isst am liebsten Erdbeerkuchen.«

Lara verstaut die Geldscheine in ihrer hinteren Jeanstasche, was Inge mit Besorgnis erfüllt.

»Kind, hast du denn kein Portemonnaie? So kann dir das viele Geld doch leicht gestohlen werden.«

»Chill mal, Oma, mir toucht niemand unbemerkt an den Hintern, das kannste aber singen. Wir sehen uns am Freitag.« Sie schreibt den Namen des Friseurs und die Adresse auf einen Zettel, den Inge sorgfältig in einer Schublade verstaut.

Inge räumt die Tassen in die Spüle und denkt über das nach, was Lara erzählt hat. Sarah war immer schon schwierig, schon als Baby, als kleines Mädchen, und natürlich ist ihr klar, dass es ihre Schuld ist, ihr Versagen als Mutter. Nur Klaus wusste davon, sie haben nie mit irgendjemandem über das gesprochen, was ihr passiert ist. Sie hat es nicht gewollt, sich vehement dagegen gewehrt, sich einem weiteren Menschen anzuvertrauen. Sie hat vergessen wollen, sonst nichts. War das die falsche Entscheidung? Muss sie jetzt die Rechnung dafür begleichen?

-38-

»Wo kommst du denn jetzt her, Lara? Du hattest heute Küchendienst und guck dir nur mal an, wie es hier aussieht.« Sarah ist ärgerlich und schafft es nicht, das zu verbergen, auch wenn sie es immer wieder versucht.

»Chill! Steht irgendwo, bis wann der gemacht werden muss? Geht etwa die Welt unter, wenn man fünf Minuten später dran ist, oder explodiert gleich irgendwo irgendwas in der Küche? Ich mach's ja gleich.«

»Hast du wenigstens deine Hausaufgaben gemacht, du weißt, die Schule geht vor deinen Freizeitvergnügen.«

»Ich sagte doch, chill endlich mal, meine Güte, du nervst echt nur noch. Ja, ich habe meine scheiß Hausaufgaben gemacht, willst du die vielleicht auch noch kontrollieren?«

»Dann hast du jetzt viel Zeit, dieses Chaos hier zu beseitigen, vorher gibt's auch kein Abendessen.«

»Fick dich«, murmelt Lara, wartet aber damit immerhin, bis ihre Mutter außer Hörweite ist. Sie wirft einen Blick durch die Küche und seufzt tief, macht sich dann aber an die Arbeit. Sie hat gerade Spülwasser ins Becken eingelassen, als sie das Handy ihrer Mutter klingeln hört. Neugierig schleicht sie sich näher an das Wohnzimmer. Sie telefoniert offenbar mit ihrem Vater, was in letzter Zeit echt eine Seltenheit ist.

Interessant, versteht sie und *das ist mir völlig egal, andere Sorgen, frag sie doch selbst.*

Dann wird der Hörer heftig auf den Tisch geworfen und Lara flüchtet zurück in die Küche. Keine Sekunde zu früh, dann ist ihre Mutter auch schon da.

»Das war dein Vater«, beginnt sie. »Offenbar hat er sich von seinem Flittchen getrennt, oder sie sich von ihm, keine Ahnung. Auf alle Fälle hat er eine Wohnung gemietet und wohnt jetzt allein. Du sollst ihn mal anrufen. Das ist ja wieder so typisch für ihn, warum sagt er dir das nicht selbst? Warum erzählt er mir, dass er sich eine Wohnung gemietet hat, nachdem er sie gemietet hat? Lieber Himmel, wer soll das denn auf Dauer bezahlen? Dieses große Haus und dann noch eine Extrawohnung, der Mann hat wirklich keine Ahnung vom Leben.«

Lara dreht sich zu ihrer Mutter um, ihr Gesicht ist blass und die Augen blitzen. »Beschwer dich von mir aus bei deinem Friseur über Papa. Schon scheiße, dass du ihn nicht auch noch kontrollieren kannst, oder? Mir doch egal, wer von euch was gelabert oder gemacht haben soll, ich verpisse mich jetzt in mein Zimmer.« Damit lässt sie ihre fassungslose Mutter stehen und stürmt die Treppe rauf. Wie unter einem Schlag zuckt Sarah zusammen, als die Tür mit einem lauten Knall zugeschmissen wird. Sie ist drauf und dran ihrer Tochter hinterherzulaufen und sie kräftig zu schütteln. Was fällt der eigentlich ein, und wie redet die mit ihr? Kaum sagt man was, fährt dieses Mädchen derart aus der Haut, dass man es kaum noch wiedererkennt. Als wäre es ihre Schuld, dass ihr Vater sich mehr um seine Betthäschen als um seine Tochter kümmert. Sie lässt sich müde auf einen Stuhl am Esstisch fallen und vergräbt den Kopf in den Händen. Sie versteht die Welt nicht mehr. Alles bricht auf einmal über ihr zusammen. Zuerst verlässt Axel sie für ein halbes Kind, dann entfremdet sich ihre Tochter in einem Maße von ihr, das sie nie für möglich gehalten hätte. Und als wäre das noch nicht genug, nun auch noch dieses absolut unnötige Theater mit ihrer Mutter. Kann die nicht zumindest vernünftig sein? Alt genug ist sie doch, verdammt noch mal. Aber nein, die muss ihr zu allen Sorgen, die sie ohnehin schon hat, noch eine weitere aufladen. Was hat sie nur verbrochen, dass man so mit ihr umgeht? Irgendwo in ihrem Hinterkopf ist die Stimme dieses Polizisten, Stefan Ruttig, und sie sieht sein Grübchen, wenn er lacht. Unwillig schüttelt sie den Kopf. Sie hat keine Zeit für Träumereien, das Leben ist kein Wunschkonzert, es zu bestehen, erfordert verdammt viel Mut und Entschlossenheit. Sie muss sich um ihre Kinder, ihren Job und nun auch noch um ihre Mutter kümmern, für einen Mann ist da kein Platz. Basta. Sie überlegt, an wen sie das erinnert und sie überfällt die Erinnerung an ihren Vater. Ihren Papa, den Fels in der Brandung ihres Lebens. Immer für sie da, immer bereit, ihr zuzuhören, sie aufzubauen und zu trösten, wenn sie dessen bedurft hatte. Er musste nur seine großen, warmen Hände auf die ihren legen und schon war alles gleich weniger schlimm gewesen. Sie streckt ihre Hände aus, versucht, sich an dieses Gefühl zu erinnern, aber es will sich nicht mehr einstellen. Dafür steigen ihr Tränen in die Augen und tropfen gleich darauf auf die Tischdecke. Ihr Hals ist wie zugeschnürt, und sie hat das Gefühl sich übergeben oder laut schreien zu müssen. Sie weint so heftig, wie schon seit vielen Jahren nicht mehr und hat doch keine Ahnung, um was eigentlich genau. Wie viel Zeit vergangen ist, als sie sich endlich die Nase putzen und die Augen trocknen kann, weiß sie nicht, aber sie fühlt sich etwas besser. Der Druck um ihre Brust ist weg. Als kurz darauf ihr Bruder anruft, merkt man ihrer Stimme nichts mehr an.

»Komm Sarah, sei nicht so stur. Mutter war sofort zu einem Treffen mit uns allen bereit. Ich soll auch Maren und die Kinder mitbringen und dir ausrichten, dass du natürlich ebenfalls mit Lara und Lars eingeladen bist. Gib dir einen Ruck und diesem Jonathan eine Chance und komm.«

»Gut, aber glaub nur nicht, ich lasse mich mit einer Tasse Kaffee und einem Stück Kuchen kaufen.«

»Musst du ja auch nicht. Es ist aber eine gute Gelegenheit, den Mann kennenzulernen und zu sehen, wie sein Umgang mit Mutter ist. Ich werde allein kommen, wenn die ganz Familie dabei ist, bin ich zu abgelenkt.«

»Du glaubst doch nicht im Ernst, dass ich Lara dazu bringen könnte, zu einem Kaffeeklatsch mitzukommen? Vergiss es. Auch Lars wird kaum Lust dazu haben, also werde ich ebenfalls allein kommen. Hast du übrigens schon gehört, dass Axel sich von seinem Flittchen getrennt hat? Er hat mich vorhin angerufen, um mir das zu erzählen. Außerdem hat er sich eine eigene Wohnung gemietet. Keine Ahnung, was er sich dabei nun wieder gedacht hat. Vermutlich gar nichts. Denken war noch nie seine Stärke.«

»Du bist ganz schön biestig geworden, fällt dir das eigentlich noch auf? Vielleicht hat er eingesehen, dass er einen Fehler gemacht hat. Warum gibst du ihm keine zweite Chance?«

»Wenn's die zweite wäre … ist es aber nicht, also lassen wir das lieber. Ich komme auch ganz gut allein zurecht, so kann mich jedenfalls keiner mehr belügen und betrügen.«

»Klingt nach einem echt guten Plan, viel Spaß damit. Also, wir sehen uns am Sonntag. Adresse hast du? Okay, bis dann.« Sarah schüttelt unwillig den Kopf, jetzt also auch noch ihr Bruder. War natürlich klar, Männer halten immer zusammen, wenn es gegen die Frauen geht. Wer weiß schon, wie oft die beiden zusammen ein Bier getrunken und sich über die blöden Weiber amüsiert haben, die nix mitbekommen. Sie ist nicht davon überzeugt, dass ihr Bruder ein Heiliger ist, was das angeht. Früher hat er jedenfalls alles gevögelt, was nicht bei drei auf dem Baum war. Ob sich daran was geändert hat, nur weil er verheiratet ist? Egal, geht mich nichts an, denkt sie und beginnt damit, das Chaos in der Küche zu beseitigen. Das scheint ihr sehr viel weniger anstrengend zu sein, als sich darum jetzt mit ihrer Tochter zu streiten. Als ihr Telefon klingelt, und sie von weitem die Nummer von Ruttig erkennt, ist sie ehrlich versucht, das Gespräch anzunehmen. Sie könnte einen guten Rat gerade jetzt wirklich gebrauchen. Aber was dann? Was, wenn er auch versucht zu beschwichtigen, alles nicht so wild findet. Der ist doch überhaupt mit diesem Jonathan befreundet. Nein, das hat keinen Sinn, sie will sich nicht in falsche Sicherheit wiegen lassen, sie will einen klaren Kopf behalten und ihre Meinung am Sonntag sagen. Entschlossen beendet sie das Klingeln, indem sie das Gespräch ablehnt.

-39-

Am Freitag steht Inge pünktlich zur verabredeten Zeit vor dem Friseurladen, der sehr elegant aussieht. Sie späht durch die Scheibe und sieht nur junge Leute mit ungewöhnlichen Haarschnitten Hier ist sie bestimmt nicht richtig, die wissen nicht, was man in ihrem Alter trägt. Sie muss Lara bitten, diesen Termin abzusagen.

»Hi Oma, komm, wir gehen rein.« Inge erschrickt, sie hat Lara nicht kommen sehen.

»Ach Kind, ich weiß nicht. Ich glaube, ich will das doch nicht. Guck doch mal, das sind alles junge Leute, die …«

»Jo, aber die haben voll Ahnung, vertrau mir. Mama geht doch auch hierhin und sieht trotzdem mega spießig aus. Also los jetzt, du schaffst das schon.«

Unsicher betritt Inge hinter Lara den Laden, und als eine der jungen Friseurinnen auf sie zukommt, sagt diese selbstbewusst: »Ich habe einen Termin für meine Oma gemacht«, und zeigt mit dem Daumen über ihre Schulter. »Sie will sich die Haare abschneiden lassen und braucht eine weniger spießige Frisur. Neue Farbe wäre auch gut.«

»Gut, dann wollen wir mal sehen, nehmen Sie bitte hier

Platz. Nein, die Maske bitte nicht abnehmen, das ist leider nicht erlaubt.«

»Sie haben noch sehr schöne, gesunde Haare, da könnten wir ohne Probleme einen Long Bob schneiden. An welche Farbe hatten Sie denn gedacht? Das wird ein bisschen schwierig, weil der weiße Ansatz sehr schnell wieder zu sehen sein wird. Das heißt, sie müssten spätestens alle vier Wochen zum Nachfärben kommen.«

»Alle vier Wochen? Also nein, das möchte ich wirklich nicht. Kann man das nicht anders machen?« Inge blickt erschrocken auf und sieht, wie Lara das Gesicht verzieht.

»Das ist doch nicht schlimm, Oma, wer schön sein will, muss eben leiden.«

»Na ja, so schön will ich doch nun auch wieder nicht werden. Alle vier Wochen und immer färben, das ist doch bestimmt auch nicht gesund. Und was, wenn ich mal krank werde, oder wieder ein Lockdown kommt, wo die Friseure geschlossen haben? Nein Kind, das ist mir wirklich alles zu unsicher.«

»Da hat deine Großmutter nicht so ganz Unrecht, aber ich glaube, ich habe die perfekte Idee.« Die Friseurin läuft in ein Hinterzimmer und kommt mit einer Frauenzeitschrift zurück. »Schauen Sie doch mal, das habe ich gestern zufällig gesehen. Als hätte ich geahnt, dass ich es heute brauchen würde«, lacht sie und zeigt auf ein großes Foto der Schauspielerin Hellen Mirren. »Sieht sie nicht großartig aus? Mut zu weißen Haaren und doch mega stylisch. Dazu müssten wir bei Ihnen nur den Gelbstich rausziehen und dann einfärben. Was halten Sie davon? Würde Ihnen super stehen und ein Ansatz wird kaum sichtbar werden.«

Inge schaut angestrengt auf das Foto, dann in den Spiegel, als wollte sie Vergleiche ziehen.

»Na ja, Sie brauchen dazu natürlich ein schönes Make up, sonst wirkt das alles zu blass. Lassen Sie mich machen und Sie werden nicht enttäuscht sein. Vertrauen Sie mir.«

Inge strafft ihre Schultern und nickt erst zögernd, dann entschlossener. »Gut, wer A sagt, muss auch B sagen. Also los, greifen Sie zur Schere.«

»Okay, Oma, jetzt werde ich hier nicht mehr gebraucht, ich geh shoppen und komme später wieder her.«

»Weg ist sie«, sagt Inge verblüfft, »diese Jugend hat wirklich nie Zeit.«

»Sie hätte sich nur gelangweilt, denn es wird jetzt eine ganze Weile dauern. Entspannen Sie sich und lassen Sie mich machen. Leider darf ich Ihnen nichts anbieten, ist alles verboten im Moment, tut mir sehr leid.«

Zweieinhalb Stunden später ist Inge fertig und verblüfft über ihr verändertes Spiegelbild. Der strenge Knoten ist einem Schnitt gewichen, der weich, fast spielerisch ihr Kinn umspielt. Die Haare glänzen wie frisch gefallener Schnee und ihre blauen Augen sind wieder klar und strahlend.

»Das haben Sie wirklich wundervoll gemacht, ich bin richtig sprachlos. Ich hätte nie geglaubt, dass so etwas möglich ist. Ich danke Ihnen vielmals, auch dafür, dass Sie mir gezeigt haben, wie ich meine neue Frisur föhnen muss. Nur das mit dem Make up, das kriege ich bestimmt nie so hin, wie Sie.«

»Das ist reine Übungssache, glauben Sie mir. Wenn Sie es ein paar Mal gemacht haben, wird Ihnen das ganz leicht von der Hand gehen. Ich habe Ihnen alle Produkte, die Sie brauchen, eingepackt. Wenn Sie wollen, können Sie aber gern noch einen Termin vereinbaren, dann machen wir es noch einmal zusammen.«

»Ach, das wäre ganz wunderbar, ginge das vielleicht gleich morgen?«

Als Inge auf der Straße steht, hat sie einen neuen Termin am morgigen Samstag und eine Rechnung beglichen, die sie verblüfft hat.

Gerade kommt auch Lara die Straße entlang gerannt und grinst über das ganze Gesicht. »Hey, du siehst ja richtig geil aus. Dein Jonathan kriegt bestimmt nen Herzinfarkt, wenn er dich sieht. Und meine Mutter erst, auf deren blödes Gesicht bin ich mega gespannt. Und, sag was? War das eine geile Idee oder etwa nicht?«

»Ja, es gefällt mir sehr gut, auch wenn ich für das Geld, dass ich dafür bezahlen musste, sicher einige Monate hätte leben können. Lieber Himmel, Kind, das war wirklich teuer. Ich komme mir sehr leichtsinnig, geradezu verrucht vor. Und stell dir vor, ich habe morgen noch einen Termin, damit ich am Nachmittag so richtig glänzen kann. Jonathan wird vielleicht Augen machen, ich hoffe, ich gefalle ihm auch.«

»Wenn nicht, braucht er ne neue Brille, du siehst echt viel weniger spießig aus.«

»Ach ja, Brille. Du hast gar nichts dazu gesagt, wie dir meine neue gefällt.«

»Äh, habe ich gar nicht bemerkt. Na ja, ist ganz okay. Hoffentlich kommt morgen dein neues Telefon, dann bringe ich das mit und gebe es dir ganz lässig. Mama flippt aus, kannste singen.«

»Ich glaube, dazu braucht es das gar nicht«, antwortet Inge sorgenvoll, aber Lara winkt nur ab. »Mach dir keinen Kopf, wie sind ja auch noch da.«

-40-

Um 14:00 Uhr klingelt Inge an Jonathans Tür und wartet mit klopfendem Herzen darauf, dass er öffnet. Sie hat die neue Jeans an, dazu das marineblaue Top und einen weißen, sommerlichen Blazer, dessen Ärmel aufgekrempelt sind. Die nette Friseurin hat sie passend zu diesem Outfit geschminkt und auch ihre Haare noch einmal frisiert. Tobias hat den Mund nicht wieder zugekriegt, als er sie gesehen hat.

»Sie müssen eine Tochter von Frau Berger sein, ich bin Tobias, guten Tag«, hatte er sie lachend begrüßt und war einmal ganz um sie herumgegangen. »Sie sehen umwerfend aus, wen wollen Sie um den Verstand bringen? Den armen Herrn Brinkmann? Lieber Himmel, hoffentlich überlebt der das.« Er hatte ihr zugezwinkert und den Daumen gehoben.

»Jetzt bitte mal ganz ehrlich, Tobias, es ist ungeheuer wichtig für mich. Wie sehe ich aus? Ich meine, kann ich wirklich so gehen oder ist das alles viel zu viel und ich mache mich lächerlich?«

»Lächerlich machen sich höchstens die, die so etwas behaupten. Frau Berger, ich gebe Ihnen mein Wort, sie sehen großartig aus, eine tolle Veränderung.«

»Dann danke ich Ihnen vielmals, ich hoffe, es sehen alle so.«

Nun steht sie vor Jonathans Tür und wartet gespannt auf seine Reaktion.

»Hallo, meine Lie … Inge? Meine Güte, bist du das wirklich? Du siehst so, du bist ja, ich meine, also, was ich sagen will: Du siehst wundervoll aus, ganz und gar großartig. Ich hätte dich fast nicht erkannt, welch eine Verwandlung. Ich meine, du hast mir immer gefallen, das ist ja keine Frage, aber jetzt … ich bin wirklich völlig sprachlos.«

»Darf ich deinem Gestammel entnehmen, dass dir mein neuer Look gefällt?« Inge dreht sich einmal um die eigene Achse und lacht fröhlich. Sie freut sich so sehr, dass Jonathan offensichtlich begeistert ist, dass sie den Anlass dieses Treffens völlig vergessen hat.

»Gefällt ist überhaupt kein Ausdruck, ich bin überwältigt, kann ich dir sagen. Wer mir da noch mit dem Verdacht kommt, ich wollte dich nur deines Geldes wegen, der muss entweder blind oder vollkommen verrückt sein. Komm rein, komm rein, es ist schon alles vorbereitet. Meine Haushaltshilfe hat den Kaffeetisch gedeckt und einen Kuchen gebacken. Ich hoffe, sie hat das alles zu deiner Zufriedenheit gemacht.«

»Ja, ja, das hat sie ganz sicher. Ich bin nur froh, dass ich dir noch gefalle, nachdem ich mich selbst bald nicht mehr wiedererkannt habe. Wie das allerdings meine Kinder sehen werden … Sarah wird bestimmt nicht so begeistert sein, wie du.«

»Warten wir es ab, vielleicht hat sie sich in der Zwischenzeit ein bisschen beruhigt.«

»Dein Wort in Gottes Ohr«, nickt Inge, aber ihr Gesicht bleibt skeptisch.

Kurz vor drei klingelt es das erste Mal und Sven steht vor der Tür. Inge hört im Wohnzimmer, wie die beiden Männer sich begrüßen, gleich darauf kommen sie schon rein.

»Hallo Mutter, äh, du sieht irgendwie verändert aus. Was denn, bin ich der Erste oder kommt Sarah am Ende doch nicht?«

»Ich weiß es nicht, was hat sie denn gesagt?«

»Dass sie kommen wollte, aber du weißt ja, wie sie ist. Vielleicht hat sie es sich anders überlegt.«

»Das könnte natürlich sein … ach, vielleicht ist sie das.« Es hat erneut geschellt und Jonathan wirft Inge einen fragenden Blick zu. Sie nickt, strafft die Schultern, und geht zur Tür, um zu öffnen.

Sarah starrt ihre Mutter an, als habe sie sie nie zuvor gesehen. »Wie siehst du denn aus? Was ist mit deinen Haaren passiert und seit wann schminkst du dich derart stark?«

»Guten Tag mein Kind, schön, dass du da bist. Möchtest du nicht vielleicht erst einmal reinkommen, bevor du deiner geballten Empörung Luft machst? Sonst kriegen die beiden Männer die Hälfte ja gar nicht mit.«

»War klar, dass du das mal wieder lustig finden würdest. Hast du mal in einen Spiegel geguckt …«

»Hat sie, und der hat ihr bestätigt, was ich ihr gesagt habe und immer wieder sagen werde: Dass sie ganz wundervoll aussieht.« Jonathan ist in die Diele gekommen und lächelt Sarah freundlich an. »Wir kennen uns ja schon, na ja, zumindest haben wir uns schon einmal gesehen. Ich freue mich, dass sie unserer Einladung gefolgt sind. Kommen Sie doch bitte weiter.«

Sarahs Mund ist nur noch ein Strich, ein sicheres Zeichen, dass es in ihr brodelt und auch die geballten Fäuste sprechen eine deutliche Sprache. Sie ist nicht gekommen, um gemütlich Kaffee zu trinken. Sie nickt ihrem Bruder knapp zu und wirft einen Blick über den hübsch gedeckten Tisch.

»Na toll, du scheinst dich hier ja bereits sehr Zuhause zu fühlen, wenn du schon die Hausfrau spielst.«

Bevor Inge etwas sagen kann, übernimmt Jonathan die

Rolle des Gastgebers und sagt lächelnd. »Dieses Kompliment gebührt meiner Haushaltshilfe. Sie war so nett, das für uns herzurichten. Ihre Frau Mutter ist im Moment noch ebenso Gast in meinem Haus, wie Sie auch. Ich gebe allerdings unumwunden zu, dass ich darauf hoffe, dass sich das in nicht allzu ferner Zeit ändern wird.«

»Nun, dann gebe ich ebenso unumwunden zu, dass ich genau das Gegenteil hoffe, Herr Brinkmann. Sie wissen doch so gut wie ich, dass wir nicht zum Kuchenessen hier zusammengekommen sind. Es geht darum, dass ich mir große Sorgen um meine Mutter mache und wenn ich sie mir so anschaue, absolut zu Recht.«

»Gut, vielleicht gelingt es mir ja, Ihre Sorge auszuräumen, ich werde jedenfalls mein Bestes tun. Sollten wir uns vielleicht setzen? Was möchten Sie trinken, Kaffee oder Tee?«

Sven ist dem Schlagabtausch mit entsetztem Gesicht gefolgt und hat seiner Mutter einen Arm um die Schultern gelegt. »Reg dich nicht auf, die beruhigt sich schon wieder. Und wenn nicht, ich bin ja auch noch da.«

»Ich hätte gern Kaffee, wenn's keine Umstände macht«, sagt er dann betont fröhlich und Jonathan nickt ihm zu.

»Danke, ich möchte nichts. Ich bin, wie gesagt, aus anderen Gründen hier.«

»Kind, bitte. Du kannst dich doch zumindest setzen und eine Tasse Kaffee trinken«, bittet Inge und fügt hinzu: »Jonathan kocht wirklich sehr guten Kaffee, fast wie dein …« Sie hält erschrocken inne, weil Sarahs Gesicht sich zu einer wütenden Fratze verzerrt hat.

»Fast wie mein? Mein was? Mein Vater, dein Mann, falls du es vergessen haben solltest. Wie kannst du nur hier stehen, in deinen albernen Jeans und die beiden miteinander vergleichen? Papa würde sich im Grabe umdrehen.« Bevor irgendeiner ein Wort sagen kann, klingelt es erneut und nach einem kurzen Blick auf Inge, verlässt Jonathan den Raum.

Stimmengewirr ist zu hören und Sarahs Augen weiten

sich ungläubig, als Lara, Hand in Hand mit Arne in den Raum geschlendert kommt.

»Hello«, grüßt sie fröhlich in die Runde und Arne hebt die freie Hand. »Jo, Pech gehabt, kein Erdbeerkuchen, aber der sieht auch nicht schlecht aus«, nickt sie und zeigt auf die Torte auf dem Tisch.

»Hey Omilein, du siehst mega aus, jetzt fehlen noch ein paar coole Ohrringe und du bist so gut wie neu. Ach, bevor ich es vergesse, hier ist dein Smartphone, Jonathan erklärt dir dann, wie es funktioniert.«

»Lara! Erklär mir sofort, was du hier machst und wieso braucht Oma ein neues Telefon? Was hat das alles zu bedeuten und was hat Arne hier zu suchen?«

»Keinen Plan, was dich das eigentlich angeht, aber vielleicht das Gleiche wie du und Onkel Sven? Wir sind eingeladen. Schätze, weil ich Omi so gut beraten hab. Sie sieht doch mega aus, oder? Tja, meine Beratung ist halt die beste ever.«

»Deine Beratung? Willst du damit sagen, dass du hinter dieser … dieser lächerlichen Maskerade steckst? Das ist ja ungeheuerlich.« Aufgebracht wendet sie sich an Inge. »Jetzt ziehst du auch noch meine Tochter in dieses Schmierentheater mit rein, schämst du dich eigentlich gar nicht mehr? Das ist doch das allerletzte. Sven, jetzt mach endlich auch mal den Mund auf, wozu bist du sonst hier?«

»Um in Ruhe ein Gespräch zu führen. Ein Gespräch Sarah, keine Anklagen und Beleidigungen. Du solltest dich jetzt erst mal hinsetzen und dich entspannen.«

»Kann die nicht, die muss ewig Stress machen.« Lara zuckt die Schultern und lässt sich lässig auf den nächsten Stuhl fallen. »Gibt´s auch Kakao?«

Sarah starrt ihre Tochter an, dann ihren Bruder und für einen Augenblick sieht es aus, als wolle sie der Aufforderung folgen, aber dann verschließt sich ihr Gesicht wieder.

»Nein danke, ich werde mich nicht setzen. Ich sehe, dass das hier alles keinen Sinn hat. Nur macht mir später keinen

Vorwurf, kommt nicht zu mir und heult mir die Ohren voll. Ihr seid erwachsene Menschen, also macht doch, was ihr wollt. Auf Wiedersehen.« Sie dreht sich um und verlässt den Raum. Gleich darauf knallt hörbar die Außentür zu.

»Sage ich doch, die kann nur Stress machen«, kommt es unbeeindruckt von Lara. »Jetzt können wir endlich in Ruhe Kuchen essen. Ich muss echt meinen Vater anrufen, mit der halte ich das nicht mehr lange aus.«

»Herr Brinkmann, ich muss mich für meine Schwester entschuldigen. Sie war nicht immer so. Keine Ahnung, was in letzter Zeit mit ihr los ist. Sie macht sich bestimmt Sorgen, dass unsere Mutter unüberlegte Schritte unternimmt und da wir Sie ja nun auch nicht kennen …«

»Sie müssen sich nicht entschuldigen, ich verstehe das sehr gut und bitte, sagen Sie doch Jonathan zu mir.«

»Können Sie das nicht wann anders klären, oder interessiert's hier keinen, wenn ich vor lauter Gelaber verhungere?«, mault Lara und Inge lacht. »Dir schlägt wohl gar nichts auf den Magen, oder? Na dann, reicht mir mal eure Teller rüber.«

Jonathan kommt mit dem Kaffee und sagt dann: »Ich weiß nicht, wieviel Einfluss Sie auf Ihre Schwester haben, aber vielleicht gelingt es Ihnen ja, sie zu beruhigen. Ich versichere Ihnen, meine Absichten sind nur die besten. Ich kann Ihre Mutter zwar nicht auf Händen tragen, das verhindert mein fortgeschrittenes Alter, aber ich werde sie hüten wie meinen Augapfel, versprochen.« Er lacht und auch Sven muss grinsen.

»Ich glaube Ihnen, aber es ist halt komisch, wenn die eigene Mutter plötzlich mit einem Mann daherkommt, der nicht der Vater ist. Ich habe natürlich auch mit meiner Frau darüber gesprochen und die hat mir ziemlich den Kopf gewaschen. Ich werde mich also da raushalten, Sie sind erwachsen und können eigene Entscheidungen treffen. Ob ich allerdings meine Schwester davon überzeugen kann, wage ich zu bezweifeln. Versuchen werde ich es, darauf gebe ich dir mein Wort, Mutter.«

»Danke, mein Junge«, lächelt Inge und nickt ihm zu. »Mir ist der Auftritt von Sarah schrecklich unangenehm. Sie tut ja so, als wäre ich ihr Eigentum und das geht doch nicht.«

»Wen juckt´s, Oma, was die denkt? Die soll sich um ihren Müll kümmern und aufhören, andere Leute zu nerven.«

-41-

»Was für ein Tag«, seufzt Inge, als alle gegangen sind, und reibt sich die schmerzenden Knie. »Sven wird sich wohl nicht gegen uns stellen, aber Sarah war richtiggehend bösartig heute. Sie wird sich nicht überzeugen lassen; dafür kenne ich sie gut genug. Ach Jonathan, dass sie so geworden ist, das ist meine Schuld.«

»Das darfst du nicht sagen, mein Herz, du bist verständlicherweise aufgewühlt, aber …«

»Nein Jonathan, das ist es nicht. Ich glaube, bevor wir beide weiter unsere Zukunft planen, muss ich dir etwas über mich erzählen. Ich habe nie darüber gesprochen, zu niemandem ein Wort, vielleicht war das mein Fehler. Es ist schon so lange her, dass ich manchmal glaube, es war in einem anderen Leben.«

»Meine Liebe, du musst mir nichts beichten. Lass die Vergangenheit ruhen, wenn du das möchtest, für mich ist das in Ordnung. Wir wissen doch, dass wir beide bereits ein langes Leben ohneeinander gelebt haben.«

»Ja natürlich, das weiß ich. Trotzdem habe ich den Wunsch, es dir zu erzählen, vielleicht weil es erklären hilft, warum Sarah so ist, wie du sie heute kennengelernt hast. Es ist über 50 Jahre her, ich war eine junge Frau von 25 Jahren. Lebenslustig, unbekümmert und davon überzeugt, dass nichts mir meinen Spaß am Leben nehmen könnte. Ich hatte natürlich schon ein paar Beziehungen zu Männern gehabt, keine hatte sehr lange gehalten und mein Herz hatte auch keiner gebrochen. Dann traf ich durch Zufall meinen alten Bewunderer Klaus wieder. Es war auf einer dieser Partykellerfeten, wie sie Ende der 68 -Jahre gefeiert wurden. Bei schummriger Beleuchtung gab es Lambrusco aus Zwei-Literflaschen, Matratzenlager am Boden und Musik. Die wenig sauerstoff-haltige Luft war nicht nur von Zigaretten rauchgeschwängert. Klaus saß, wie 10 Jahre zuvor, wieder da und schaute mich an. Er trank nicht, er rauchte nicht, er klimperte nur auf einer Gitarre herum. Versuchte eines der Mädchen ihn zum Tanzen zu animieren, schüttelte er wortlos den Kopf. Ich war mit niemand Bestimmten da, tanzte mal mit dem und mal mit dem, trank Rotwein und rauchte Gouloise ohne Filter. Ich machte auf welterfahren und abgeklärt, war aber im Grunde sehr unsicher. An diesem Abend waren eine Menge Menschen da, von denen ich kaum die Hälfte kannte. Je weiter der Abend voranschritt, umso betrunkener oder bekiffter wurden sie. Auf allen Matratzen lagen verschlungene, knutschende Pärchen. Ich hatte ein paar Mal mit einem seltsam aussehenden Typen getanzt, der sich mir als Holger vorgestellt hatte. Irgendwann zog er mich nach einem Tanz auch auf eine der Matratzen. Wir knutschten ein bisschen, aber als er anfing, mich grob zu begrabschen, wurde ich schnell nüchtern Ich wehrte ihn ab, stand auf und verließ den Keller.« Inge atmet tief ein und langsam wieder aus, bevor sie weiterspricht.

»Da wir zu mehreren im Auto gekommen waren, hatte ich keine Ahnung, wo ich eigentlich war. Ich machte mich auf die Suche nach einer Telefonzelle, um mir ein Taxi zu rufen. Ich war noch nicht weit gekommen, als ich Schritte hinter mir hörte. Ich drehte mich um und sah diesen Holger aus dem

Keller auf mich zukommen. Ich wusste sofort, dass ich in Gefahr war. Keine Ahnung wieso, ich wusste es eben. Die Straße war menschenleer, kein Auto, kein erleuchtetes Fenster, absolut nichts. Als er mich erreicht hatte, schlug er mir ohne jede Vorwarnung heftig in den Magen. Ich klappte sofort zusammen, fiel zu Boden und er trat wie von Sinnen auf mich ein. Ich erinnere mich, dass ich verzweifelt versucht habe, meinen Kopf vor den Tritten zu schützen. Schließlich packte er mich an den Schultern und zerrte mich auf ein Stück Rasen. Seltsamerweise dachte ich nur daran, dass da vielleicht Hundehaufen sein könnten. Das weiß ich noch wie heute. Schon merkwürdig, welche Belanglosigkeiten einem in einer solchen Situation durch den Kopf gehen. Nun, er schlug mir noch ein paar Mal ins Gesicht, bevor er mich schließlich vergewaltigte. Er war äußerst brutal, verletzte mich heftig und leider war mir keine gnädige Ohnmacht vergönnt. Als er fertig war, spuckte er mir ins Gesicht und urinierte anschließend auf mich. Dann ließ er mich liegen und verschwand. Ich hatte jedes Zeitgefühl verloren, daher weiß ich nicht, wie lange ich so dagelegen habe, entblößt, stinkend und geschändet.« Jonathan ist blass geworden und er legt seine Hände über Inges, die zu Fäusten geballt in ihrem Schoß liegen.

»Das Erste, was ich wieder wahrnahm, war Klaus, der sich über mich beugte und mir das Gesicht abwischte. Ich wollte schreien, aber aus meiner Kehle kam kein Ton. Klaus murmelte beruhigende Worte und gab sich Mühe vorsichtig zu sein. Hätte es damals schon Handys gegeben, hätte er sicherlich umgehend einen Krankenwagen gerufen, aber die waren noch nicht erfunden. Er hätte eine Telefonzelle suchen oder in einem der Häuser klingeln müssen. Er tat beides nicht. Er hob mich hoch und schleppte mich keuchend zu seiner Ente. Stöhnend bugsierte er mich auf den Beifahrersitz und klemmte sich selbst hinter das Steuer. ›Ich bringe dich ins Krankenhaus‹, war der erste vollständige Satz, den er sagte und der löste umgehend Panik in mir aus. Ich wollte in kein

Krankenhaus, keine weiteren Demütigungen, keine zusätzlichen Schmerzen. Es war ja nicht wie heute. Damals musste man sich gegen eine Menge Vorurteile wehren. Ich hatte getrunken, mit dem Kerl getanzt, sogar geknutscht, wie konnte ich da behaupten, er habe mich vergewaltigt. Nein, ich würde mich keiner hochnotpeinlichen Befragung durch misstrauische, männliche Polizisten aussetzen. Irgendwie gelang es mir, Klaus davon zu überzeugen, mich nach Hause zu bringen. Ich wohnte in einer winzigen Bude, ohne Bad, dafür mit Klo auf dem Flur, aber ich hatte einen Schlüssel und konnte eine Tür hinter mir zumachen. Klaus nahm ich mit rein, frag mich nicht, ob ich verrückt war oder was. Ich vertraute ihm oder stand unter Schock, ich weiß es nicht. Er untersuchte meine Verletzungen, viele Schrammen und Hämatome, vermutete mindestens eine gebrochene Rippe und empfahl erneut das Krankenhaus. Ich lehnte ab. ›Du musst zu einem Arzt, du musst einfach. Du weißt nicht, was dir dieses Schwein vielleicht noch angehängt hat‹, sagte er und zeigte vage auf meinen Unterleib. Ich versprach, am nächsten Tag meinen Gynäkologen aufzusuchen, und er gab sich damit zufrieden. Allerdings weigerte er sich, meine Wohnung zu verlassen. Er schlief in meinem alten Sessel, was nicht sehr bequem gewesen sein kann. Am nächsten Morgen sorgte er dafür, dass ich umgehend einen Termin bei meinem Arzt bekam. Er fuhr mich hin, ging sogar mit rein und behauptete, mein Bruder zu sein. Lautstark verkündete er, seinem zukünftigen Schwager die Fresse einschlagen zu wollen. Der wortkarge Klaus, redete mit der Überzeugungskraft eines Sektenpredigers. Während der Untersuchung saß er hinter einem Vorhang und tat so, als müsse er mich davon überzeugen, mich umgehend von diesem Mann zu trennen. Sein Vorhaben gelang, niemand informierte die Polizei. Auch im Krankenhaus, in dem ich später gründlich untersucht wurde, bekundete man ausschließlich Mitgefühl mit mir. Ich hatte tatsächlich zwei gebrochene Rippen, ein gebrochenes Jochbein und unzählige Prellungen. Die Verletzungen im Intimbereich wurden als schmerzhaft, aber nicht lebensgefährlich beschrieben. Von meiner Psyche, meiner Angst, meinem Ekel vor allen Männern, sprach niemand. Immerhin riet man mir dazu, mich doch an meinen Hausarzt zu wenden, wenn es zu weiteren Problemen kommen sollte. Ich hatte Glück im Unglück, AIDS gab es noch nicht, eine Geschlechtskrankheit hatte ich nicht, und schwanger war ich auch nicht. Nach der letzten Untersuchung gab mir mein Frauenarzt den väterlichen Rat, mich mit meinem Verlobten zu versöhnen und eine Familie zu gründen. Kinder wären für eine Frau nach so einer Erfahrung immer das Beste. Nein, ich habe ihn nicht ins Gesicht geschlagen, wie Lara das wohl heute fertigbringen würde. Ich habe genickt, gelächelt und geschwiegen. Denn, trotz allem Verständnis, das man mir entgegengebracht hatte, fühlte ich mich schuldig. Warum hatte ich mit dem Kerl rumgemacht, warum war ich allein im Dunkeln losgelaufen, warum trug ich diesen kurzen Minirock, warum keinen BH? Die moralische Erziehung hatte mich voll im Griff und ich schämte mich entsetzlich. Ich wollte nicht mehr aufstehen, nicht mehr essen, es kümmerte mich nicht mehr, wie ich aussah. Heute weiß ich, dass ich eine PTBS hatte, eine posttraumatische Belastungsstörung, damals kannte ich nicht einmal den Begriff. Wieder war es Klaus, der mich mit ungeheurer Entschlossenheit da rausholte. Was ich zum damaligen Zeitpunkt noch nicht wusste, er hatte mittlerweile sein Studium der Medizin abgeschlossen und arbeitete als Assistenzarzt im städtischen Krankenhaus. Er nutze seine Beziehungen und besorgte mir einen Termin bei einem Psychologen, ich ging nicht hin. Ich wollte vergessen, nicht drüber reden, nicht alles noch einmal durchleben müssen. Klaus redete mit Engelszungen auf mich ein, versuchte, was in seiner Macht stand, aber ich weigerte mich. Nach drei Jahren hatte er im Grunde nicht viel mehr erreicht, als dass ich nach außen hin wieder funktionierte. Ich ging arbeiten, aß, trank und duschte mich wieder. Ausgehen tat ich nicht mehr, und wenn ein Mann mich länger anschaute, bekam ich Panik. Warum ich trotzdem Ja sagte, als Klaus mir einen Antrag machte? Ich weiß es nicht. Vielleicht aus Dankbarkeit, aus einem Sicherheitsbedürfnis heraus? Er bedrängte mich nie, verlangte nichts von mir, war einfach da und ich hatte mich an ihn gewöhnt. Wir heirateten ein paar Jahre nach diesem Ereignis und unsere Hochzeitsnacht verbrachten wir mit Monopoli. Im Ernst, er hat all die langen Jahre nie versucht, sich mir zu nähern, und mir kam das immer noch nicht merkwürdig vor.« Inge lacht leise auf und schaut Jonathan an. »Na ja, irgendwann kam ich mal früher von der Arbeit, weil ich heftige Bauchschmerzen hatte. Ich wollte ins Bett, aber da lag schon Klaus mit einem mir unbekannten Mann. Die Situation war so eindeutig, dass nicht einmal ich die Augen davor verschließen konnte. Moralisch wie ich war, war ich natürlich entsetzt. Mein Mann war schwul, mein Weltbild brach zusammen. Ich schrie und weinte, er verteidigte sich nicht, verfiel wieder in sein altes Schweigen. Erst nachdem ich mich beruhigt hatte, begannen wir miteinander zu reden. Es war ihm völlig unverständlich, dass ich nicht einmal geahnt hatte, dass er sich nicht für Frauen interessierte. Nicht in sexueller Hinsicht. Er war davon ausgegangen, dass ich um seine Homosexualität wusste, und ihn aus genau diesem Grund geheiratet hatte. Wochenlang diskutierten wir, wie es mit unserer Ehe weitergehen sollte. Natürlich wollte ich eines Tages Kinder, auch wenn ich den Gedanken daran, wie ich sie empfangen sollte, verdrängte. Klaus hingegen hatte große Angst, dass seine Neigung im Krankenhaus herauskommen könnte. Der Träger war die katholische Kirche, und die duldete weder geschiedene noch homosexuelle Ärzte. Schließlich kamen wir überein, es zu versuchen. Es war sicherlich weder für Klaus, noch für mich ein Vergnügen und von Romantik oder Erotik weit entfernt. Wir zogen nur das Nötigste aus, berührten uns möglichst wenig, und absolvierten den Akt rein mechanisch. Ich war anfangs völlig verkrampft, später gelang es mir nach und nach, mich zu entspannen. Es dauerte trotzdem nicht lange, und ich wurde tatsächlich schwanger. Für Klaus ein Grund, die sexuelle Beziehung zu mir umgehend wieder einzustellen. Er war ein zugewandter und sehr fürsorglicher Mann, aber er hätte genauso gut mein Bruder sein können. Ich war nicht unglücklich, ich konzentrierte mich auf meine Schwangerschaft und blendete alles andere aus. Klaus kümmerte sich rührend um mich und auch die Geburt verlief ohne weitere Komplikationen. Nach einem Jahr sagte ich ihm, dass Sven nicht als Einzelkind aufwachsen sollte und ich mir ein zweites Kind wünschte. Er versuchte vehement, mir diesen Wunsch auszureden. Da ihm das nicht gelang, versuchte er zwar, mich zu schwängern, aber er schaffte es nicht, mit mir zu schlafen. Vielleicht lag es daran, dass er seit einiger Zeit eine feste Beziehung zu einem Kollegen unterhielt, ich weiß es nicht. Ich wusste nur eins, ich wollte ein weiteres Kind. Wenn mich heute jemand fragen würde, warum eigentlich und wie es passieren konnte, was passiert ist, ich könnte es nicht beantworten. Vielleicht empfand ich es doch als Kränkung, dass Klaus nicht mit mir schlafen konnte, vielleicht hatte ich den Schock der Vergewaltigung nicht wirklich verarbeitet, alles ist möglich. Es spielt ja auch keine Rolle mehr, ich habe getan was ich getan habe. Ich nahm die Einladung eines Kollegen an, der seit längerer Zeit hinter mir her war. Er war ebenso verheiratet wie ich, und wir wussten beide, was wir voneinander wollten. Wir mieteten uns ein Hotelzimmer, und gingen zusammen ins Bett. Ich glaube nicht, dass ich irgendetwas dabei empfunden habe, und sobald ich sicher war, schwanger zu sein, beendete ich diese Beziehung sofort. Nicht nur das, ich kündigte meine Stellung, um diesen Mann nie wieder sehen zu müssen. Natürlich musste ich Klaus davon erzählen, und er wirkte sehr erleichtert. Er versicherte mir, sich immer wie ein Vater um dieses Kind zu kümmern und mir nie einen Vorwurf zu machen. Was hätte er auch anderes tun können, lebte er doch ohnehin ständig mit seinem schlechten Gewissen mir gegenüber. Soweit hätte eigentlich alles gut sein können, nur hatte ich wieder einmal meine moralische Erziehung unterschätzt. Ich entwickelte entsetzliche Schuldgefühle, erst Klaus, später meinem ungeborenen Kind gegenüber. Ich fühlte mich schuldig und schmutzig. Vielleicht war das der Grund, warum ich nach Sarahs Geburt in einer tiefen Wochenbettdepression versank. Ich tat nichts außer weinen. Wochen und Monate war ich nicht in der Lage, mich um mein neugeborenes Baby zu kümmern. Ich wollte es nicht einmal sehen, geschweige denn anfassen. Meine Schwiegermutter kam, und übernahm alle meine Aufgaben. Was immer man allgemein über Schwiegermütter sagt, sie war meine Rettung. Sie setzte sich eines Tages entschlossen neben mich auf mein Bett und sagte frei heraus: ›Meine liebe Inge, Klaus ist mein Sohn. Auch du wirst später merken, dass Mütter wissen, wie es ihren Kindern geht. Immer, egal wie alt sie sind. Ich weiß, dass Klaus homosexuell ist. Das habe ich schon gewusst, bevor er es begriffen hat. Ja, es war nicht leicht für mich, hatte ich doch große Angst, niemals Enkelkinder zu bekommen. Ich weiß nicht, was zwischen euch vorgefallen ist, aber ich weiß, dass Sven sein Sohn ist, aber Sarah nicht seine Tochter. Vielleicht ist das der Grund dafür, dass es dir so schlecht geht. Vielleicht hast du Schuldgefühle, deinen Ehemann betrogen zu haben. Vielleicht kennst du aber den Spruch: ›Ein schlechtes Gewissen, ist die Demonstration guter Absichten, die man niemals hatte. Sei ehrlich zu dir selbst, und du wirst erkennen, dass du getan hast, was du glaubtest tun zu müssen. Du wolltest ein Kind, dein Ehemann war nicht in der Lage, dir diesen Wunsch zu erfüllen. Dich jetzt im Nachhinein zu quälen, hilft niemandem weiter. Im Gegenteil, es zerstört alles, was ihr zusammen geschaffen habt, und zwei Kinder verlieren ihren Vater. Ich weiß, dass Klaus dich liebt. Nun ja, auf seine Weise und ich weiß auch, warum du ihn geheiratet hast. Ihr braucht beide Sicherheit, weil ihr euch vor der Welt versteckt. Nehmt es, wie es ist und macht das Beste draus.‹ Keine Ahnung, welcher dieser vielen Sätze die Wende brachte, aber ich tauchte aus meinem Tal der Tränen wieder auf. Ich habe nie wieder mit einem anderen Mann geschlafen und Klaus war so vorsichtig, dass er nie entdeckt wurde. Alle hielten uns für eine wahre Bilderbuchfamilie. Sarah wurde ein Papakind, sie betete ihn förmlich an, während sie mir gegenüber immer distanziert blieb. Ich konnte nicht wiedergutmachen, was ich die ersten Monate an ihr versäumt hatte. Nach über zwanzig Jahren verlor Klaus seinen Partner, den er sehr geliebt hatte, und unsere Beziehung würde dadurch anders. Wir sprachen mehr miteinander über uns und es gelang uns, auf eine andere, freundschaftliche und verständnisvolle Art zueinander zu finden. Ich glaube durchaus, dass wir uns geliebt haben, anders als gewöhnlich, aber doch.«

Inge zuckt die Schultern, schaut hoch und sieht aus, als käme sie von sehr weit her zurück.

Jonathan räuspert sich und sagt leise: »Danke für dein Vertrauen, ich werde es nie enttäuschen. Nur, dass du dich schuldig fühlst, das ist nicht richtig. Du hast Schlimmes erlebt, da kann dir niemand vorwerfen, dass du manchmal vielleicht anders reagiert hast als andere Frauen. Außerdem weiß doch Sarah überhaupt nichts von den Umständen ihrer Geburt. Sie hat sich von deinem Mann als Tochter geliebt gefühlt und das ist alles, was zählt.«

»Das schon, aber ihre ersten Lebensmonate war ich nicht für sie da, ich konnte sie nicht einmal in meiner Nähe ertragen. Ich habe sie für meine Sünde bestraft.«

»Sie ist doch aber gut versorgt worden und dein Sohn offenbar auch. Deine Schwiegermutter war da und dein Mann ebenso. Keiner musste hungern und frieren, sie hatten alles, was Kinder brauchen. Außerdem, überleg doch mal, viele Frauen haben postnatale Depressionen, dafür kann niemand etwas. Ich glaube nicht, dass das der Grund für das gespannte Verhältnis zwischen dir und deiner Tochter ist.«

»Ich weiß es nicht, ich weiß nur, dass ich sie immer mit Samthandschuhen anfasse, weil sie so schnell an die Decke geht und mir ständig alle möglichen Dinge unterstellt.«

»Nun, ich kenne sie nicht gut genug, aber was ich heute erlebt habe, beruht das mit den Samthandschuhen nicht auf Gegenseitigkeit. Ich fand sie sehr herrisch und respektlos dir gegenüber. Ich bin der Meinung, es täte deiner Tochter gut, zu erleben, dass ihre Worte eine Wirkung haben, dass sie verletzen und dass du zu Recht gekränkt bist. Lass sie mal ein bisschen schmoren und warte ab, bis sie von sich aus kommt.«

»Da kann ich bis zum St. Nimmerleinstag warten, sie ist stur wie ein Esel. Aber du hast Recht, sie ist erwachsen und heute hat sie sich wirklich sehr ungehörig benommen. Davon lasse ich mich jetzt nicht beirren, sogar meine Enkelin ist auf unserer Seite. Wie hat sie vorhin gesagt?

›Wen juckt's, Oma, was die denkt?‹

Genau, Jonathan, ganz genau, wen juckt's?«

FORTSETZUNG FOLGT ...

DANKSAGUNG

Kein Buch entsteht im stillen Kämmerlein, daran arbeiten viele Menschen im Hintergrund mit. Auch „Herbstfrühling“ hatte viele kreative „Mitdenker“. So ist der geniale Titel zum Beispiel von Axel Aldenhoven, Autor von „Auf der Mauer, auf der Lauer“. Ohne ihn wäre mir auch so manch Anderes nicht gelungen. Dafür bedanke ich mich von Herzen.

Mein Dank geht auch an die geniale Carla Berling, deren tolle Bücher vom Heyne-Verlag herausgebracht werden. Sie hat mir Mut gemacht, wenn ich fast verzweifeln wollte (was öfter der Fall war) und viele tolle Ideen eingebracht.

Dann meinen von Herzen kommenden Dank an Tom Wannenmacher und Claudia Spieß, meinen Kollegen*innen vom Mimikama-Team, die nicht nur Fakenews aufdecken, sondern auch Cover retten können.

Last but not least bedanke ich mich bei meinen LeserInnen, die meine Bücher kaufen und hoffentlich mögen. Vielleicht hinterlassen Sie mir dafür eine Rezension.

Printed in Poland
by Amazon Fulfillment
Poland Sp. z o.o., Wrocław

38608115R00163